第二次邂逅

Are you the one

萌晞晞——著

天津出版传媒集团
百花文艺出版社

图书在版编目（CIP）数据

第二次邂逅 / 萌晞晞著 . -- 天津 : 百花文艺出版社，2016.3

ISBN 978-7-5306-6902-0

Ⅰ . ①第… Ⅱ . ①萌… Ⅲ . ①长篇小说–中国–当代 Ⅳ . ① I247.5

中国版本图书馆 CIP 数据核字 (2015) 第 281568 号

责任编辑： 赵世鑫　刘嘉悦

出版人： 李勃洋

出版发行： 百花文艺出版社

地址： 天津市和平区西康路 35 号　**邮编：** 300051

电话传真： +86-22-23332651（发行部）

+86-22-23332656（总编部）

+86-22-23332478（邮购部）

主页： http://www.baihuawenyi.com

印刷： 北京东海印刷有限公司

开本： 880×1230 毫米　1/32

字数： 200 千字

印张： 9.25

版次： 2016 年 3 月第 1 版

印次： 2016 年 3 月第 1 次印刷

定价： 29.80 元

目录

CONTENTS

目
录
CONTENTS

第一章
间谍“准女婿”

又是一个令人神清气爽的大晴天，再加上微风徐徐，正是适合出门的好天气。不过可惜的是，出门却是因为被爸妈逼着出去相亲！在她看来，这实在是辜负了如此的好天气……

“你笑什么呢？”苏然看向正在开车的夏磊。光是看侧脸就知道他在笑，而且还笑得有些幸灾乐祸。“没什么……就是在想，你这次的相亲会多快结束，会不会刷新上次的记录。”

苏然抬手揉了揉眉心，真是往事不堪回首啊！上次和自己相亲那个人，从和她见面开始，烟就一直没停过，这叫她怎么忍啊？当然是五分钟就把对方踢出局喽！

这是夏磊第十八次“押送”苏然去相亲，不知道为什么，他还是觉得苏然这次的结局和前十七次不会有什么不同，多半是一拍两散，还有可能是不欢而散。想到这里，他就管不住自己的嘴角，不自觉地上翘。

苏然正为相亲头疼时，突然传来一阵急刹车声。

“你开车专心点啊！我可不想给你当垫背——”苏然对着夏磊怒吼道。

“意外，意外……”夏磊自知理亏，赔笑说着，“这桑塔纳是老爷车了，难免不那么好用……”说完就又开动车子，继续往前。

第二次邂逅

2

苏然赞同地点点头："咱们报社领导也真是抠门了点。"

她是个地方小报的记者，工作说忙也不忙，但也不至于清闲。而夏磊则是小报社里唯一一名摄影师兼司机。小报不比那些家大业大的大报，所以人工费是能省则省的。就这辆老旧桑塔纳还是社里排名第二的车，再往上就是领导自己用的了。好在报社虽然小气，但对员工不算太苛刻。这辆桑塔纳的钥匙一直由夏磊保管，全权负责，所以他就经常拿来私用一下，"押送"苏然去相亲。

"我说，这次你还是撑久一点好了。岳母大人可是下了死命令的，说这次介绍的人条件很好，你一定要耐心，多和人家接触接触……"夏磊突然语重心长地劝她说。

苏然苦笑了一下，她哪次不是这么说的啊？对于自己妈妈的选人眼光，她是不敢指望了。

"也是。"夏磊咧嘴一笑，欠扁地说，"我就说，你就算再不讨人喜欢，也不至于连续失败十几次，当真没人要啊！"

"哼，谁不讨人喜欢了？那是你没眼光！"苏然冷哼一声。她身边这人和她的关系，说好听一点，是青梅竹马，说难听点，那就是从小的冤家对头。

苏然和夏磊两家的父母是多年的好友。据说当初两家母亲连生产都是一前一后进的产房，后来生下的又正好是一男一女，两家人觉得太有缘分了，就干脆给两个孩子定了娃娃亲，还说笑道要让夏磊当上门女婿。

不过，苏然从小就看夏磊这个嬉皮笑脸的人不顺眼，夏磊也不喜欢她仗着比自己早出生一个小时，就老是用一副小大人的样子来教训他。所以两人就渐渐成了一见面就吵，甚至打架的小冤家。但不是冤家不聚头啊，这不，现在又聚在一家报社工作了……

“哦……我都忘了，我可是你名义上的未婚夫啊！”夏磊腾出一只手，一拍额头，做恍然大悟状。

“少贫嘴！”苏然白了他一眼。夏磊隔三差五地就拿“准女婿”的这个身份来膈应自己，会忘记了才怪呢！而且他那一口一个“岳母”还叫得那么顺溜。

“那就说点正经的。”夏磊点点头，“岳母说了，你年纪也不小了，也该为以后打算了。即使不急着这一两年就结婚，也得谈个对象，积累点经验了。我觉得她老人家说得挺有道理的，我记得你好像连一次像样的恋爱都没谈过吧？这可不行的，将来要吃亏的。”

“说得好像你谈过一样！不走心。”苏然打断了他。

吃了一瘪，无法反驳，夏磊就索性不说话，专心开起车来。

大约又过了半个小时，桑塔纳终于慢悠悠地停在了一家西餐厅门前。苏然下了车，夏磊将车窗按下，对她说：“我先去别处转转，什么时候结束就给我打个电话，我送你回去。”

苏然给他打了个 OK 的手势，就转身快步离开了。毕竟因为堵车，她已经迟到十分钟了。出于记者的职业习惯，她向来觉得没有让采访对象反过来等自己的道理，所以十分排斥迟到这件事。

按照老妈和她说的，那人和她约在靠窗的三号位。苏然进入餐厅后，环视了一圈，很快就锁定了目标，朝着对方走去，大方地问：“你好，请问是唐宇斌先生吗？”

“对，是我。”唐宇斌正随手翻看着杂志，听到苏然的声音，连忙站起身，伸出手，“你就是苏然小姐吧？你好！”

面前的唐宇斌一身笔挺的西装，头发打理得十分整洁，举止也极有风度。苏然不由抿唇一笑，和他轻轻一握手。

“苏小姐，请坐吧。”唐宇斌保持着适当的笑容，做了个“请”的手势。看苏然先坐下后，自己才跟着坐下。

这一举动更是大大增加了苏然对他的好感度。于是苏然终于上了点儿心，回忆了一下出门前老妈给自己提供的“情报”。依稀记得好像说唐宇斌是中层企业的一名中层管理，学历好像也挺高的。

“苏小姐？”唐宇斌看她一坐下就出神了，不禁觉得她有些可爱，轻唤了她一声。

“啊？”苏然急忙回神，尴尬地笑笑，“那个……不用叫得这么客气，叫我苏然就可以。”

唐宇斌从善如流地点点头：“好，苏然。那么你也不用先生长先生短地叫我了。”

虽然觉得有点别扭，不过苏然也不好推辞：“……好，宇斌。”

“要点餐吗？”唐宇斌满意地笑了，笑意直达眼底，很温和，“这家的牛排和糕点都很不错。”

“我对这家餐厅不是很熟悉，不如你帮我点吧。”既然是对方请客，那就该把主动权交给对方。苏然是这样想的。

苏然的爽快倒是让唐宇斌眼前一亮，随即扬声叫来了服务员，很熟练地点了两人的餐食。虽说是帮苏然点餐，但他还是在点每样菜的时候都征求了一遍苏然的意见，看她是否有忌口。这让苏然觉得，也许这会是自己最愉快的一次相亲经历。

点餐结束后，是一小段时间的沉默。不过好在唐宇斌给她叫了一杯橙汁，好歹也能分散一下注意力。

其实她是很抵触相亲的，所以从来都没想过应该在这种时候找点什么话题来聊，弄得现在这沉默的气氛有点尴尬。"早知道就应该听夏磊的，去买一本《五十个相亲常用话题》来看一看。"苏然腹诽着。

"苏然，你好像很喜欢出神？"唐宇斌依旧笑得温文尔雅。

"没有！我平时不这样的，"苏然连连摇头，"我只是不知道要说点什么好。"

唐宇斌听后，竟然认真地点点头："老实说，我也不太会聊天。两个原本不认识的人第一次见面，谈深谈浅了，都不太好。"

看他一本正经的模样，苏然忍俊不禁："也没有那么夸张啦！和我说话不用太在意的，只要不是太出格，我都不会生气的。"

唐宇斌仿佛松了一口气一样，笑说："那你脾气真的很好啊……"

这似乎是由衷的夸奖。不过苏然想起夏磊经常说她脾气臭，就只是扯了扯嘴角。

"听说你是记者，这个职业很辛苦吧？"

不能免俗，两人还是要聊一聊彼此的职业。不过唐宇斌的这个开场并不让苏然反感。她最不喜欢的就是一开场就很不走心地说"你这职业很好"或者"我曾经也想做这行"之类的话，这样的溢美之词和小学生作文没什么两样。

于是她浅笑道："各行都有各行的累吧。我就在一个小报社，要说很辛苦，倒也算不上。你呢？中层管理人员，平时估计会很忙吧？"

"时间总是挤出来的。工作是工作，生活是生活，工作再忙也不会牺牲了生活。”唐宇斌说得很从容。对待生活和工作的这种拎得清的态度让苏然非常欣赏。

“是啊，不过为了生活牺牲工作也不太好。我就没办法接受结婚生子以后，让女方辞掉工作，做全职主妇的想法。”苏然大大咧咧地说着。

唐宇斌却笑问：“所以苏小姐前十几次相亲失败，都是因为这个吗？”

“才不是！都是我看不……”苏然脱口而出，接着瞪大了眼睛，“你怎么知道？！”

“秘密。”他神秘一笑，并不打算告诉她。

苏然不满地嘟着嘴，转头看向窗外：“这有什么好得意的……”

尽管如此，唐宇斌也还是没有要揭晓答案的意思，而是接回刚才的话题：“我也觉得即使两个人都结了婚，也应该保持各自的私人空间，彼此具有一定的独立性。因为如果任何一方为家庭牺牲得太多了，都有可能造成婚姻的不平衡。”

“噗嗤——”苏然转过头来，直视他，“你这话说得怎么好像《非诚勿扰》上的专家？”

“我最近正打算去试试，看能不能以专家的身份参加个相亲节目。”唐宇斌居然一本正经地点头回应道。

苏然终于忍不住地笑出声来。见她笑得开怀，唐宇斌也勾起了嘴角，眼底笑意更浓。

两人说笑间，西餐可算端上桌来了。苏然的面前是一份牛排、一份水果沙拉和一道法式甜点，而唐宇斌面前只有一份牛排和一盅汤羹。

“你只吃这么点？”苏然忍不住问。看他人高马大的，身高怎么也有一米八，居然比她吃得还少。

“哦。平时应酬多，嘴也有些挑了，看到这些不是太有食欲。”唐宇斌随意地答了一句。几乎是下意识的，苏然就蹦出了一句：“那你看到什么有食欲？下次可以换你喜欢吃的，不一定要挑好的环境。”唐宇斌怔了怔，随即笑意融融地望着她，只答了一个字：“好。”

被他这样盯着看，苏然不知怎的突然不好意思起来，脸也有些发烫，就低下头切起牛排来。耳边传来唐宇斌的低笑声，苏然更不敢抬头了。

正当她把牛排切得起劲的时候，唐宇斌的一句话却突然飘了过来。“你切牛排都是用刀背切的吗？”

什么？！苏然呆住了。心里正想着为什么今天的牛排这么难切，仔细一瞧，她还真是在用刀背切！这下她更窘迫了，自己怎么会闹了这么大个笑话啊？！

“那个……我在想心事，一时没发现。”她干笑着，“不过我发现刀背切起来也很方便啊！没什么差别。”要欺人就必须先自欺。说完，她鼓起勇气抬起头，一脸坚定地回应道。

“是吗？那我也试试。”唐宇斌闻言挑眉，竟然也把刀子一转，用刀背切起牛排来。

完了……苏然用手捂住了脸。

“还真是差不多啊！”结果某人居然用发现了新大陆一般的语气肯定了她的说法。

“什么？”苏然不敢相信自己的耳朵。

唐宇斌又是几声低笑：“确实差不多，还挺有趣的。”他居然也不用刀刃了，也不怕别人笑话。

知道他这是为了不让自己尴尬，苏然心中一暖：“谢谢你啊……"

用刀背切牛排的这个插曲过后，两人又开始东拉西扯地聊起天来，话题轻松，有一句没一句的，气氛很好。一顿饭愣是吃了快两个小时，果真如夏磊所言，创造了苏然的相亲新纪录。

"可以互换一下手机号码吗？我对苏小姐很有好感。"唐宇斌还是习惯性地用了客气的称呼。

"啊？哦，可以啊！"苏然对他的印象也不差，爽快地和他互留了电话。

结账之后，唐宇斌站起身说："我送你回去吧？"

"不用了，我有人来接的。"苏然摆摆手，回答得很自然。唐宇斌的眼底却闪过诧异的光芒，并且坚持要亲自送她。

"这……好吧，那你等等，我给他打个电话。不好意思啊……"苏然说着就拨通了号码，走到一边压低声音对夏磊一口气说下来，"喂，夏磊，你不用来接我了。就这样，先挂了。"

"喂——你说清楚怎么回事！"电话另一头的夏磊一头雾水，话还没有说完，就被挂了电话。

苏然快速挂断电话之后，重新走到唐宇斌面前，笑说："好了，我们走吧。麻烦你了。"

"不用和我客气。走吧。"唐宇斌倒也没问她是给谁打的电话，尽管他似乎听到了电话那头传来的是一个年轻男人的大呼小叫……

而另一边，夏磊被苏然摔了电话后，就立刻在原地左三圈右三圈地绕了一通，才总算把自己的火气给压了下去。

"好你个苏然！真是见色忘友啊！居然敢直接摔我电话？"用脚趾头想想，他都知道苏然这次肯定是相中了对方，所以用不招他来接送了！

又在原地转了几圈，夏磊突然灵机一动，面露贼笑。让你苏然把我招之即来挥之即去的，我得给你找点不痛快！

于是他当下从街边坐回车中，拨通了“未来岳母”的电话：“岳母，我是夏磊！”因为娃娃亲的关系，他从懂事开始就这么半开玩笑地叫着，叫顺口了之后，也不想改了。

“阿磊啊，怎么了？”苏然的母亲秦臻一下就联想到了最糟糕的情况，“是不是苏然她又不满意人家，把相亲给搞砸了？”

“不是！不是！这次恐怕有大突破！”夏磊的眼珠转了转，看了眼手表，笑着说，“具体情况我是不知道，不过这次的相亲时间足足持续了两个小时，可不是大突破嘛！而且啊，我刚才还接到她打来的电话，说是不用我去接了，估计是人家要送她回家。”

秦臻一听，喜笑颜开：“真的？这丫头总算是开窍了！我就说这个对象不错的！”

“确实难得！”夏磊得意地勾了勾嘴角。这下苏然一回家恐怕就要被“审问”得头都大了吧！

“阿磊啊，我还有一件事情要拜托你来办……”秦臻突然欲言又止。夏磊和苏家二老的关系向来好，夏苏两家也都是把彼此的孩子当做自家孩子对待的，所以夏磊当然没有说“不”的道理，于是一口应下。

“什么事？我一定努力办到。”

“好，好……有你这句话，我就放心了。”秦臻在电话那边笑着点点头，“这人老了，和你们小年轻肯定是有点代沟的。我要是和小然问起啊，她未必会和我说老实话，要是弄巧成拙就不好了……所以啊，能不能麻烦你来替我去打听打听她的想法？如果真有戏，你再帮我多撮合撮合？”

夏磊闻言一怔，这是让他当间谍，深入敌方阵地，打探敌情？

“阿磊啊，你和我们家小然，那是穿着开裆裤就在一起打闹着长大的，她也就在你面前才口无遮拦，套话方便，这忙你可一定得帮啊！”感到夏磊有些犹豫，秦臻急忙补上一句，“我和他爸都相当信任你的！”

“这……好吧。”夏磊揉了揉眉心，觉得自己还真是自作自受。

得了他的回答，电话那头传来一串笑声，秦臻和他又闲聊了几句，就挂断了电话。

“唉——”夏磊沮丧地往后重重一靠，叹了口气。这间谍哪里是那么好当的？更何况岳母似乎还希望他能顺手再当个红娘！这算不算自作自受？

垂头丧气了一会儿，岳母大人的话还是要照办的。于是夏磊就一面开车，一面盘算起了明天要如何从苏然那里套话……

“阿嚏——”在车里的苏然突然打了个喷嚏。

唐宇斌分心看了她一眼，体贴地问：“是不是冷气开太足了？”

“不会，不会……”苏然连忙笑着摆手。奇怪了，这大夏天的，又没感冒，车里冷气也不算太强，难道是谁在算计自己？

“那就好。”唐宇斌轻笑一声，接着有些欲言又止，“我……”

“怎么了？”苏然转头看他。

唐宇斌抿了抿唇，认真说道：“我知道第一次见面就这样说很唐突，不过我确实是挺喜欢苏小姐的。不知道你可不可以……试着用对恋人的期许和我相处看看？”

面对如此郑重其事的请求，苏然还真有些说不上来的感受。不过天性善良的她并不认为唐宇斌的请求有什么不对，只是觉得自己可能还不太能适应相亲的快节奏。于是她偏头认真地考虑了一下，然后笑着点点头：“好啊！其实相亲原本不就是这样的吗？我们相互有好感，就以这样的期许再多接触看看，当然没什么不好。”

刚一说完，她突然有些羞赧，“我是不是太直接了……”

“不会！我很喜欢你的坦承。”从侧脸看，唐宇斌笑得很真诚。这样的笑容让苏然从心底里喜欢。

两人把话说开了，气氛也重新活跃了起来，对彼此的称呼也不再拘谨，在车上倒也相谈甚欢。

到了苏然家楼下，唐宇斌很绅士地先下车，从外面绕到副驾驶的位置帮她打开了车门。坐惯了夏磊车的苏然，从来都是大大咧咧地自己下车，然后带着挑衅的笑容重重摔上车门，给夏磊一个惊吓。面对唐宇斌此刻绅士的举动，她有些受宠若惊，连说话的声音都不自觉地变小变温柔了……

“谢谢……”苏然微微低着头，“那我先回去了。”

“嗯。过几天我再约你。”唐宇斌笑着点点头，目送她离开。

带着莫名的心虚回到家的苏然，一进门就感到一道八卦的、贼贼的目光粘在了自己的身上。每次她相亲回来，老妈都要对她盘问一番，这次估计也不会例外。

“小然啊……”秦臻果然笑着迎了上来。

“妈，我回来了……”心思千转百回之间，苏然已经想到了好几套敷衍的说辞，眼珠一转，已经准备“接招”了！

秦臻笑眯眯地点头：“好！好！外面日头大，快回屋喝口水休息一下。”

“啊？”苏然一时脑筋短路。

“怎么了？我这次不盘问你了，你反倒浑身不舒服了？”秦臻瞪了她一眼，“是不是还心想着今天太阳是不是打西边出来了？”

苏然连忙赔笑：“您说什么呢！哪有这回事——那我先回屋了！”说完，她像生怕秦臻反悔似的，脚底抹油，一下溜进了自己的卧房，顺手把门带上。

半个小时后，苏然放松地靠在电脑椅上，优哉游哉地剥着葡萄，心里依旧纳罕，不知道自己的老妈怎么就转性了。刚才她端葡萄进来，居然也真的只是为了送水果，没有随口刺探“军情”。

摇头晃脑地琢磨了一会儿，也没想出个所以然来，苏然也就放弃了。

打开电脑，自动联网的QQ就弹出了消息，是苏然的闺蜜方菲发来的。方菲和苏然是大学时候的舍友加闺蜜，念的都是师范类的中文专业，苏然因为对记者这个行业的热爱而把教师资格证给闲置了，而方菲则是完全地专业对口，成为了一名光荣的人民教师。

“听说你今天又去相亲了？”方菲给苏然的留言后面还加了一个猥琐贼笑的表情。

“又是听夏磊那个大嘴巴说的吧？他怎么这么八卦啊！”

作为苏然的好闺蜜，方菲自然也是认识夏磊这个“青梅竹马”的冤家对头的。

刚才还是黑白的头像在收到苏然的消息后变成了彩色，方菲明显是在隐身。

“他和你待在一起的时间多了，难免开口闭口都是你喽。”

“你这话倒像是在吃醋啊！”苏然的手指在键盘上飞快地移动着。

“我要是吃醋，这么多年早就被你们酸死了！别岔开话题，这次相亲感觉如何啊？听说对方条件不错的。”

“中等吧。聊得还可以。”

苏然想了想，只做了一个中肯的回答。

“那就有门儿！我还指望你相亲相出点经验，以后也带上我这个菜鸟呢！不是说物以类聚，人以群分吗？你要是真觉得这次的人不错，回头就让他把朋友都交出来吧！”

因为职业的缘故，方菲平时接触最多的就是学生、学生家长和同事，但这三类人都不是她所中意的。奈何圈子太窄，确实认识不到更多人了，只能寄希望于相亲。

屏幕前的苏然看到方菲理所当然的语气，差点被口水呛住。自己和唐宇斌都还八字没一撇呢，这小妮子居然就要人家把哥们交出来给她“翻牌子”了！

“你可真会想啊！”苏然咬牙切齿。

“好说，好说……”方菲送上一个谄媚的笑脸表情，又发了一条消息来，“我这事也不着急，你和人家交往，不用有心理压力！”

苏然的嘴角抽了抽，给她发去一个呕吐的表情，就关掉了QQ，打开文档准备起草下周要用的采访提纲。

这一天剩下的时间都过得平淡无奇。提纲写完之后正好是晚饭时间，不论是吃饭时，还是饭后一家人坐在客厅看电视，苏家二老对相亲一事都是只字不提。爸妈一反常态的表现反倒是让苏然有些心痒痒。她想这大概就是人的劣根性了……

周末过去，每周一一上班就要开例会，报社里的众人忙到了十点才各自闲下来。苏然坐在办公室的小隔间里，频频感到夏磊发来的“电波”，好像是有话要对自己说。

于是苏然站起身，随手拿了个文件夹，装模作样地离开了位置，来到了走廊偏僻处。夏磊很快就尾随而至了。这个角落是办公室的死角，要是总编从他的办公室里看出来，虽然能把整个大办公间一览无余，但唯独看不见这个地方。所以办公室里的人都把这里奉为“开小差”圣地！

“说吧，找我什么事？”苏然双手环抱在胸前，斜眼睨着他。

“哎呀——其实也没什么……”夏磊觉得自己有点抹不开。虽说自己和苏然一直是无话不谈，不过下面他要谈的内容似乎涉及隐私了，不知道会不会被苏然嘲笑自己八婆……

苏然可没那么好的耐心，做出抬脚就要走的架势：“你再不说我就先去忙了！”

“别！”夏磊一把拉住她的胳膊，把她拽回来，“其实就是想问问你相亲那事儿……你那天突然打电话来不让我送，是不是让人家送你回去了？”

“不是我让人家送，是他自己坚持要送我。”苏然翻了个白眼，纠正他。

“最后结果不是一样……”夏磊轻咳了两声，又问，“对了，他叫什么名字来着？”

苏然懒懒地吐出三个字：“唐——宇——斌。”

沉吟一声，夏磊摸了摸下巴：“唔……你说他坚持要送你，说明他对你印象还不错喽？那你呢？你对他的看法怎么样？”

这话才说完，苏然就奇怪地盯着夏磊看，直到把他盯得快要发毛了，才笑着回答说：“我对他的印象确实不错，人挺风趣的，也很有风度。我们还相互留了手机号码！只是不知道他说的过几天再约我，是要过上几天……”对于这个一起穿着开裆裤长大的发小，苏然一向是口无遮拦的，心里怎么想就怎么说。

“进展这么快？”夏磊有点愣住了。他听出苏然语意中隐含的期待，一时间也忘记了接下来要问的话。

“也不算快，只是都有意愿继续相处看看而已。”苏然不以为意，“你——啊！”

苏然正准备问夏磊怎么突然魂不守舍的，却突然被人从背后拍了一下肩膀，吓了一大跳。

后面那人见目的达到，咯咯一笑，转到苏然身前来，原来是同事周小宁。她整个人都很娇小，五官精致，唯一的缺点就是眼睛小了点，但也算是个可爱型的美女。

“哎……你吓死我了……”苏然见是她，拍了拍心口。

“心虚了吧？你们两个上班时间跑到这里来开小差，小心总编巡逻哦！”周小宁挑眉说着。

苏然笑着摇摇头：“那你怎么也来这里？”

“嘻嘻，我是来找夏磊的。”周小宁说着，转向夏磊，甜甜一笑，“夏磊，我有个采访稿是需要照片的，和人约好了下午一点碰面，你陪我跑一趟吧。咱们可以先顺路吃个午饭，然后再一起去采访。”

周小宁对夏磊一直有好感，因此才特别喜欢接一些需要照片的采访，这是办公室里大家心照不宣的事情。只是她从来没有公开表白过，夏磊好像也没察觉到其中的微妙，除了对苏然一贯亲近以外，对所有女记者都表现得一视同仁。

“这……要不等一会儿吧。我和苏然还没谈完……”夏磊只觉自己还有些话没问完，不太想立刻就离开。可偏偏也不知道为什么，从苏然坦白她与唐宇斌的进展后，自己就有点浑浑噩噩的，思路不是很清晰。

“又不是公事，回头再谈也来得及啊！”周小宁不满地说，“而且我和采访对象也已经约好时间了，不好乱改的。再不走就要迟到了！”

“有这种采访你应该早点和我打招呼，不要搞这种临时突击。你也不是新人了吧，怎么做事还这么毛躁？”虽然夏磊说得很对，但因为语气不善，让周小宁觉得很下不来台，眼眶都气红了。

苏然看周小宁的样子，有些同情，于是开口劝说：“夏磊，你这冲人家发哪门子的火呀？要生气也不是这时候，确实不能让受访者等太久，还是快和小宁一起去吧。你还想问什么，我们回头再联系呗。”

夏磊脸色阴沉地听完苏然的话，也不知道哪句不中听了，冷哼了一声，也不告别就赌气一样地走了。周小宁当然也追了上去：“你等等我——”

“莫名其妙……”苏然感觉有点懵，在原地站了一会儿，也回到了自己的办公桌。

因为和夏磊的不欢而散，苏然连午饭都没什么心思吃，一时也有些气闷。凡是影响她食欲的，必须都是敌人！

苏然在不愉快中度过了几个小时，夏磊和周小宁两人的情况也好不到哪里去，这一趟采访跑得实在别扭，两人之间说的话总共不超过五句，比之前每次都要尴尬，却又说不出哪里不对……

夏磊回来的时候，已经是下午四点了。他一进大办公间，视线就率先落在了苏然的身上。苏然感受到背后有人在看自己，就转过身，对上他的目光后，竟然诡异地傻笑了一下。

似乎是没有料到她的反应，夏磊也勾了勾嘴角，又和没事人一样，变得嬉皮笑脸。

过了一会儿，苏然的 QQ 上就收到了夏磊的讯息：“还有后续的故事，记得和我分享啊！”

原来是八卦之魂还没有得到满足，所以早上才不高兴的吗？这人还真是……苏然在心里默默摇头。和夏磊的关系恢复如常了，苏然的心情轻松了不少，但又有些莫名的失落感升起。强压下这微妙复杂的情绪，苏然给夏磊回复了两个字“好的”，顺便还附送了他一个大大的笑脸！

“算了……近朱者赤，近墨者黑。一个大男人整天在女记者堆里待着，八卦听多了，难免要受影响的。”苏然暗自低语了句，就开始专心伏案修改起采访稿来。

“嘶——冷气太足了吗？”躲在洗手间给“岳母大人”汇报完情况的夏磊突然感到后背一凉，忍不住打了个寒战，感到一阵心慌……

第二章

那一段时光欢愉

尽管苏然答应有后续就和夏磊分享，但奈何一周过去了，唐宇斌也没联系过她。苏然也不好意思主动去联系人家。夏磊几次旁敲侧击地问起，苏然只好在新一周的例会后老实坦白，自己和唐宇斌的关系没有进展，好像停摆了。

“嗯……没关系，不差这一个，好男人以后还会有的！”夏磊听后，很是仗义地拍了拍她的肩膀，不痛不痒地安慰道。

“唉……”苏然则依旧苦着个脸，“只是这样一来，我妈又要给我张罗起来了，才刚消停几天……”

夏磊咧嘴一笑，冲她挤了挤眼睛，“看你一直相亲，也挺累的！这样吧，这回包在我身上，让你休息一阵子。”

“你要怎么做？”她自己都拿爸妈没办法，他还有什么好办法?

“山人自有妙计！”夏磊故作神秘地一笑。

见他不打算说，苏然也只好耸耸肩，那她就只看结果，不问过程喽。

只是她没想到的是，这个结果居然能来得这么快！当晚，她正在卧室里上网，忽然听到老妈在客厅里正和谁打着电话，于是就悄悄地把卧室的门打开一点儿，偷听了起来。

“是，是……阿磊啊，你说得也有道理。这事急不得，是要有个过程的。放心吧，我不会总逼着她的。”手拿着电话的妈妈赞同地点着头，仿佛夏磊此刻正坐在沙发的对面。“哎，小然能有你这么个朋友呐，真是她的好福气啊！”

偷听到这里，苏然就欢喜地关上了房门，心道：“这夏磊还真是有两把刷子，也不知道怎么哄骗老妈的，竟然让老妈如此心悦诚服地答应不再逼自己去相亲了。”可苏然又哪里知道，夏磊只是巧妙地谎报了“军情”，告诉自己的岳母大人，苏然和唐宇斌的关系处于缓慢进展中，一切顺利，不用追得太紧而已。

心情愉悦的苏然随手打通了闺蜜方菲的手机，准备煲一煲电话粥。

“是不是准备带我去相亲啦？”谁知道方菲一接起电话就问了这么一句，愣是把苏然给噎住了。还真没看出来，方菲是个相亲狂。

于是苏然无比遗憾地叹了一口气，“恐怕这次要让你失望了啊……”

“为什么？你又和人家掰了？”方菲急忙追问。

苏然翻了个白眼：“什么叫又啊？我正儿八经的恋爱都没谈过，和谁掰去？可能是人家后来想想，也没那么中意我，就再没有和我联系。也没准唐宇斌已经又参加了一场相亲，有了更中意的对象也说不定。”反正不想交往的理由总是千奇百怪，层出不穷，仅次于各式各样的请假理由。

“哦，那算啦，反正我也没对你抱太大的希望，”方菲一副“我就知道你会掉链子”的口气，“不过，你不是对他印象不错吗？不打算主动争取一下？”

主动争取？苏然好像从没有过这种概念。“不了，强扭的瓜不甜。”苏然甩了甩头，潇洒地回答说。

“你都还没扭，就知道是强扭了啊？”方菲恨铁不成钢地说，“我要是有你一半的相亲机会，早把自己嫁出去了！”

“那我俩真应该换一下爹妈……”苏然扶额。虽然方菲是个相亲狂，但她的爸妈却是极其排斥相亲的。在他们看来，堂堂的人民教师却不断地相亲，不断地换着共进晚餐的对象，实在不够严肃庄重。

继相亲话题之后，又胡乱和方菲闲扯了几句，苏然看时间晚了，就意兴阑珊地挂断了电话，捧了一本书到床上，准备看一会儿书就睡觉。

半小时后，她连续打了几个哈欠，就放下了书，钻进被窝。昏昏欲睡之际，她突然想到夏磊帮了自己这么大一忙，自己是不是得郑重感谢他一下？是请吃饭还是送礼物呢？可惜还没想出结果来，她就沉入了梦乡。

第二天一早，暂时脱离相亲苦海的苏然神清气爽地来到了办公室，只感觉整个冷色调的办公室都变得多彩可爱了！把挎包往办公桌上一放，将一个塑料袋提起，她就直奔向不远处坐着的夏磊。

“给！”苏然豪气地将塑料袋重重地放在了夏磊面前的办公桌上。

夏磊诧异地看了她一眼，将塑料袋扯下，一个疑似“爱心早餐”的便当盒裸露出来，“这是给我的？”

“是啊！今天早上，我让你的岳母大人多做了一份早餐，就是特地给你带来的。我知道你平时都是随便买点面包在办公室对付一下，所以发发善心，帮你改善一下伙食。”苏然干脆地点点头，“然后这就当做感谢你替我搞定相亲那事的答谢了。”

“原来是这样啊。”夏磊明显松了一口气。

苏然冷哼一声，“那你以为是什么，难道你觉得我是无事献殷勤，非奸即盗吗？”

“你果然了解我！”他居然一脸认真地回应了她的猜测。

“哼！好心没好报——”苏然拉下脸，转身就走了。

凭着对苏然的了解，夏磊知道她不是真生气了，所以也没急着追上去，而是选择了先享用面前的这一份答谢早餐。打开便当，清淡的瘦肉粥配上一些开胃的早餐小菜，很精致，看着就好吃。

把便当盒扫荡一空后，夏磊心满意足地打了个饱嗝，发出一声喟叹。接着他又想到什么，拿起手机，打开微信，给苏然发了一条语音：“谢谢你的早餐啦！便当盒我带回去洗好了再还给你哈。”

苏然这边听完语音后，只是轻笑一声，把手机扔到了一边，就开始抓紧时间准备半个小时后的例会上所需要的材料了。

其实这次的例会苏然是有些期待的。因为这次例会的主要内容是讨论整个报社下半年的工作规划和安排，当然这其中也包括了一些人事的变动。对于升职，苏然志在必得！

半小时后，报社会议室里。

“下半年我们的报纸将会进行一次改版，但是目前具体的改版方案还没有最终确定，只形成了一个草案。散会后我会通过邮件将改版方案的草案下发，大家看过之后把意见和建议通过邮件的形式整理反馈一下，下周例会上我们再继续讨论，以便能把方案的终稿敲定下来。”总编坐在会议桌正中央的位置，缓缓说着，“不过一个总的思想就是，报道要新、要快、要图文并茂。所以需要摄影图片的采访稿可能会增多。夏磊啊，以后你要辛苦一些了。”

“知道了，总编，这个没问题。”夏磊点点头，之前的工作量确实不多，再忙一点也是在正常范围内。

总编笑了笑，“好。那下面我来宣布一下关于报社内部人事变动的相关决定。”

会议议程到了这里，苏然的心突然提到了嗓子眼，低着头不断绞着自己的十指，半是期待半是紧张。终于，在一长串的人名和变动决定宣布之后，苏然的名字从总编的口中蹦了出来。

“苏然，你这两年在社里的表现很不错，我考虑提升你做首席记者。但是你毕竟资历尚浅，所以接下来的半年是你的考核期，社里也相对会给你多派一些重点报道、出差和培训的任务，这些也是你锻炼的好机会，希望你能够很好地把握住。”总编说着望向苏然的位置，“这个安排，你可以接受吗？”

“可以！我一定不会辜负总编的信任！”苏然兴奋地抬起头，双眼放着极亮的光。她在大学时候，就听教授提起过，一个学长只花了三年时间就成了报社的首席记者。苏然也一直以此为目标激励着自己！

总编满意地点点头，做了这次例会的总结：“好。这次的例会内容就先这么多了，稍后有补充的地方，我会再发邮件。下半年又是新的开始，大家继续努力！散会吧！”

众人纷纷起身，陆续离开了会议室。夏磊看到苏然还坐在原处，扯了扯嘴角，然后走近她，轻拍了拍她的肩膀，问：“很高兴？”

“是啊！虽然不是正式升职，但好歹希望就在眼前了，不是吗？”苏然抬头，笑望着他。

夏磊点点头，随意地倚在桌边，修长的双腿曲出一个优雅的弧度，“嗯，我知道你很喜欢这个职业，当上首席记者也是你一直以来奋斗的目标。现在突然快要实现了，是不是觉得有些不真实？”

“是有点……”苏然抿了抿唇，轻声问，“好像有点太容易了。”

“怎么会！”夏磊俊朗的面容带着温暖的笑意，“你从进报社起，就一直比别人更努力。我这个旁观者看得可是清清楚楚。”

苏然听他这么一说，颇受鼓舞地站起身来，凑近他，“真的？”

“当然是真的了！难道我经常夸你吗？”夏磊挑起眉，站直了身子，两人的距离一下子变得很近。

“也对哦，你这个毒舌，难得不是损我，那应该是真话了！”感到他身上男性气息的入侵，苏然有些不适应地向后退了小半步，却没忘逞口舌之勇。

夏磊却突然俯下身，一言不发地盯着她看。苏然也抬眼看他，这么近的距离之下，她恍然发觉，当年那个小屁孩早就长成了高大帅气的男人，剑眉星目，薄唇微勾，英气逼人。察觉到这种变化后，苏然感觉此刻两人的状态有点微妙。

“喂！”夏磊冲着发愣的苏然，大叫一声。

被猛地从沉思中惊醒，苏然大惊，又倒退了一大步，“吓死人不偿命啊！”

“你就没什么要对我说的吗？”夏磊的眉毛又纠结了。

“什……什么……话？”苏然也不知道自己为什么结巴了，还有点心虚，而且也不敢再抬头看他。

夏磊重重地叹了一口气，“我这又恭喜你，又给你吃定心丸的，你都不打算对我表示表示？比如请吃顿饭之类的！”

话音刚落，苏然就刷地一下抬起了头，一脸愤怒，“夏——磊！”

“在！”某人立刻立正。

用帅哥的脸来做这种蹭饭的事情很有趣吗？！害得她，害得她刚才……喘了几口粗气的苏然终于把怒气平复了下去，觉察到自己被耍了以后，准备双倍奉还。于是她的眼珠暗暗转了几圈，计上心来，面上却露出平和的微笑，“好啊，不就请吃饭嘛！报社对面那条街不是新开了一家韩式烧烤店吗，我们今晚就去吃吃看？”

“就这么爽快地答应了？”夏磊咽了咽口水，不可置信地看着苏然。

苏然的语气十分真挚，“嗯。本来相亲那件事，只答谢你一顿早餐也不够，现在就一起算在今晚的晚餐上吧。”

“那太好了！下班时候等我，我开车带你。”夏磊这下疑心全无，心情愉悦地吹着口哨离开了。

“哼，敢调戏我，看我今晚不好好收拾收拾你！”看他走远了，苏然露出了奸诈的笑。

有了盼头的一天过得极快，下班时间一眨眼就到了，夏磊一早就收拾好办公桌，站在办公室一旁的楼道处，频频向苏然的位置张望。

就在这时，一个人影挡住了他的视线。

“夏磊，要不要一起去吃饭？”周小宁献宝似的从怀里掏出两张抵用券，“之前抽奖抽到的双人餐抵用券，快到期了，不吃可惜了。”

夏磊淡淡地扫了一眼那个抵用券，摇摇头：“不了，我最近胃不好，吃不了麻辣烫。”

“啊……这样啊，好可惜……”周小宁失落地垂下头，却没有离开的打算，气氛变得尴尬。

“那要是没什么其他事情，我就先走了，明天见！”夏磊决定三十六计走为上。

“哎？”还来不及叫住他，夏磊就已经消失在了楼道的拐角处。“讨厌！”周小宁懊恼地跺脚气馁道。

这边苏然还故意要吊着夏磊的馋虫，磨磨蹭蹭地不肯关电脑，却突然觉得背后灼热的目光消失了，不由奇怪地回头一望，发现夏磊已不见踪影。

“你人呢？”她打开微信，对着手机问道。

很快夏磊的语音就发来了，“我遇到了点麻烦……总之，你直接下来吧，我把车开到门口等你。”

这语气好像有点狼狈啊。苏然心中大为好奇，三下五除二就把办公桌给整理好，挎上包下楼。

到了楼下，却不见夏磊的车。苏然四下张望，这才发现他把车停在了一个不起眼的角落。

“我说你这么躲躲藏藏的，怎么和逃避追杀一样啊！遇到什么麻烦了，旧情人找上门？”风风火火地开门坐进副驾驶位的苏然调侃地问。

“我的姑奶奶，认识这么多年了，你见过我有情人吗？还旧情人！”夏磊的俊脸皱成一团。

苏然若有所思地点点头，“那就确实是为情所困喽！”

夏磊摇摇头，低叹一声，将车子发动，“刚才等你的时候，周小宁要请我吃麻辣烫。”

“你不就想蹭饭吗？这么好的机会，为什么拒绝？”苏然瞥了他一眼。

“我蹭你的饭是有名目的，吃她的就嘴短了。”他还回答得头头是道。

重新把马尾辫扎紧了些后，苏然才继续说，“你可别告诉我，你不知道小宁对你有意思。”

夏磊又叹了一口气，“我就是因为知道，才更不能和她一起吃饭的。”

“就这么不喜欢她？”苏然“咦”了一声，“我觉得她还不错呀！长得不错，性格嘛，虽然我不喜欢她那种爱撒娇的小女生，但是听说你们男的好像都挺喜欢这种款的。”

夏磊顺势说：“哦？那你还是不要当我是男的了。”

“噗——”苏然忍俊不禁之余，也觉得夏磊这人够坦荡。其实从学生时代起，她就知道夏磊有不少追求者和暗恋者，那些人里什么性格没有，夏磊还不是都拒之门外。

这么想着，苏然强行憋着笑意，转头看向窗外。

“你是不是在心里恶搞我的性取向了？”夏磊的声音冷冷地飘来。

苏然惊讶地转头，“你怎么知道……”

得，不打自招了！

“我还不了解你嘛！”夏磊冷哼一声，“不过这个念头你还是打住吧！我的性取向正常，别拿腐女的那套乱想我。”

吐了吐舌头，苏然知道他这口气是真有些生气了，连忙冲他挤出谄媚的笑，“不要这么严肃嘛……我还没开始乱想呢，就已经被你英明地制止了！真的！”

“算了……”夏磊迅速瞥了她一眼，然后无力地摇摇头。本来这事也确实没什么好生气的，玩笑而已。只是不知道为什么，他就是不喜欢苏然那么想自己。

这么一闹，剩下的一路两人也没有多少对话。好在烧烤店距离报社不远，很快车就停在了店前。

两人找了个靠窗的位置坐下，就有服务员拿着菜单过来了。“今天我请客，尽管点！”苏然对坐在对面的夏磊慷慨地说。

“放心，肯定不和你客气。”嬉皮笑脸的夏磊又回来了。

不一会儿，两人的桌上就摆上了一大份生菜，三盘牛肉，两份浓汤和两杯冷饮，炭火也已经加上了。

夏磊正准备夹起一片牛肉来烤，却被苏然按住了手。

“哎！等等——”苏然笑嘻嘻地从他手里把烧烤夹子拿了过来，“我来帮你烤！”

“……好。”夏磊受宠若惊地看了她一眼，发现她兴致勃勃，也不好拒绝。

于是，十五分钟后，夏磊的碗里出现了三片“黑焦”牛肉……

“你就这么恨我？”他的嘴角跟着即将遭殃的胃一起抽搐起来。

“不是啊！可能是我太久没有来烧烤了，手艺有点生疏，火候没有控制好，这才有点烤焦了。”苏然说着还准备继续，“我再烤几片试试！”

夏磊急忙抓住她的手，求饶道：“别啊！”

“那你先吃，吃完和我说说感想，我好吸取经验，调整烤的时间。”苏然依旧笑得可圈可点，双眼盯着他碗里的牛肉，一脸期待。

到了这一刻，夏磊要是还没看出来苏然是故意整自己，那就太蠢了！看苏然的神情，是没打算就此放过自己的，他只好咬牙夹起一片烧焦味十足的牛肉，塞进了嘴里，囫囵吞下。

“我说……你不知道吃烧焦的东西容易致癌的吗？”仰头喝了一大口饮料，夏磊才皱着眉头开口，“这是很严肃的问题啊！”

“人家说的是经常吃、吃很多的情况下，你就吃这一次，三片薄薄的牛肉而已。”苏然托着下巴，一脸期待地望着他，“还剩两片呢，快点吃了吧。不吃的话，浪费的可是我的钱。”

夏磊往后一仰，大手拍上额头：“那这顿我请总行了吧？！浪费我的钱总可以吧？！”

听到他磨牙的声音，苏然咯咯一笑，“好吧！虽然浪费可耻，不过看在你这么有诚心的分儿上，我就陪你可耻一回。”既然目的达到了，她决定勉为其难地放过他。

“多谢了啊……”夏磊黑着脸，摸了摸钱包。哎，又要瘪了……

“不谢不谢。”苏然随意地摆摆手，“可以开吃咯！手艺生疏的我就不帮你烤啦！”

夏磊闻言翻了个白眼，开始自己动手丰衣足食。苏然也使起了自己的筷子，两人开始在三盘牛肉上展开了争抢大战。一个为了不白花钱，一个则是为了多花对方的钱！

正当两人战得不亦乐乎时，苏然的手机突然响了。

“便宜你了！”苏然瞪了夏磊一眼，放下筷子，拿起手机。一看来电显示，她傻眼了。

见苏然的表情变化微妙，夏磊忍不住问：“谁的电话？”

“唐宇斌。”苏然迅速答了句，就接起了电话，“喂，你好，我是苏然……”

夏磊挑了挑眉，嘴唇动了动，最后也没说什么，就在一旁静静烤着肉，竖起耳朵“窃听”。

“啊，不会不会……”

“周五吗？我想想，目前是没有其他安排的。除非单位突然要加班。”

“看电影吗？我一时也想不出什么片子来，回头我选好了再发消息给你？”

整个对话过程，苏然面上都挂着浅笑，表情生动，时不时地点头，好像对方能看到似的。

“好。那就这样，到时候再联系，拜拜！”苏然说完就挂断了电话。

“周五约会？”夏磊夹起一块烤肉，沾了点酱汁，自然地放到了苏然的碗里，“这片我不能吃，胜之不武。”

苏然失笑，这还要公平？

“嗯，就是约我吃个晚餐，再去看场电影。”她吃下烤肉后回答说。

“哦……”夏磊沉吟一声，“电影注意别选太晚的场，八点的比较好。”

苏然本想讥讽他一句“管得太宽”，但又体会到他的好意，就只是笑着点头：“知道啦！我有分寸的。”

这么个插曲过后，两人默契地把进餐氛围从战斗模式调整到了正常模式，有一句没一句地闲聊起来，精诚合作，把桌上的食材扫荡一空。

“好饱啊……”苏然靠着椅背，摸了摸肚子。

夏磊摇摇头，喊来服务员，掏出钱包结了账后才问她：“还站得起来吗？虽然是我的钱，那也不用这么拼命吧？”

“你不知道，每次你请客吃饭，我都恨不得给胃开个外挂——”苏然说着，打了个响亮的饱嗝，“嗝……”

“丢人现眼！快走了。”夏磊一脸嫌弃地拽她起身，一路拽出店门，塞进车厢。结果他自己刚在驾驶位上坐好，就也打了个饱嗝，“嗝！”

正应了那句话，五十步笑百步！

“哈哈哈，哈哈哈哈……”两人对望了一眼，同时畅快地笑出声来。

那日之后，苏然就对周五怀抱了一份隐隐的期待。那种期待若有若无，不是特别强烈，却又真实存在。或许是唐宇斌这个人给她的印象确实不错吧。原本也不是什么大事，他却在电话那头反复致歉，说是因为临时被安排出了一周的差，忙得脚不沾地的，所以才没有和她及时联系。

既然周五要去约会了，那么对家里人也是瞒不住的，所以苏然就索性先和爸妈打了个招呼。秦臻听后虽说是心里早已乐开了花，但表面上也还算镇定，似乎一切早在预料之中，但一番唠叨是免不了的，对苏然千叮咛万嘱咐，周五的时候要打扮好再去上班。对于这一点，苏然是一笑置之的。

她向来不擅长打扮，穿衣也只求舒适干练，看着顺眼即可。

所以当唐宇斌再看到苏然的时候，依然是白衬衫搭配牛仔裤的她。

“我是不是……穿得太不正式了……”苏然见唐宇斌一身笔挺的西装，有点窘迫。

“不是，上班不得不这样穿。本来应该换一套休闲装再来的，但是又怕耽误时间，所以就直接过来接你了。是我考虑不周了。”唐宇斌反而向她道歉。

苏然忍不住咋舌，这人的礼数也太周到了吧，就是不知道这是性格与修养使然呢，还是出于本能的职业习惯。

见这个话题无法继续下去之后，唐宇斌调转了车头，换了个话题，“上次你说，这次约会就换一家我喜欢的餐馆吃？”

“是啊！你喜欢吃什么？”苏然转头看向他。

“我知道有家店的面食做得不错，也比较清淡。只是普通了点，不知道你介不介意？”唐宇斌依旧在征求她的意见。

苏然连忙摆摆手，“我没那么挑的。平时也就是和同事一起叫个外卖而已，哪有那么多讲究！”

“那好，”唐宇斌轻笑一声，“如果没吃饱，回头看完电影出来，还可以再去吃点消夜。”

他考虑得这么周到，苏然当然没话说地点点头。

“饭馆”话题的结束，让车内重新安静了下来。苏然努力转动脑筋，却死活想不出一个可持续发展的话题来调动一下车内的气氛。侧面瞥了唐宇斌一眼，发现他似乎确实是在专心开车，好像没有要聊天的意思，同时也没觉得沉默是尴尬的，所以她也就作罢了。

她自认为自己是个多话的人，怎么到了唐宇斌面前就这么不健谈了呢？难道是经常和夏磊斗嘴给自己带来了错觉，自己其实并不擅长正常模式的聊天？真是奇怪……

“怎么突然叹气？”唐宇斌突然问她。

“啊？没有，只是想到一个采访对象有点难约到。”苏然赶紧找了个借口。

唐宇斌低声笑道，“苏然，你果然很有事业心啊！”

“你别取笑我了，”她扯了扯嘴角，“我要多和你学习才对。”

这话一出，苏然自己都觉得自己中邪了！怎么和小学生似的，还整出学习榜样了。

眼角余光瞥见她懊恼的神色，竟十分可爱，唐宇斌不由心中一动，便又沉笑了几声，却没有继续接话。

接下来的路程，苏然始终低着头，反思自己刚才脱口而出的低情商语句，直到车子稳稳地停下。

“到了。”唐宇斌的声音从身侧传来。

“哦，好！”一直低头的苏然如释重负，忘了矜持一点，麻利地解开安全带就钻出了车子。结果她发现唐宇斌一脸无奈地望着自己，这才想起他好像是有绅士习惯的，自己把人家表现绅士的机会给剥夺了……

苏然尴尬一笑，“我习惯了……”

“走吧。”唐宇斌笑着摇摇头，锁好了车，就自然地牵过她的手往店里走。苏然犹豫了片刻，最终没有挣开手。

唐宇斌还真没有谦虚，这家面食店确实很普通，店面只有中等大小，面的种类也不算多，但绝大多数都很清淡，且分量足。

在车里还寡言少语的唐宇斌在饭桌上却很健谈，一边吃面，一边愉悦地给苏然讲了很多公司里的趣事。只出耳朵，苏然乐得轻松，听得津津有味。

“对了，这电影票你先收着吧。”唐宇斌从口袋里掏出电影票，交给苏然，“我没买错吧？”

苏然扫了一眼，就把票收好了，抿唇一笑：“嗯，就是这个。”

一大碗面下肚，两人都饱腹感十足，再坐进车里总觉得不消化，就达成共识，散步去还有一条街远的电影院。

唐宇斌走在她的外侧，比她走快半步，她就这么亦步亦趋地跟着。

“这大概就是传说中的轧马路……”苏然在心里好笑地想着。

两人没有继续说话，但这一次的沉默很自然，至少苏然是这样想的。因为她一路都在欣赏夜景。

二十多分钟后，两人来到了电影院。苏然看电影的时候没有吃零食的习惯，于是两人就直奔检票口，准备入场。

“不会吧？！”苏然在包里摸来摸去，却只找到了一张电影票。

唐宇斌低头问她，“怎么了？”

“不知道怎么回事，有一张电影票不见了……”苏然气恼地又在包里翻了翻，这时才发现包底有一个可疑的破洞！

“大概是从洞里漏出去的，”唐宇斌也看到了，“咱们再买就是了。”

苏然抬眼一望，买票的队伍排得很长。即使现在去买，那也只能买下个场次的票了，而且还浪费了手上剩下的这张票，况且下个场次的时间似乎晚了点……

“唉……”她重重地叹了口气，一时郁闷，“我往回走一段找找看好了！说不定才丢没多久……”

说着，她就掉头往回走，身后的唐宇斌无奈地跟上，却并没指望她能找到丢失的那张电影票。

“还是别找了，我们重新买两张下个场次的就行。”他劝道。

一直低头寻找的苏然抬起头，正准备说点什么，却突然看到一个熟悉的身影。而那人显然也看见了她，一面挥手一面叫嚷着：“苏然——”

“借过，借过……”那个身影就是夏磊，他一路挤到了苏然的面前。

也不知道出于什么原因，苏然想躲着夏磊，却没想到被他眼尖地发现了。

“你怎么在这里？”苏然瞪着夏磊问道。

“我为什么不能在这里？”夏磊不甘示弱地反问。

深吸了一口气，苏然已经完全忘记旁边还站着个唐宇斌，全然进入到了斗嘴状态，“那你说你来这里做什么？”

“来这里当然是看电影了！好笑，难道你以为我在跟踪你吗？”夏磊挑眉，不屑道。

“不好意思，打扰一下……”被晾在一边的唐宇斌终于忍不住插话了，“苏然，这位是？”

苏然这才察觉自己把唐宇斌给忽略了，连忙歉意一笑，正准备开口，却被夏磊给抢了个先。

“你好！我是苏然的发小，我叫夏磊。”夏磊热情地伸出手，“我听苏然说过你的，你叫唐宇斌，我没记错吧？”

唐宇斌勉强一笑，和他握手，“是。夏先生，你好。”

“你是苏然的——”夏磊的话才说到一半，就收到了苏然的眼刀，于是紧急刹车，“呃……总之和我就不用这么客气啦，叫我夏磊就行。”

“好，夏磊。”唐宇斌点点头。

夏磊扫了一眼苏然手里攥着的电影票，“对了，你们怎么不进去看电影？”

见苏然神情窘迫，唐宇斌就代为回答了：“两张电影票，路上不小心丢了一张，还没来得及补买。”

“阿磊啊，小然有时候马马虎虎的，我这心里老是不放心。你去买两张同场的电影票备用吧，要是用不上你就自己找伴看看也成……”岳母的叮嘱犹在耳边。真是知女莫若母啊，夏磊深以为然。

于是夏磊拍了一下脑门，从口袋里摸出了三张电影票：“哎呀！那太耽误时间了——正巧我这里有三张，而且还是八点场的，快开始了，不如我们一起去看吧？”

“你没事买什么电影票，还三张？”苏然狐疑地看向他。

夏磊摸了摸鼻子：“还不是宋凯那家伙，要和女朋友约会，事到临头发现忘记买电影票了，就偷偷给我打个电话让我帮他买电影票，并在这里等着他。我想着既然来了，就多买一张犒劳自己。结果那小子刚才又说，他女朋友临时改变主意了，要去游乐场玩，不看电影了，这票不就白买了。”

“哦……”苏然半信半疑地点点头。

“嗯，既然这么凑巧，时间也不早了，那就一起看吧。到时间了，该进去了。”唐宇斌看了看手表，说，“今天多谢了，电影票的钱，我改天找机会还你。”

苏然却不以为意，瞪了夏磊一眼，“宇斌，你不用和他客气。他不知道在我家里蹭过多少顿饭，都算成钱的话，够买好几张电影票了。”

因为夏磊始终打光棍，厨艺又相当一般，秦臻对他吃的“狗粮”看不过眼，所以常常让他到家里一起吃。

“哦，好吧。”唐宇斌笑得有些不自然。

“快走吧，不用理他……”苏然对他莞尔一笑，挽过他的手臂就往检票口走去。

第三章
他是她的谁

进入放映厅坐下后，神经大条的苏然这才察觉到一丝微妙。

因为是三张连票的关系，三个人的座位也是相连的。导致现在的格局是她左手边坐着唐宇斌，右手边坐着夏磊。

“这票要真是给宋凯用了，他非气死不可。”苏然侧首，对夏磊咬牙说道。宋凯是夏磊的哥们，因为相貌平平，光芒总是被夏磊掩盖住。这回人家好不容易找到个女朋友，要是这么一场电影看下来，估计又得上演一场“倒戈”大戏了。

“我没想那么多嘛，图方便就连着选了三个位置……”夏磊挠了挠头。

苏然摇摇头，“你以后得注意点，给你的哥们留点儿机会，别到时候人家到手的女朋友的魂都被你给勾走了。以前又不是没发生过这事。”

“啊？”夏磊以为她只是觉得自己成了电灯泡，没想到她是想到了当年的旧事，忍不住替自己辩解一句，“我又什么都没做，怎么能怪我……”

当然了，他这句辩解很小声，正巧电影已经开始放映了，音乐声直接盖过了他的辩解，所以苏然也没听见。

“没想到夏磊买的票正好也是这部，真是好巧。”唐宇斌压低声音，插话进来。

“嗯，苏然喜欢看古装武打片，一来刺激，二来穿帮镜头多，有笑点。”夏磊自然地解释说，“我那哥们电话打得匆忙，也没说他女朋友要看什么。女生的心思我也猜不来，就按照苏然的喜好买了。”

唐宇斌若有所思地点点头，“原来如此。”

“你会不会觉得我这爱好很无聊啊？”苏然不好意思地转头问唐宇斌。

“怎么会？看电影本来就是为了放松，个人放松的方式不同而已。”唐宇斌轻笑一声，“我倒是很庆幸你不喜欢看恐怖片。”可话才说出口，他就有些后悔了。

果然，苏然好奇地追问，“为什么？难道你不敢看？”

“嗯……”唐宇斌有些难为情地应了一声。

“其实我也不敢看的，这没什么大不了的。”苏然并没有放在心上，“电影正式开始了，快看吧。”

唐宇斌无声地点点头，把视线移回了大屏幕。

很快，苏然的低笑声就传入了他的耳朵里，他有些心猿意马，看不进电影，频频转头来看她。放映厅里光线昏暗，屏幕上的光打在苏然的侧脸上，有种朦胧的美好。

“苏……”唐宇斌正想和她说话，却发现苏然偏头转向了夏磊。

“你看又穿帮了……”只见夏磊将身子微微向左倾斜，凑到了苏然的耳边，低声笑着，“女主被烫的是左手，男主握的是右手，真是服了！”

苏然听完咯咯一笑，“刚才还有一幕，被打得摔出去以后站起来，脸上的疤痕就换了一边了……”

唐宇斌本来想借着看电影，让自己和苏然的关系发展得更亲密些，好歹能搂上个肩膀，却没想到半路杀出个夏磊，一点电灯泡的自觉都没有，居然就这么和苏然起劲地聊了起来。

其实苏然之前去看电影，陪同的人员就两个，不是夏磊就是方菲，这两人陪同的次数大约是四六开。所以她算是经常和夏磊一起看电影了，自然而然就习惯性地和夏磊在“穿帮找茬”这件事上切磋了起来，压根没想太多。

而且在她的潜意识里，觉得也只有夏磊会陪自己聊穿帮镜头，唐宇斌肯定没这个低级爱好，所以就不勉强人家了。

于是整个电影播放期间，苏然和夏磊两人越找越欢，越聊越起劲，而一旁的唐宇斌的眉头则是越皱越紧。

“苏然！”在距离电影结束还有十几分钟的时候，唐宇斌终于耐不住了。

“嗯？”听到有人叫自己，苏然就转过头，“怎么了？”

看她一脸笑意地盯着自己，唐宇斌有脾气也发不出来了，只能长长地吐出一口浊气，“没什么……”

苏然有些疑惑，“是不是哪里不舒服？”

“不，没有。”唐宇斌摇了摇头，转回头，重新专注于屏幕。

虽然感到莫名其妙，但是苏然也没有深究，笑着把电影的大团圆结局给看完了。

电影结束后，三人先后走出了放映厅，苏然和夏磊是有说有笑的，唯独唐宇斌一直沉默。不过苏然觉得唐宇斌比夏磊更稳重，所以话不多也是正常的。再加上走出电影院的时候已经很晚了，唐宇斌那不太好看的脸色被夜色笼罩着，让人不容易察觉。

“你送她回去吧，我再逛逛。”夏磊停下脚步，对唐宇斌说。

“这个当然。”唐宇斌的语气有些生硬，没有了最初的那份友善。

苏然和夏磊这次都听出不对劲来了，不同的是，夏磊很快想通了原委，而苏然还没有反应过来。

“啊哈哈哈……真是不好意思，我本来也是好意，结果……”夏磊拍了拍脑门，“不说了，不说了。我还是先走吧，你们慢慢聊！”

说完，他也不等苏然说话，就大步跑开，消失在街道的拐角处了。

“他是什么意思啊？”苏然怔怔地问。

“没什么。”叹了一口气，唐宇斌摇摇头，兀自抬脚往前，“快走吧，车还停在面店那里。”

苏然想不明白也就不想了，快步跟了上去，“等等我……”

回去的路上，两人依旧沉默，特别是上了车之后，唐宇斌也一直不说话，好像十分专注地在开车，但苏然觉得他就是在摆脸色给自己看。她试着问了他一次，但他并不回答。之后又有好几次，她都想张口问问他生气的原因，却都没有问出口。一来不知道从哪里问起，二来看他冷淡的模样，多半也会吃闭门羹，所以索性闭嘴，转头看窗外。

“你就没有什么话要对我说吗？”在距离苏然家不远的路口处，正好遇到了红灯。唐宇斌突然转过头看向她。

“什么话？”苏然皱眉，想了想，摇摇头说，“我不知道你想听什么。你从刚才好像就一直有点闷闷不乐，可我问你，你又什么都不说。”

作为文字工作者，苏然的习惯就是用最简洁的语言把事情说清楚，或者把自己的想法表达清楚。所以言语之间，难免让人觉得过于冷静，这让唐宇斌感到一阵无力。

红灯转换成绿灯，唐宇斌沉默着启动了车子。到了苏然家的小区前，唐宇斌还是冷着一张脸，但仍例行公事一般下车替她打开了车门。苏然隐约觉得他是在赌气，但他不把这赌气的原因告诉她，反而玩冷战，也让她很气恼。

“再见。路上小心。”苏然淡淡地说了句，冲他挥挥手，目送他的车子开远了。

她想，这大概就算是不欢而散吧，估计也不会有下次约会了……

“算了，莫名其妙……”发了会儿呆，苏然甩甩头，就进了小区。

而另一边，消失在街角的夏磊漫步回到自己的桑塔纳里，开始优哉游哉地给自己的“岳母大人”汇报情况。

“妈，您真是太英明了，备胎的电影票果然有用！”他感慨道。

“小然这性子真是……”秦臻在电话那头又是摇头又是叹气了一阵子，接着才提起精神问，“对了，他们进展如何？你觉得他们……合适吗？”

夏磊一怔，想说合适，又觉得心中别扭，只好含糊其辞，“这个，当然是不错喽！估计很快就会有下次约会了。”

“那就好，那就好！”秦臻笑得合不拢嘴，“这周末你再来吃饭，想吃什么告诉阿姨，阿姨给你做！”

“哈哈！那太好了。”夏磊欢喜地应下，“时间晚了，不打扰您休息了，我先挂了。”

挂断电话后，夏磊长长地吐出一口气，喃喃自语，“真奇怪，我到底在别扭什么？刚才要是说句合适，老人家会多放心啊……唉，算了，算了，烦，不想了！”

有些烦躁的夏磊开车到江滨转了一圈，才回了自个儿家。琢磨着时间差不多了，他发了条语音给苏然，“到家了吗？后来怎么样？”

“到家了。不过后来实在不怎么样……”苏然已经洗完热水澡躺在床上了，随手抓过手机和他聊天。

夏磊收到后反问，“怎么回事？”

“我也不知道啊！他好像有点生气，可又不和我说他为什么生气，一路上都在生闷气，最后大家就不欢而散了。”苏然翘着腿，把腿晃来晃去，“他还问我有没有什么要主动和他说的，我实在猜不到他的意思，他又不肯明说……”

“你不喜欢？”夏磊听到她的抱怨，怔了怔，才发了条语音去。

“当然了！我最讨厌别人不把话说清楚了！”苏然吐槽道，“而且今晚前面一直不都是好好的吗？我丢了电影票也不见他生气啊，想不明白！”

夏磊本想开口提点她一句，但一想起唐宇斌对自己的敌意，就有些愤愤然，“是吧，我也觉得他有点莫名其妙。有的人，别看平时彬彬有礼的，一脸笑容无公害，说不定骨子里是个怪脾气！”

“唐宇斌会是这种人吗？”苏然诧异地问。

“当然有这个可能了！”夏磊想了想，才继续说，“其实我今晚看他就有些不顺眼，我那么热情对他，你不觉得他对我却有点阴阳怪气吗？”

被他这么一说，苏然仔细回想了一下，好像还真有这么一回事。只是估计就算她想破了脑袋，都不会往吃醋那方面联想的。

盯着她的头像好一会儿，见她一直没回话，夏磊又问，“你睡着了？”

“没有。”这次苏然回得很快，“只是思考了一下，觉得你说的有点道理。那你说，他是不是不会再约我了？他今天走的时候什么都没说。”

夏磊沉吟一声，按下录音键：“我看是不会了，你还是趁早把他忘了，开始新的旅程吧！”这时候，他已经把“准岳母”的期待忘得一干二净了。

“这样啊……”苏然心里也谈不上失落，随口说了句，“好吧。大概是我太难伺候了。”

夏磊开始耍嘴皮子：“怎么会？我这不都伺候你二十几年了吗？”

“得了吧！你这叫伺候啊？你就这么‘伺候伺候’你以后的女朋友试试？”苏然终于展颜一笑，嗔道，“好了，我困了。你也早点睡吧，晚安！”

“晚安。”夏磊发完这条，就把手机放到了一边。

因为是周六的缘故，苏然睡了个懒觉，九点半过后才从床上不情不愿地爬起来。

刚洗漱完，就听到了老妈的声音：“小然，今天阿磊来我们家吃午饭，我出门去多买点菜。”

“知道了……”苏然扬声答了句，接着不服气地嘟囔了一句，“真是偏心，只是蹭个饭，还要专门多买点……”

苏然的父亲苏寓正好走出卧房，来客厅拿报纸，听到了她的抱怨，随口笑说：“你还不知道你妈？一直拿阿磊当‘童养媳’养的！”

“扑哧——”苏然正撕着吐司，听后忍俊不禁。还好她还没在喝牛奶，不然一定呛住。

“爸，你知道我妈这次为什么一句都不问我相亲的事情吗？”她想了想，问道，“我觉得这很不寻常啊……”

只见苏寓轻咳了两声，才说：“这个，我也不知道。不过，我原本也不赞成她把你催得太紧。”

“那……你能不能帮我委婉地和她透露下，我和最近一次相亲的唐宇斌发生了点不愉快，可能没希望了……”她眼珠一转，露出讨好的笑容，“你和她说说，要是我去和她报告，她一定又要念我了。”

“又搞砸了？”苏寓一面叹气一面摇头，“你啊，就不能让你爸妈省点心吗？你也不小了，快二十六了。不说结婚，对象总该认真处一个了吧？”

苏然点头如捣蒜，“是，是，是，我明白的。但不合适总不能强求吧。”

“爸，哎呀，好爸爸，你帮我说说嘛！”苏然开始撒娇。

“好了，好了。我找个时间和她说，你快吃早餐吧。”苏寓无奈地应下，拿着报纸回房了，“看个报纸都不省心，唉……”

奸计得逞的苏然则是美美地享用了早餐，回到卧房开始上网娱乐休闲。

才看了一集美剧，苏然就听到外面隐约传来了敲门声。

“是不是又忘带钥匙了啊？”她以为是妈妈，打开门映入眼帘的却是夏磊，“怎么是你？”

“岳母没和你说吗？我来吃午饭。”夏磊轻车熟路地进了门，换上拖鞋。

苏然点点头：“她说了，只是我没想到你来得这么早。”

“毕竟是来蹭饭的，就来早一点儿，在厨房帮忙打打下手。”夏磊清朗一笑，“也省得你成天拿蹭饭的事情挤对我！”

“算你有点良心。”苏然也不想和他争辩，懒懒地白了他一眼，“我妈出去买菜了，大概过一会儿才回来，外面没开空调，到我房间里来吧。”

夏磊耸耸肩，就跟着她进去了。大概是因为从小混到大，所以两人对于“成年男性随意出入成年女性闺房”的做法，都没有概念。苏然的卧房，别说进去了，就是那床，夏磊也是躺过的！

“啧啧……女孩子的房间这么脏乱差。”夏磊才进房间，环视四周后，就一脸嫌弃地说。

苏然决定以退为进，“那你去我爸那屋？”

“别……其实我的卧房比你的还脏乱差，嘿嘿……”虽然和苏然的父母关系都很好，但是夏磊还是不好意思单独去打扰苏寓的。

看他赔笑着讨好自己，苏然心情大好，“喏，要不要上网？”她指了指放在床头的笔记本电脑。

“不用了，就一会儿时间。”夏磊摆摆手，随便找了个地方坐下，掏出手机，刷起微博来。

苏然也重新坐到了台式电脑前，继续看剧。

“对了，你打算怎么和岳母说你和唐宇斌那事？”夏磊突然开口问。也是今天来了苏然家，他才记起岳母大人当初给自己的指示是撮合两人，结果他昨晚一时兴起……

“我让我爸去给我妈吹枕边风去了。”苏然露出狡黠的笑容，“我妈耳根子软，对我爸尤其是，所以应该不会因为这事来念我了。”

接着她又瘪了瘪嘴，托腮说：“不过……继续相亲是在所难免的了。”

夏磊想和她说“节哀”，调侃她一下，又想到苏然可能会做出的反应，只好抽了抽嘴角，选择闭嘴。

两人的话题并没有在唐宇斌身上持续太久，就闲扯到了别的事情上。聊了不久，两人又默契地沉默了下来，开始各干各的，直到外面传来关门声——是秦臻回来了。

“我先出去给岳母帮忙了。”夏磊说着就起身出屋了。

苏然一个人乐得自在，就又躺回了床上伸展了一下僵硬的肩背，“嗯……真舒服。周末就是好。”索性也不起身，就趴在床上继续看剧。

半个多小时后，就传来了开饭声。

“苏然，来吃饭了！”夏磊的声音听起来中气十足，对开饭一事充满了热情。

“好！我来了！”苏然应了一声，简单收拾了下就出去了。

一顿午饭，四个人吃得其乐融融。夏磊的父母不是本地人，在这里打拼了半辈子后就决定回老家养老了，只留夏磊一个人在这里。所以对于夏磊来说，苏然的父母，真的能算他的半个父母。这样聚在一起吃饭，就有一种一家人团圆的感觉。看到夏磊连眼底都染上了明亮的笑意，苏然也不由自主地感到开怀。

午饭后，夏磊陪苏寓出去散步，苏然则帮着秦臻收拾碗筷。时光惬意，心情愉悦。

那日之后，又过去了半个月的时间，苏然果然没有再接到唐宇斌的电话，两人像是就此断了联系。有了之前夏磊的怂恿，苏然当然也不可能主动联系他。

苏寓早已经替她吹过了耳边风，秦臻虽然不甘，也别无他法，原本还抱有的一点希望也随着时间的流逝而消散干净了。所以夏磊很快就接到了一个新任务，也可以说是老任务了——“押送”苏然去参加第十九次相亲！

“你的兴致不高，”路口处绿灯转成了红灯，夏磊扭头看向副驾位置上面无表情的苏然，“因为唐宇斌？”

“嗯？”苏然迷茫地回神，好笑地看向他，“说什么呢，我一直讨厌相亲的，你又不是不知道。”只是和唐宇斌的不欢而散确实让她产生了挫败感。之前几次相亲是她压根没看上人家，这次好不容易有了点好感，又似乎是被自己给搞砸了……难道真的是自己不够讨喜？

夏磊却不知她心中的弯弯绕绕，以为解释就是掩饰。“要真这么在乎人家，那就主动联系他一次，吃白食的时候可没见你这么矜持。”启动了车子，他重新直视前方。

听出了他的阴阳怪气，苏然只觉得莫名其妙，最近也不知怎么了，夏磊的情绪就像提早进入了更年期。难道是看她可能抛下他，率先摆脱单身，所以心里不平衡？

偷偷用眼角余光瞥了几眼夏磊的侧脸，发现他唇角向下，苏然便更肯定他是在为此事郁闷。不过这能怪谁呢？又不是没人喜欢他，怪他自己眼光太高啊！

但话虽如此，临下车时，苏然还是很仗义地拍了拍他的肩膀说："夏磊啊，眼高于顶也不是你的错，谁让你颜值颇高呢？"

"什么意思？"夏磊挑眉，跟不上她的思路。

"我的意思是呢，你也别把单身当成丢脸的事情嘛！单身多幸福啊，尤其是你这种不愁没人喜欢的……"苏然笑眯眯地盯着他，"而且你也不用着急啊，我和唐宇斌不是没成吗？所以不会比你早'脱光'的。"

这回夏磊总算明白苏然一路上都在怎么曲解自己了……尽管他自己也无法确定无名火的准确来源，但绝对和谁先"脱光"一点关系都没有！

"你的想象力也是很惊人……"夏磊被她这曲解的劝慰弄得没了脾气，边说边俯下身替她解开了安全带，"不过你与其花时间瞎猜我的心思，还不如想想一会儿怎么和你的第十九任相亲对象做个开场白！"

结果他才刚帮她解开安全带，稍微直起身子，一只不安分的手就探上了他的额头。只见苏然很快收回手，又继续摸了摸自己的额头，然后一脸奇怪地要伸手重新去够某人的脑门，却被某人一掌拍开来。

"你这是做什么？"夏磊剑眉微皱。

"没发烧？"苏然用不可思议的语气说着，"你居然会帮我解安全带？！"

谁知夏磊听了这话，脸色又是一沉，突然二话不说地扭头下了车，然后大步绕到另一边，替苏然把车门一把拽开。“我不仅会帮你解安全带，也会帮你开车门。”他说这话时分明带了赌气心理，咬牙切齿的，“你要是不喜欢，以后麻烦你不要每次车都还没停稳，就自个儿麻溜把所有事都解决了，然后车门一开一甩，潇洒走人。”

仔细一回想还真是，他对自己下车动作的描述还真是贴切，他以前确实是没机会做个绅士。苏然暗自吐了吐舌头，猫着身子从里面钻出来，带着讨好的笑看向他：“对不起啦，我就是开玩笑的，你别生气！”

对此，夏磊不为所动。

“而且我们俩之间这么熟，谁跟谁啊，哪里还在意这点小事？又不是外人！”苏然这句话倒像是说到了夏磊的心坎里，他的面色明显缓和了许多。

“嗯。不过……”他有些不自然把目光从苏然身上移开，语气别扭地说：“以后还是让我来吧，否则习惯成自然，你可能会一点作为女人的自觉都没有。你嫁不出去，岳母大人又要着急了。”

苏然不以为意，得意道：“放心吧，我在外面装得可像了！”

“装？你本来就是女人还要装？”夏磊彻底被逗笑了，自然地抬手替她理了理衣领，“好了，时间差不多了，快进去吧。第一次见面别让人家久等了。”当然很大可能也是最后一次见面……

“夏磊，那你呢？”苏然点点头，走出两步，突然转身问他。

无所谓地耸耸肩，夏磊低头看了看手表：“还是老样子啊。这会儿是饭点，我先去别的地方吃点，然后等你电话。可别在我吃到一半的时候告诉我相亲结束了哦！”说到最后一句时，他已经恢复了吊儿郎当的模样，还挑眉冲她吹了声口哨。

假如换作别人做这个动作，苏然一定反感，但夏磊做来就全无痞气，反而让她感到一种毫无隔阂的亲近。

会心一笑，苏然打了个“OK”的手势，并且对他做了个“我尽量”的口形，就心情愉悦地回身进了酒店。

距离约定的七点还有五分钟。对方原本是要定一个包厢，但初次见面就在相对封闭的环境里，不管是苏然还是她父母都觉得不妥，所以就将地点改在了大堂的十五号桌。此刻十五号桌还是空着的，苏然就知道对方还没有来，便一人坐了下来。

“小姐点餐吗？”服务员很快就注意到了苏然。

苏然只是笑着摆摆手，“等人来齐了再点，谢谢。”

结果这一等，就过去了将近半个小时……

服务员频频投递而来的目光让她如坐针毡。这是一家生意还不错的中餐酒店，饭点一到，大堂的位置就几乎爆满，像苏然这样一人霸占着一座却又不点餐的，自然成了最扎眼的。到了后来，苏然几乎不敢抬头，只一味盯着桌下的手机，看着上面的时间接近七点半。

“可恶，居然放我鸽子，害我这么尴尬！”其实等到十五分钟时，她就已经没兴趣见这人了，但想着夏磊让她尽量别提前，又想到老妈对自己的殷切期待，所以才一忍再忍——可忍到现在，她也无需再忍了！

从包里翻出一张小字条，那是老妈抄给她的对方的手机号码，说是怕见面地点的改动让两人碰不到一处，还是带个号码在身上比较妥当。而现在，苏然只有一个想法——打电话过去教训他一顿！

一遍，两遍，三遍……没有一次拨通！正当苏然低头要第四遍按下拨号键时，头顶传来一名女服务员来者不善的声音：“这位小姐，您等的人还没到吗？您是不是考虑联系对方一下，或者先点餐？”

“啊哈哈……”苏然难为情地抬起头，赔笑道，“不好意思啊，一直打不通他的电话，可能是临时有什么事情来不了了吧。我……我……这就走。”说着，她赶忙把手机和字条都塞进包里，准备起身。

可就在这时，一个不算陌生的声音响起：“抱歉，我来晚了。”

“啊？”看着如神兵天降般替她解围的唐宇斌，苏然只能发出一个单音。

“不好意思，现在可以点餐了，把菜单拿来吧。”唐宇斌只是递给她一个安抚的眼神，然后自顾自地在她对面坐下，对服务员说。

看他神态自如，苏然也定下心神，把挎包放下，重新坐好。

女服务员见唐宇斌仪表堂堂，西装革履，举止从容，一看就是常出入各类酒店的，脸上就带出了职业的笑容，将手中的菜单递给他。然而唐宇斌双手却交叉放在桌上，并没有接，甚至没有再看服务员一眼，只是对苏然柔声道：“你决定吧。”这一举动，当然令女服务员的笑容僵在了精致的妆容上。

就算再迟钝，苏然也明白过来了，唐宇斌这是在替自己出气。

“谢谢。”她先是投给他感激的一眼，接着便客气地接过服务员手里的菜单，没有多为难对方。

简单扫了两眼菜单，苏然果真没有征求唐宇斌的意思，自己做主点了几道清淡的菜色，就把菜单合上交还给服务员。“就这些吧，谢谢。”她想了想又说，“对了，能做醒酒汤吗？可以的话就加一份醒酒汤吧。”

“好，可以。”女服务员之前吃了瘪，也学乖了，公事公办地记下后，就拿着菜单快步离开了。

“我身上的酒味有这么浓吗？”等那服务员走远后，唐宇斌定定地盯着苏然问。

苏然煞有其事地点点头：“嗯……如果你真没喝多少，那可能就是我的鼻子太灵了吧！”

“我只是喝到眼前重影，所以刚才才不肯看菜单。”

话毕，两人就同时扑哧一笑。

“说真的，谢谢你。”稍微收敛起笑，苏然正色道，“又替我解围又替我出气。”要是没有唐宇斌这么善解人意，替她挣回了面子，她估计只能落荒而逃了。

“举手之劳。”唐宇斌摆摆手，笑意融融，“而且我知道苏小姐是个好脾气的人，不会为难人，所以只能由我来代劳了。”

“嗯，其实原本也有我的不对，不该在生意最热闹的时候占着个位置，不怪人家……”苏然俏皮地吐了吐舌头。

而唐宇斌则是带过了这个话题，问道：“不过话说回来，是谁丢你一个人在这里的？夏磊？”

“啊？不是啦，他怎么敢放我鸽子？”苏然有些窘迫，不知道该不该如实告诉他，自己又是来相亲的。不知为何，她竟有一种背着男朋友劈腿的心虚。也许是因为唐宇斌的态度如此温和友善，一点都不像之前和她闹掰过。那么在没有闹掰的前提下，她又找新人相亲，确实不太地道……

“哦。”好在唐宇斌并没有深究，只是应了声，便不再纠缠这个问题，转而笑道，“其实我刚才也一直在陪酒，饭菜没吃两口。你不介意我在你这里一道吃点吧？”

偏头一笑，苏然没有丝毫扭捏：“原本就点了你的分量，我自己一个人哪里吃得了那么多。我知道你们这些人应酬起来就是灌酒，饭菜都是用来摆设的。所以我尽量点了些清淡的菜色，你应该能吃下。”

听了这话，唐宇斌看向苏然的目光多了些朦胧的温情。大约是喝了酒的原因，他说话比前两次见面都要大胆了些，竟鬼使神差地冒出一句：“苏小姐细心体贴，谁要是能娶到苏小姐，那真是好福气啊……”

细心体贴？苏然觉得如果夏磊听到有人这么形容她，一定会笑掉大牙。

见她若有所思地沉默了，唐宇斌的眼神恢复了些清明，面带歉意道：“抱歉，我说这话太唐突了。”

“不，我不是因为这个，只是好像第一次有人这么夸奖我。”苏然急忙摆摆手，报以羞赧一笑，“我给人的印象都是大大咧咧的，和细心体贴这些温柔的词都不太搭边。”

唐宇斌闻言先是一怔，随即轻笑道：“人的性格虽然不一定都有两面，但肯定是分内外的。有的人外表刚硬，但其实有颗温柔的心。苏然你也一样，表面爽朗，内心其实是很细腻的。”

“那你的内心呢？”她忍不住反问。唐宇斌外在的表现几乎无可挑剔，完美得有些不真实，像是被包装起来的人。

这一问却让唐宇斌一时哑口无言，犹豫许久，他才找出一句话来：“或许都是当局者迷吧，自己想要看清自己是很难的。你觉得我的内心是什么样的？”

苏然坦白地摇摇头，“你给我的感觉是很周到，很冷静，可能就算很生气的时候，表面也会表现得比一般人要平静吧？所以反而让我不知道你究竟是怎样的人。”她不由想到夏磊曾背后说人家是个怪脾气，当时自己是信了几分的。

对于她的回答，唐宇斌只是不置可否地微微颔首，于是两人之间难免冷场。好在菜上得是时候，打破了尴尬。

“来，多吃点啊。”为自己不加修饰的大实话感到一丝后悔，苏然颇带讨好意味地给他夹了菜，希望能缓和气氛。

唐宇斌却似看穿了她的心思，温和地冲她笑笑，“我没有生气，你说得很对。我刚才只是在想是不是该做点改变。”他的目光真诚，没有半分虚假与掩藏，让苏然很舒服。

“嗯……我觉得倒不需要刻意改变，只是你对自己的要求好像太严格了一些，有时候可以适当放松一下自己嘛。”苏然莞尔，“像我，面对领导和不太熟悉的同事当然会变得客气谨慎一点，但是在亲近的人身边就‘原形毕露’啦！”

“那看来我在你心中还属于前者。”唐宇斌的重点好像落在了一个奇怪的点上，换来苏然的干笑。

认真来说，他应该是介于两者之间的微妙存在吧，苏然心想。

“好了，吃饭的时候就不要想这些伤神的事情。”唐宇斌见她皱着眉，认真思索起来，估计是在为如何回答而伤脑筋，忍不住好笑，“你等了这么久，肯定饿了，快吃吧。吃完我送你回去。”

“哦，好。”苏然下意识地应下，却在吃到一半时猛地想起夏磊还在等着送自己回去呢！但眼下再拒绝唐宇斌又说不过去。况且他这次出现，先是给她解围出气，又态度温和地与自己闲聊吃饭，完全没有和她置气的意思，没准就是又去出差了才没有约自己而已，自己却小心眼地理解成“闹掰”了……

在心里再三衡量过后，苏然还是觉得夏磊好欺负些，于是就微微抬眸，瞥了眼正专心吃饭的唐宇斌，发现他连吃中餐时的模样都很优雅，不紧不慢的。目光在他身上停留了几秒，确认他暂时没有抬头的意思时，苏然才将一只手悄悄从桌上移下来，掏出包里的手机，艰难地往桌下瞄，半是盲打地输入了一条简单交代情况的短信，发给了夏磊，接着便把手机调成了静音，以防夏磊立刻打电话来找她算账。

这些小动作都做完后，她又迅速地把手机扔进包里，同时偷瞧了唐宇斌一眼，发现他依旧保持垂眸喝醒酒汤的姿势，这才松了一口气，重新把手抬上桌面，继续埋头吃饭。做贼心虚的她并没有发现唐宇斌唇边那一抹了然的笑。

有苏然机智的静音行为在先，接下来的半顿饭自然吃得十分和谐。也不知是无心还是有意，唐宇斌开始开口说话，而说的内容都是与苏然“失联”这半个月里他做的事情。诚如苏然所料，唐宇斌的工作很忙碌，去做了一周的培训后又连续加班应酬，包括今晚也在应酬。

“你一直这么忙吗？”她很怀疑在这种工作强度下，他是如何做到不牺牲生活的。

“最近公司的动作比较大，要拿下的单子也比之前多，所以会特别忙。等忙过了这一段，一切步入正轨，就能空闲下来了。”唐宇斌一面拿纸巾擦嘴，一面促狭地笑道，“所以苏小姐不用担心我抽不出时间和你约会。”

同样正在擦嘴的苏然一讶，“啊？”这当然不是她所担心的！真没想到唐宇斌也会开这种玩笑，而且他这话里的意思是，两人还是保持在尝试交往的状态中吗？之前半个月的“失联”就真的完全不用放在心上吗？她心里总觉得过不去这个坎。

唐宇斌却好像没注意到她的反应，兀自起身道：“我今晚喝了酒，不方便开车送你，就一道打车吧。”

“一道？”苏然连忙跟着起身，“我们顺路？”

“当然是先送你回家。”她愣愣的神情落在唐宇斌眼中，只觉十分可爱，便顺从自己心意，握上她的手腕，“走吧。”

不得不说，唐宇斌这一握很有技巧，既将苏然的手腕包在自己掌中，却又留出了适当的空间，就那样不松也不紧地牵住，若即若离，又很舒服，不会让她感到突兀，更不会让她为难是否应该拒绝。只是这一握，让她想起偶尔过马路时，夏磊好像也会这么拉着不专心的她……

等苏然终于从胡思乱想中回到现实时，她已经和唐宇斌一起坐在了的士的后座上。她不记得自己刚才说过自家地址啊。

“我记得你的地址。”见苏然诧异地往窗外看去，坐在她身边的唐宇斌便明白了她的想法，解释道。

苏然心中一动，回过头笑望他，“你是不是学过心理学啊？怎么我想什么你都知道？”

“心理学倒是没学过，只是生意场上做过的谈判多了，难免容易猜出别人心里在想什么。”唐宇斌此时已经放开了她的手，“不过你的心思好猜，在于你时常把它们都写在脸上。”

闻言，苏然似乎很沮丧，抬手揉了揉自己的脸颊，“我就这么藏不住心思吗？”她的语气郁闷，“那岂不是很容易被骗。”

“会不会被骗我不知道，不过苏小姐这样真的很可爱。”说这句话的时候，唐宇斌的声音很低沉，带着些沙哑，让人感到一丝带着酒气的暧昧。

车窗外的霓虹灯迅速后退，光怪陆离的斑斓色彩在车厢里不断变幻。迷离夜色下，苏然有些看不清唐宇斌的表情和眼神，只能凭借他的语气和语调来判断，他这句话已不再是出于礼貌或是修养的夸奖，而是一种示好，一种男人对女人的示好。

“对不起。”一时忘记了回应的苏然，此时却又听到了唐宇斌的道歉声。

真不知道到底是谁喝了酒，她的思路有些跟不上了，“为什么？”苏然不解地问道。

“上次看电影，我为我后来的态度向你道歉，实在不应该一言不发地给你脸色看。”他的话音里包含着诚恳与歉意，并且一本正经地解释着，“还有这半个月……我也很抱歉。其实这半个月我完全可以联系你的，但我没有，主要是因为我一直在介意一件事，没办法说服自己。”唐宇斌说完，顿了一下，转头面向苏然，“你知道我那天回去的路上为什么心情不好吗？”

苏然略显惭愧地摇摇头，尽管她也不知道这惭愧从何而来。

“那天晚上的电影，我一点儿都没看进去，不是因为我不爱看，而是我吃醋。”唐宇斌轻笑着，“你和那位夏先生的关系，似乎非常亲近，亲近到让我心里有些不舒服。他对你……也真的很关心。”

“什么？吃夏磊的醋？”苏然哭笑不得，想也没想就说道，“没错，我和夏磊的关系呢，是非常非常亲近，亲近到小时候穿一条开裆裤。我俩小时候定过娃娃亲，所以如果能恋爱的话，那这么多年我们没准都该领证了！况且他那个人就是那样，嘴贫，对我们报社里的女生都很不错，是个很会讨女生喜欢的主儿。所以综上所述，我和他就只是很单纯的发小关系！”

尽管她可以说是不假思索地就解释了与夏磊的关系，唐宇斌也看不出她有一丝犹豫与作假，可偏偏就总觉得微妙。“真的？”他知道自己不该多追问这一句，但还是忍不住地问了。

好在苏然向来直爽，心思也不算细腻，并未多想地点点头，“真的。”

知道自己不该再犹疑，唐宇斌伸出手，试探性地轻握住苏然的一只手，感到她没有拒绝后，才又将她的手包裹得紧了些。“那……请问苏然小姐愿意试着和我正式交往看看吗？”他目光灼灼地望着她，突然发现自己今晚喝酒是个正确的选择。换作平日，他肯定没有勇气这样“乘胜追击”。

“我……”苏然没想到他会这么快就提出这个要求，心中有一刻莫名的迟疑。她一直认为在这个大都市里，想要获得一段影视剧里那般感人的爱情是不太可能的。她的生活也很平静，没有大风大浪，所以对她来说，只要彼此互有好感，两人就能够搭伙过日子了。如今自己眼前的这个男人各方面都很优秀，又对自己颇有好感，完全符合条件，可以说是打着灯笼都难找的最佳人选……可为什么事到临头，她却犹豫了呢？甚至因为这样的犹疑，让她几乎没有被表白时该有的惊喜与欢喜？

她的为难也在唐宇斌的意料之中，毕竟认真算下来，加上相亲那次，他们也只正经约会过两次。若不是……他也不会把步子走得这样快。

见苏然下意识地咬唇，他思索之下，就退而求其次，理解地笑道，“没事儿，你也不急着回答。我把请求换一个吧，就换成……希望苏然小姐能再多花些时间了解我，给我一个机会。”

仿佛被从困境中解救出来一般，苏然如释重负地展颜一笑，“这个当然没问题，无论如何，我们都算是朋友啊，朋友之间多了解多相处，本来就是应该的。”

她这么一说，唐宇斌几乎立刻明白了，苏然是个慢热的性子，那……

他眼底多了一分犹豫之色，但只是一闪即逝。“好，那我就随性一次，试试看。”对上她明亮清澈的双眸，他心里的烦躁也跟着平静了下来。

随性一次？试试看？唐宇斌这话说得有些奇怪，但苏然却没有心思深究，心里也是一团乱麻。

至此，两人无话，只是始终交握住手，直到车子开到了苏然家的小区外。

这次苏然没有让唐宇斌下车，而是直接在车里和他告别后，自己推门下车，目送出租车离开后，才转身进了小区。

回到家，苏然也没有瞒着秦臻，把情况三言两语、轻描淡写地说了一遍。秦臻听完，眉开眼笑。见自家老妈如此欢喜，苏然更觉莫名的不安与忐忑，兴致缺缺地又与二老聊了两句，便把自己关进屋里，冲了个热水澡后，坐在床上，抱着抱枕发起呆来。

发了一阵子呆，她突然想起什么似的，连忙把手机从包里掏出来，解锁一看并没有夏磊的来电，却有许多条来自他的语音微信，一一点开来听，果然都是他气急败坏的指责，骂她见色忘友，惹得心事重重的苏然反而笑出声来。

“好了，我气消了，你回家以后给我个消息吧。”最后一条语音，照例是关心她的。

苏然心中一暖，按下录音键，语气轻快，“多谢您大人不记小人过啦，我已经到家了。”

大约是那头的夏磊也正抱着手机，所以苏然很快感到手机的震动。

“心情不错啊！”听筒里是夏磊带笑的声音，“怎么样？进展如何？他有没有解释之前半个月为什么都不联系你？”

对于他的八卦，苏然已经习以为常，就又把对秦臻说过的内容重复了一遍给他听。当然，从语气和用词上都比说给秦臻的版本要生动许多。

“吃我的醋？那你是怎么回答的？”夏磊听她讲到这里，突然发来一条语音，打断了她，问得饶有兴趣。

把手机凑到嘴边，苏然本想原样回答给夏磊听，却不知怎的，话到嘴边却又咽了回去，只发了一段空白的语音给他。夏磊于是发送了个疑问的表情，跟着附带一句话，“你睡着了？”

“嗯……是有点困了。”苏然心虚地小声道，“也没什么特殊的回答，就是把我们的关系解释了一下给他听。”

谁知夏磊却不依不饶，非要打破砂锅问到底，“那我们到底是什么关系？我非常想知道你是怎么在别人面前介绍我的！我可是每次都说你是我岳母大人的女儿啊！”隔着手机，苏然都能想象到他此刻嬉皮笑脸的模样。

“我不知道啦！当时人家向我表白，我也不知道胡乱说了什么。”她有些烦躁。

“什么？！表白了？！你前面没说啊……这顺序不对吧？你答应没有啊？”

苏然这下心更慌了，“哎呀，那可能是我太激动了，有点语无伦次吧……我真的困了，晚安啊……你也早点睡吧！”话毕，她就像丢炸弹一样，把手机调成静音后扔到床头的另一边。

关灯闭眼，她想尽快入睡，却怎么也忘不掉盘旋在心底的诡异念头与执著追问。为什么会在唐宇斌向自己表白的瞬间，脑海中却闪过夏磊的脸？是想征求夏磊的意见吗？如果要给夏磊的身份做个界定，那他到底是她的谁呢？她老妈的“准女婿”？

“天呐，怎么会纠结这么可笑的问题！”苏然抬手狠狠拍打了几下自己的脑门，将被子用力一扯，蒙在了脸上……

第四章
莫名的嫌隙

次日晨起，苏然看着镜中自己顶着黑眼圈的模样，有些懊恼。再扭头一看时钟，依照她这种化妆生手的速度，想完美遮瑕又不迟到，简直是不可能的任务……

不过唯一值得庆幸的是，经过一夜的分析，她终于将自己昨天所有异常表现的原因都归结为这些年认真接触过的异性太少。确实，她上学时一门心思扑在学习上，对恋爱抱以可有可无的态度，工作后，她又想先集中精力做出一番成绩后再考虑恋爱，以至于这些年，她的身边除了夏磊以外，不是男同学就是男同事，关系都很“纯洁”。因此，突然被唐宇斌表白时，难免会不知所措，犹豫不前。

“小然，你起了吗？！再不起床，上班要迟到啦……”

厨房里传来老妈的催促声，苏然急忙应了声，加快穿衣洗漱的速度，冲到餐桌边，先把一片吐司直接塞进嘴里，再拿上一片，然后把桌上的盒装牛奶直接带走，打算在路上边等公交边吃。

“爸妈，我要来不及了，先走了！”话音才落，门就砰的一声关上了。

出了家门，甚至没耐心等电梯，苏然就一面嚼着嘴里的吐司，一面快步下楼，往小区门口走，却在小区门口看到了一个熟悉的身影斜倚在车边，做等待状。

“苏然，早上好。”

“噗——咳咳……”在看到唐宇斌的一瞬间，苏然的第一反应就是自己嘴外还悬着半片没有来得及塞进去的吐司面包。

唐宇斌见她急着想把面包完全塞下，结果反把自己噎到，便上前帮她拍背，“你没事儿吧？！”

可苏然小脸涨得通红，只能边咳嗽边摇头。这时唐宇斌才注意到她另一只手上还拿着牛奶，赶紧接过来，插好吸管后重新递给她，“快喝一点试试。”

猛地喝下几口牛奶，苏然这才觉得缓过劲儿来，“好多了……”

“好像是我吓到你了？”见她确实没事了，唐宇斌才轻笑道。

“不、不是啦。”苏然急忙摆手，不好意思地垂下头，低声说：“是我没想到你会来。而且还让你看到我这么不斯文的吃相……”不知为何，在唐宇斌前面她总是想努力展现出最好的一面。

正暗自忏悔自己的不修边幅，苏然却借着地上的影子发现唐宇斌抬起了手，然后轻轻地按在自己的脑袋上，宠溺地揉了揉：“不会啊，我觉得你这样很可爱。”他好像总喜欢用可爱这个词来形容她。

她算可爱吗？她觉得自己的长相不是可爱类型的，言行举止也不如周小宁可爱，报社里的同事就从没把她和可爱两个字联系在一起。难道这就是所谓的情人眼里出西施？苏然这边还在胡思乱想，唐宇斌早就收回了手，走到车边，替她打开车门，打趣道：“快上车吧，我送你去报社。再不走，你就是逼着我超速违章了。”

“啊？好！”苏然回神，也没多想，就上前两步，迅速地钻入车中。

看着她敏捷得像只小猫，唐宇斌眼底笑意更浓了，把车门一关，绕到另一边，坐进驾驶位，启动车子，准备掉头。

“你知道怎么走吗？”上车后，苏然才想到这个问题。

唐宇斌专注地看着前方，却也没冷落她，“知道，去过一次。相亲那次，其实应该是我第三次见到你。”

“第三次？”苏然一脸诧异，她怎么一点都不记得？虽然记性不好，但也还没到老年痴呆的地步吧？

“呵呵，别紧张，我是远远地见过你，但你没有注意我，我们之间也没有过交谈。”唐宇斌用眼角的余光扫了扫苏然的神色，好笑地解释起来，“大概是三个月前，我们公司有一个产品发布会，我去过你们报社一次，后来你又负责那次发布会的报道，所以我相亲之前就见过你两次了。”

苏然略一思索，就记起了那次发布会，“原来是这样。可是当时在场的人很多啊，光是记者就有十来家，你怎么会注意到我？”

“这大概就是所谓的眼缘吧。”唐宇斌看了眼手表，将车速稍微加快了些，才继续说，“当时在场的很多记者都纷纷去采访来代言产品的明星，问些与产品无关的问题，想要挖掘花边新闻。唯独一个女记者在认认真真地记录产品的特性，这让我印象深刻。所以当时我就多看了她几眼，觉得这个记者很特别，与其他记者都不同。后来相亲的时候，我一看资料，就想到了你，所以就留了心，提前对你做了些了解……

见面后就完全对上号了。”

难怪相亲那次他会知道自己之前十几次相亲失败，大约是早有留意，打听过了……苏然恍然大悟地点头。

“这么说我们还挺有缘分的啊！”苏然由衷地欢喜。她始终觉得，对自己而言，唐宇斌作为一个完美的结婚对象，来得有些太快，所以尽管他言谈举止都很完美，却还是给她一种带着仓促的不安。但今天听了他的话，多多少少就能得到一些解释和安慰了。

“是啊，我从来没有想过相亲还能遇到这样的缘分。”唐宇斌也跟着感叹了句。

苏然不禁偏头，顺势问道：“说到这个，其实有一点我觉得很奇怪啊，你条件这么好，为什么也需要相亲？”

“这……”这个并不难回答的问题却让一向显得健谈从容的唐宇斌踌躇了半晌，才勉强笑着反问，“你也很优秀啊，不也一样要相亲了吗？难道去相亲的都非得是剩男剩女、歪瓜裂枣？”

“我、我不是这个意思。我只是好奇而已……像我就是因为一直忙着工作，不想抽时间谈恋爱，但我家里人觉得我都这个年纪了，应该有点感情生活，就逼我来相亲了。”察觉到他语气和语调的微妙改变，苏然觉得自己这个问题似乎哪里惹得他不愉快了，只好拿自己开刀缓解气氛。

此时车子正好开到了路口，红灯，唐宇斌得以转头看向她，发现她正小心翼翼地瞧着自己，心中在升起一股歉意的同时，还掺杂了一种微妙的感情……

“不是你的问题，是我刚才的语气不对。”他缓和神色，选择了转移话题，视线从苏然脸上移开，投向她手里的吐司面包与牛奶，“怎么不吃？”

“呃……我去报社再吃吧。”她总觉得在保养得这么整洁的车里吃东西，是一种犯罪。

唐宇斌再次猜透了她的想法，“别担心，就在车里吃吧。工作忙的时候，我和同事经常会带着快餐到车里吃的，你可别被这车现在的表象给骗了。”

既然车主本人都举了这么有说服力的例子了，她自然没必要再抗拒肚子的呼喊，笑眯眯地将吐司片举到嘴边，冲唐宇斌笑说：“那我真的吃了哦！其实我虽然吃相不好看，但很少掉东西的……”

回以无奈的一笑，唐宇斌重新把目光转向前方，红灯正巧转绿，车子再次跟着车流驶过了路口。剩下的路程，两人一个专心开车，一个专心吃早餐，一时无话，倒也不尴尬。

“对了，你送我的话，自己不会迟到吗？”苏然喝下最后一口牛奶，突然意识到这个严重的问题。

“不会。”唐宇斌不以为意，言简意赅地解释，“我是大客户经理，经常在外面跑的，不需要打卡上班，大部分时候没有什么迟到不迟到的说法。”

苏然笑得有点贼，“去见客户？这可真是个翘班的好理由啊！等我今年顺利升职成首席记者，也许很快也能成为一根‘老油条’，用去见采访对象之类的理由经常迟到了！”

“苏记者，还没升职就想着偷懒可不太好哦！怎么能这么没职业节操呢？”唐宇斌故意板起脸来教育她，眼底却满是笑意。

“节操又不能吃……”苏然随口蹦出一句后，便倒吸了口冷气，捂住嘴，瞪大眼睛紧张地观察唐宇斌的反应。她好像无意中暴露了不太好的属性……

然而盯了好半晌，唐宇斌一直专注于开车，像没听到一般，没有任何反应，让苏然一直愁苦到了报社的写字楼楼下。

“到了。”车子停稳后，唐宇斌一如既往，含着淡笑将他的绅士习惯执行完毕。

下车后的苏然却磨蹭着不走，又瞥了他好几眼，想从他的神色里看出端倪。“那……我走了。”几次尝试无果后，她就放弃了。

可她刚转身迈开步子，胳膊就被唐宇斌握住了。

回首，对上他温情笑意的目光，苏然不禁怔了神。唐宇斌眼睛的形状与夏磊大为不同，夏磊目若朗星，神采飞扬，而唐宇斌的一双瑞凤眼显得优雅温和，微微上翘的眼尾让他看起来总是在笑，总是给人一种自然而然的善意与亲近感，让人难以拒绝。

“嗯？”见他既没有放开自己的意思，也不开口说话，苏然只得发出一个单音来提醒唐宇斌。

“以后在我面前，你可以放松些的，”他半开玩笑地说，“毕竟我以后是要做你男朋友的人。”

这种变相表白在大白天里听到，还是惹得苏然红了脸，只是胡乱点了几下头，“我……我会的……再不走要迟到了……”

“好的，去吧。”唐宇斌松开手，“几点下班，我来接你？”

“不用，夏——”苏然原本是下意识地要如实回答夏磊多半会送她，但转念一想便觉不对，急忙刹车，“下班时间不太固定……”

唐宇斌听后倒也没坚持，微微颔首，“那好吧，你快上去吧。”

得了他的许可，苏然便落荒而逃般一路小跑地进了写字楼，正好赶上一趟要往上的电梯，极其顺利地踩点打了卡。在自己的小隔间坐定，她把包往显示器边一放，接着启动电脑，动作显得从容不迫。

“你今天这样子不像挤过公交啊，坐出租车来的？早上时间这么紧，坐公交你未必赶得上，赶上了，又未必挤得上，所以我明天还是把那破车开回去接你吧？”才一打开QQ，夏磊的头像就在闪动。

“都不是。唐宇斌送我来的，还是不用来接我了。”

苏然简单回复了句，就关掉了窗口，打开一个文档，然后拿过桌边发放下来的今天各家的报纸，先扫一眼自己昨天的稿件刊登没有，接着就开始边看边把心得与跑新闻的思路都记录在文档中。

这本来是报社记者的传统做法。只是很多记者刚来工作的前两三个月还会坚持认真读报，之后的日子都逐渐地把发放的当天报纸当做了垫桌角、椅角的玩意。但苏然却一直在坚持，她总会反复对照同一个事件，看自己的报道与别的记者的有什么不同，角度是否比别人新颖，笔力是否足够，还会翻找那些别的报纸的报道内容、报道时间，揣摩那些被自家小报遗漏的新闻，别人是如何挖掘到的。有时自己实在跑不到全新的新闻，那就搜集别家报道，看是否还能加深报道的深度与广度，撰写更加全面详细的报道。

她这样的坚持也曾被周小宁嘲笑，说与其花这个时间，倒不如多约些有影响力的名人做访谈，自然就吸引眼球了。可她不以为然，新闻报道借助名人效应固然是一个办法，但却不能完全依赖名人的带动。如果没有过硬的报道采访经验，不懂得如何撰写吸引读者的新闻，那再好的名人效应都会大打折扣。苏然始终坚信，只要坚持下去，日积月累，她自身的职业水平一定会不断提高，总有一天，她会有资格做首席记者，参与报社每日下午四点的选题会，讨论明天报纸的内容。而这一天，总算是不远了，只要熬过这半年……

想到这里，她又充满了干劲，面带微笑地投入到了一天的工作中，因此并没有注意到属于夏磊的那道目光。夏磊几次想起身找她去走廊问个清楚，却又几次为了她的认真投入而放弃……

时光飞逝，苏然这埋头一忙就到了下午三点半，今天她没有给自己安排出去跑新闻的任务，主要以网络搜索为主，顺便也整理了前两天收集的一些资料，写成完整的报道，等着首席记者来登记稿件信息。

如今报社里的首席记者杨藩，已经在这家报社做了六年之久，是总编手下的得力干将。但年过三十的他有些厌倦了跑新闻、与人打交道的记者生活，再加上他本性内向，所以一心想转去报社的编辑部工作。这大概也是总编突然想要给苏然升职，并且以半年为考核期的原因之一。

“做得不错。”杨藩走过苏然身边做选题记录时，国字脸上挂上了可以算得上和蔼的笑容，给人一种比真实年龄大上一轮的错觉。

但对于他的夸奖，苏然还是很受用的，“我会继续努力的！”

杨藩冲她微微点头，走到了下一个记者的小隔间，如此在大办公间里转了一圈，才登记完选题，去会议室准备十分钟后的选题会。如果不出意外，当天的新闻量一般是够的，只要等会议结束，记者们就差不多可以下班了。

才眯着眼，伸了个懒腰，苏然就感到肩头上一沉，抬眸看去却是勾着嘴角的夏磊。

“去透透气？”他的暗号她怎么会听不懂，当即点点头，光明正大地起身跟在他身后往走廊走去。几位领导此时都在会议室开选题会，不会来查岗的。

两人来到走廊偏僻处，走在前面的夏磊转过身，将双手插在裤兜里，酷酷地靠在栏杆上笑道：“说说吧，这都接送上了？”

“我发现你最近比我妈都关心我的感情生活哎。”苏然撇撇嘴。

还不是替你妈关心的吗？夏磊选择无视她的吐槽，又问了一遍：“到底进展到什么程度了？我昨晚问你，你接受他的交往要求没有，你也没回答。”

“哎呀，放心，放心，我这个人是很仗义的！”苏然走上前两步，靠近他，双手背在身后，用大义凛然地语气说道，“既然那天说了，不会太快抛下你，让你一个人做光棍，那我就会说到做到！所以我没有立刻答应他，他就换了个要求，只说让我允许他对我展开追求，我当然不能有什么意见喽。”

见夏磊一脸狐疑，苏然又补充道：“其实我也很意外今早他会来接我上班，他还说要再来接我下班呢，不过被我拒绝了。”说到这里，她顿了顿，突然犹豫地问了夏磊一句，“你说……我这样是不是占人家便宜了？”

“占便宜？”夏磊好笑地反问，“怎么占了，说来听听。”

“就是，我又没答应人家的交往请求，所以我不算他女朋友，那让他送我来上班是不是……”

谁知她还没说完，夏磊就大喊了声“Stop”，劈头盖脸地教训起她来：“我说你情商不至于这么低吧？他现在是要追求你，哪能没有点表示？接送你上下班只是很普通的做法——作为一个想成为你男朋友的人，他的表现总不能连我都比不过吧？！”

“也对……”听他这么一说，似乎还真是理所应当。

夏磊挑眉，态度强硬地说：“原本就是这个道理。总之你别妄想找一个比我还不如的人当男朋友，我第一个不同意！”

“嗤，没见过你这么自恋的人。”苏然忍俊不禁，“放心吧，我眼光不会那么差的。”

“那……你觉得我和那个唐宇斌，谁比较好？”

鬼使神差地，夏磊的嘴先于思维蹦出这么一句，弄得两人脸上的笑容都僵住了，一时间只是面面相觑，谁都不知道要怎样化解这尴尬。因为这句话包含的歧义其实是太多了……

最后还是苏然先回神，故作轻松地说：“好啦，算你厉害，这个问题我怎么回答好像都是错的。”

“是啊，不能每次都是我被说得无力反驳啊。”夏磊也勉强笑出声来，耸耸肩，抬头盯着天花板，别扭地解释起来，

“其实啊，我的意思是你不要对唐宇斌太客气，他喜欢你，想追求你，那做什么都是应该的嘛，都是他自愿的，你不用有心理压力。而且啊，要是追求你的时候表现都不积极，这以后追到手了还怎么得了？”

话音落后半晌，久久没有得到回应，夏磊奇怪地重新低下头，却发现苏然正一脸若有所思地盯着自己。“喂！你这什么眼神？”苏然的眼神让他心里直发毛。

“我只是在努力想象，有一天你追你女朋友的时候，会有多殷勤？”她坏笑着摇摇头，“然而，除了你贫嘴和欠揍的嘴脸，我实在想象不出你殷勤、肉麻的模样……”

“谁说谈恋爱就一定要肉麻？我最受不了那个。”夏磊嗤之以鼻，“为女朋友做点实事才最重要。”

苏然反驳：“你这才是情商低，不解风情的表现！”

“笑话！明明是你的想法不够切实，太多幻想，只看表面不看内在。”

“哈，你和我谈表里如一是不是太好笑了……”

两人的斗嘴模式重新开启，似乎浑身都舒坦了，抬杠抬得不亦乐乎，难分难解地进行了二十多个回合……

“会议要结束了，快回去！”夏磊眼尖地看到会议室里的人影有了动静，脸色一变，果断结束“战斗”，拽着苏然往办公间冲。

在两人的共同努力下，会议室门打开的那一刹那，他们都稳稳地坐在了自己的办公桌前，偷偷地喘着气……

很快，杨藩就笑呵呵地来通知大家版面足够，可以下班了。一声欢呼过后，大家都手脚麻利地收拾好了办公桌，陆续走出大办公间。夏磊自然和与苏然一道离开，有一搭没一搭地闲聊着出了写字楼的大门。

才出大门，夏磊就突然站住了脚，比苏然还眼尖地发现了唐宇斌的车。

“看来我这个司机可以正式退休了。”他用下巴指了指那辆车的方向，苦笑道。

苏然也一时无言，心中有些抗拒他的说法，却又无从反驳。是啊，总有一天，自己身边站着的人不会再是他。这个习惯恐怕两人都要花些时间来改掉……

“那我先走了，你要是没饭吃，还是来我家，别不好意思。”苏然深吸一口气，调整心情，促狭道，“毕竟也是给我们苏家做了二十多年‘童养夫’的人，我们不会亏待你的……”

“那就多谢了！”夏磊配合地给她作了个揖。

大力拍了下他的肩膀算作告别，苏然转身大步往唐宇斌车子的方向走去，大概在她距离车子还有十来步时，唐宇斌就下车迎了上来。

“你怎么还是来了？”苏然开口就问，“也不怕我七点才下班啊？”

“我只怕你四点就下班了。”他微微眯起眼，也十分直白地告诉她，他就是来这里等她的，不怕来早了，只怕来迟了。

不知为何，每次听唐宇斌说这种话，苏然都会有些心慌气短，全不似书里形容的那般小鹿乱撞。

看她又不自觉垂下头不敢看自己，唐宇斌眼底的笑意只是加深，替她开了车门，“快上车吧。”

依言上车，苏然又关心地问：“你这么早就下班不要紧吗？”看他的样子是等了有一阵了。

“没事，和客户约的时间是晚上八点，这段时间本来也没事可做。”

“那你应该抓紧时间休息休息……”

苏然自是想什么就说什么，并没有多刻意，但被唐宇斌听进心里去，却是心中一暖。

“没关系，现在还早，把你送回家以后我还能再休息一会儿。”他见车流行进缓慢，索性腾出一只手来握住了她的双手，微微用力，“谢谢你。”

“这有什么好谢的啊……”她的手下意识地轻微地动了动，便任由他握着，然后别扭地转头看向窗外，仿佛专注地看起了风景。

唐宇斌将她的小动作尽收眼底，面上露出放松的愉悦之色，也不继续与她搭话，只专心开车。

而另外一边，放弃桑塔纳，打算改坐公交的夏磊正缓步溜达在路边，拨通了一个再熟悉不过的号码。

“阿磊啊，这个点打来是要来吃饭吗？今天我正好多买了点菜，够的。”不愧是母女俩，秦臻接下电话的第一反应和苏然建议的蹭饭一样。

夏磊无语，“岳母放心吧，最近我学着认真做菜了，不会总没饭吃的。我是来汇报苏然情况的！”于是他就挑重点把苏然和唐宇斌的关系发展给秦臻梳理了一遍，并告诉秦臻，估摸着以后苏然上下班都会由唐宇斌接送了。

“哎呀，那这回我这心是不是可以放回肚子了？你觉得他们两个般配不？”秦臻从夏磊口中又印证了回，自然是欢喜。

般配？苏然与唐宇斌两人在一起说说笑笑的画面在夏磊的眼前一闪而过。“这个……我一个外人说不清楚，而且毕竟是刚认识，还是要多了解下男方，还是知根知底的好。”他思忖半晌，才磨蹭出句话来。

“唉，小然有你这样为她着想的朋友，真是福气！只可惜你们俩一直……”秦臻语带遗憾，但也没把话说透就转而答道，“不过知根知底这事，你放心。这小唐啊，是我一个老同学介绍的，绝对靠谱！”

“原来如此。”夏磊此刻百感交集，看来自己这个“间谍”是没用处了……

秦臻似乎听出了他话里的失落，连忙叮嘱：“阿磊啊，就算小然以后真有男朋友了，真结婚了，你也永远是我的女婿，这是变不了的！咱们还是一家人，可不许生疏了啊……”

“是，岳母大人！”她这话让夏磊心头一振，立刻大声应了句。

“好，好，”电话那头传来秦臻的笑声，“那你可要好好照顾自己啊……”如此又叮嘱了他几句，秦臻才挂断了电话。

放下手机的夏磊发现公交站已经近在眼前，却又临时改变了主意，拨通了另一个号码。

“宋凯，有时间吗？出来陪我喝一杯？”他不知道这算不算是一种“护雏情结”？苏然是自己从小看到大的——尽管他自己也是和她一起长大的——现在突然要“拱手让人”了，心里头还真有些不是滋味，需要喝两杯来浇浇愁。

“没问题啊！哥们我也正愁没人陪我共度失恋难关呢！”宋凯的声音昂扬，哪里有一点失恋的沮丧，“你现在在哪里？找个近点的地方还是老地方？”

“老地方吧。”

就这样，夏磊在酒瓶中打发了这个格外失落的夜晚。而苏然被唐宇斌送回家后，却颇为没心没肺地躺在床上，用看剧来分散自己的注意力，果然没多想一分一毫，就在不知不觉中睡了过去……

接下来的一个多月里，唐宇斌每天都不辞辛苦地接送苏然上下班，而且一到周五就会在接她下班后，一起去外面吃一餐，顺带看看电影或者陪她逛逛街。以前陪苏然做这些事的，不是方菲就是夏磊，现在换成了唐宇斌，苏然只觉得有几分新奇，又有几分不习惯。但好在唐宇斌这个人的气场很独特，见识也确实广，偶尔几句对话间表达出的观点、见解都让苏然感到受益匪浅，也冲淡了她心中的微妙感觉，只一心一意地与他相处，时间过得倒也飞快，平淡而温馨。

唐宇斌也没有再刻意提出过交往的请求，但苏然以为两人目前的状态应该可以算是半恋人状态了。若非要说有什么是不尽如人意的，那就是唐宇斌这样的人是绝对不会陪她斗嘴的，或者说让她根本没有理由和他抬杠，这让她觉得生活少了点必需的乐趣。而且她最近发现夏磊也不知怎么了，不仅没有再去家里蹭过饭，而且每天在报社里也都不再主动找自己去“散心”，仅有的几次接触都是因为要出去跑带图片的新闻。总之，夏磊和她谈公事的时候居多，再也没有聊过八卦，两人的相处模式莫名变得僵硬了。

有一回，她忍不住问他怎么了，夏磊只是耸肩回答说："你之前不是还觉得我打探你和唐宇斌相处的私事很八婆吗？怎么我现在不问了，你反倒又觉得不舒坦了？况且我现在一个单身光棍，才不想听你秀恩爱。你如果有时间找我，倒不如多和那个唐宇斌煲一煲'电话粥'。至于岳母那边……她关心我，但我不能不识趣啊，你和唐宇斌在发展关系，当然是要请他去家里吃饭才对的咯，我就不凑那个热闹了。"

他的回答有理有据，还透着抗拒与疏远的意味，苏然听后，心中堵得慌，只觉热脸蛋贴了冷屁股，便当真不再主动找他了。但她当然也没有听从夏磊的建议，和唐宇斌电话闲聊，毕竟在工作时间他们彼此都是很忙的，尤其是唐宇斌，她不想无缘无故地打扰人家。再者，对自己的职业发展来说，这下半年是至关重要的半年。想到这里，她也就尽量把许多纷杂的心事压下，在报社时只管专心工作，不再纠结于与夏磊的关系上了。

现在，苏然只能寄希望于时间。希望随着时间的推移，夏磊能够接受她即将脱离单身的事实，和她的关系也会重新好转……

然而她没有等来这一天，反倒是夏磊先等来了他的"春天"……

"我喜欢你，夏磊！"周一的例会刚开完，周小宁就拿着一大盒心形的巧克力，把夏磊堵在了办公间外，向他表白了！

这一日的周小宁打扮得比平时都用心，化了粉嫩系的透明妆，在眼睛的妆容处理上还刻意让双眼显得大而有神，浑身上下也都是粉色系的，配饰俏皮可爱，更凸显了她十分具有特色的美丽。

“你我是同时进的报社，我第一眼就注意到你了。也许第一眼是因为出色的外表，但是后来我发现你对报社里每个女生都很好，很绅士，是个很幽默风趣也很知冷知热的人……”见夏磊一脸诧异，周小宁也没有退缩，面色绯红地继续道，“你知道我为什么特别爱抢那些访谈的稿件，还有需要图片的新闻吗？我，我就是想能和你多一些接触的机会。每次和你一起出去跑新闻，我都觉得很安心，很开心……”

她说了一长串话后，夏磊依旧没有任何反应，周小宁只得咬牙再道：“也许你，你对我们每个女记者都是一视同仁的，但我真的喜欢上你很久了！你能试着……试着……把我当做比较特别的那一个，接受我，和我交往试试吗？”

苏然所在的这家报社里本就男女比例严重失调，男性少得可怜，而像夏磊这样帅气的男性就更是难遇了。所以周小宁这一“出手”，冷眼旁观的苏然倒是发现在场的许多女同事都露出了扼腕的神情，这令苏然大感意外和不解。原来她放着这么多年不要的“准未婚夫”，居然在外面这么吃香？怎么周小宁说的那些好处，自己从来没有在夏磊身上体会到过？还是说她和他日日相对，习以为常，审美疲劳了？

不过根据苏然对夏磊的了解，她认为周小宁不是他喜欢的那款，用他的话来说就是——太娇太作，伺候得了一时，伺候不了一世！

“夏磊？”就在苏然陷入深思的当口，周小宁又轻声唤了一声，原来夏磊久久都没有给她答复。

这一声轻唤似乎终于让夏磊回神，只见他先是打量了周小宁几眼，然后冲她礼貌一笑，接着又环视起四周围观的同事，最后把目光不着痕迹地落在了斜前方的苏然身上。从周小宁的角度看，他似乎是又把视线聚焦到了自己身上，包括苏然也这么认为。苏然并没有察觉到夏磊的注视，只是努力保持着气定神闲，以置身事外的姿态站立着，不让旁人察觉到她心中的波澜。

“夏磊，你怎么了？”看到他眼底的神色复杂，周小宁脸上的笑容也挂不住了，隐隐带了哭腔，“你就这么讨厌我吗？只是试着交往啊……”

“对啊，夏磊，至少要给人家姑娘一个机会啊，大家说是不是啊？”这时同事中有一人起哄，剩下的人就也跟着小声怂恿起来。

“答应她，答应她，答应她……”

这个场面显然是苏然没有料到的，她朝夏磊急急看去，不知为何竟害怕他因此而答应下来。而此刻的夏磊也早已收回了目光，与她的视线错过，只是最后犹豫地看了周小宁片刻，接着竟像赌气一般重重地点了头！

“好，我答应你。”他所说的每个字都砸在苏然心里，让她错愕不已，心中一团乱麻。

“哇哦——”

大家同时怪叫一声，鼓起掌来，而且不知是谁伸手推了周小宁一把，周小宁顺势跌入了夏磊的怀中。这个瞬间，苏然似乎突然明白，为什么夏磊不乐意听自己提起与唐宇斌之间的相处了，因为她也看不下去这一幕……可这到底是什么心理在作祟呢？见不得别人好？

“总编来了，撤！”这边的热闹还没有看完，群众中突然就有人拉响了警报！

于是树倒猢狲散般，不到十秒钟，大伙儿就仿佛从来没有离开过自己座位一般，摆出了对着电脑屏幕认真办公的架势，等待总编的视察。苏然也是其中一员。

“喂，你好歹开个文档吧？”坐在苏然身边的是新进一年的记者沈雅，看不过去地捅了捅她的胳膊。

苏然一惊，这才发现自己正死盯着电脑桌面发呆，急忙随手打开了桌面上的一个文档，胡乱删改起来，这才总算是躲过了一劫。

突击视察结束后，大家都舒了一口气，纷纷忙了起来。有的选择出去跑新闻，有的留在办公室撰稿，大办公间里顿时宽敞不少。

“跟我来一下。”在键盘声与鼠标声之间，夏磊低沉的磁性嗓音格外突兀。

偷偷把电脑椅转过小小的角度，苏然用眼角余光朝声音传来的方向望去，却见夏磊走到了周小宁的隔间后，几乎是不容分说地把她给拉走了。注意到这两人动作的当然不止苏然一人，随即响起的一声暧昧口哨，见证了这对新恋人的第一次逃班约会。

“沈雅，你觉得他们两个……怎么样？”苏然收回目光，也不知是出于什么心理，压低声音问了旁边的沈雅一句。反正她苏然看着那两人的背影是觉得万分不和谐的。

“我怎么知道？不过倒是没想到夏磊这人平时看上去挺……那个什么，实在想不出词了，不恰当地说算是挺矜持的吧，结果这才答应人家的追求，就迫不及待把人拉出去约会了，啧啧……”沈雅表情丰富地感叹着，“果然啊，这男人都一样！”

都一样吗？苏然默然。

夏磊虽说和自己自小定了娃娃亲，但既然这么多年都没“来电”，人家也完全有恋爱自由的权利，就像是自己与唐宇斌那样。她看得出夏磊对唐宇斌没好感，如同自己对周小宁一般，可夏磊都有不干涉她恋爱的觉悟，她怎么能输给他呢？想到这里，苏然暗自摇了摇头，决定端正态度，好好工作，于是她打开了一个全新的文档。

“唉，你这个人就是没意思……”沈雅见分明是苏然先起的话头，却这么快又态度冷淡地结束了话题，抱怨了句，就也转回自己的办公桌上，打开网页搜集素材。

听到这句话的苏然不禁抿抿唇，将刚打下的一行字全部删去……

第五章
另一种如影随形

夏磊与周小宁再回来时，也不过过去半个小时，怎么看也不像出去约会了，这让众人纳闷不已。更让苏然感觉古怪的是，这两人回来之后神情都很微妙，夏磊更显得心事重重，而周小宁也有些魂不守舍，一整天都心不在焉，下午报选题时差点交不出稿件。不过苏然的情况也只是比她略微好些，还是多亏了周日晚上就预先写好的一篇稿件，勉强交了差。

只是这一周出人意料的事情似乎远远没有结束，周五的傍晚，她突然接到唐宇斌的电话，说是临时有个重要客户要见，没办法接她下班了，让她自己回家的时候小心。

这还是唐宇斌追求她以来第一次"缺岗"。不过苏然并没有介意，只是让他专心见客户，别担心她。她一个小记者还时不时会有加班，更何况身为中层管理人员的唐宇斌呢？她这些日子以来也始终觉得他是不是为了接送自己耽误了工作，可想到夏磊之前的"嘱托"，便又把劝唐宇斌不要再来接自己的话咽了回去。

夏磊，又是夏磊，为什么哪怕是关于唐宇斌的事情，他都能在自己的脑海里横插一杠呢？苏然有些神经质地用力甩了甩头。

"苏然，你怎么了？没有稿子？"杨藩讶异的声音传入她的耳中，把她拉回现实。

“不、不是的。不好意思，我刚才分神了……”苏然连忙道歉，然后把桌上已经印下的几篇稿件交给杨藩，并简单给他报备了稿件的大致选题内容。大部分时候，苏然所交的稿件数量和质量都是数一数二的，刊登率也极高，这也是她为什么能成为首席记者候选人的原因。

接过稿件后，杨藩关切地说：“没事，你也不要给自己太大的压力。还有将近半年的时间呢，你可以慢慢适应。有空的时候也可以来我办公室，我和你聊聊这些年做首席记者的经历，权当放松了。”

“真的可以吗？”听到杨藩的这番寄语和鼓励，仿佛再多苦恼都烟消云散了，苏然的双眸又变得光彩熠熠，“太谢谢了！”

“不用客气。”杨藩的话不多，冲她微微一笑后，就转身去了会议室。他并不知道苏然因为自己这个善意的提议，一直兴奋到下班，连挤公交都倍有干劲！

毕竟能向杨藩取经，是件事半功倍的事情呢！从前苏然看杨藩这人虽说脾气不差，但总是不温不火的，待人接物也不是很热情，就不敢主动去打扰他，没想到他却是个外冷内热的人。所以坐在公交车上，她甚至迫不及待地拿出手机，在备忘录上记录起自己想要向杨藩请教的问题。

就这样欢喜了一路，苏然在打开家门的同时，用一声充满朝气、底气十足的招呼声昭示她的愉悦心情：“爸妈，我回来啦！”

然而开门的瞬间，苏然受到了惊吓，唐宇斌的脸竟然出现在了门后！

“呃，你怎么……啊！”一个激动，她竟忘了还有门槛，脚抬得不够高，眼见就要被绊倒在地。好在唐宇斌眼疾手快，抢先一步扶住了她的肩膀。

“没事吧？”他关切地看向她。

苏家二老也闻声而至，正巧看到这“英雄救美”的一幕，脸上都露出了欣慰的笑容。不过苏寓比秦臻更稳重些，随即轻咳后教育道：“小然啊，你都是工作两年的人了，怎么还总是毛毛躁躁的，也不怕在外面丢人！”

“在自己家门口摔成残废确实是件很丢人的事啊……”苏然腹诽。

“这也不怪苏然，可能是我的出现太突然了，她一下子没有心理准备而被吓到了。”唐宇斌颇会做和事佬，而且还不着痕迹地转移了话题，“苏然，其实我今天是故意骗你说有客户的，其实就是想给你个惊喜，没想到反而吓到你了，你不怪我吧？”

“不，当然不会。”苏然重新站稳身子，窘迫地摆摆手，只觉又羞又臊，“就是觉得有点突然……”

闻言，唐宇斌先是点点头，替她关上门后才用十分正经的语气说：“那我以后凡事会先和你打个招呼的。”

“啊？那也、也不用啦……”苏然为他的突然认真感到一阵头疼。

“哎呀，好了，好了。”秦臻看着他们的互动，乐在心里，面上也笑开了花，“菜都上桌了，你们有什么话也别杵在门口说，快过来，边吃边聊。”

经她这么一说，苏然这才发现饭桌上果然已经摆好了丰盛的菜肴，暗忖自家老妈这心偏得可不止一点。只有她在家吃饭时的伙食明显不如夏磊来蹭饭时的好，而夏磊来蹭饭时的菜色又不如唐宇斌来作客时的好。

“脚没扭到吧？”唐宇斌见苏然似乎又在发呆，没有要抬脚的意思，便问道。

苏然急忙摇头，低声道：“没有，没有……刚才谢谢你啦。”谢过之后，她也不等唐宇斌反应，就踩着小碎步蹭到了餐桌边，迅速落座。

“你这孩子，也不招呼人家小唐坐。”秦臻不赞同地说了她一句，接着又笑着招呼唐宇斌，“来，小唐，你就坐小然边上！”

“你们都串通好了，哪里还轮得到我招呼啊？”苏然鼓起腮帮子抱怨着，却还是习惯性地先替自家老妈盛了一碗汤。

唐宇斌只是静静地看着她生动的神态，还有替秦臻盛汤的动作，眼中的光芒更盛。

“你还别说，你下班从来就不知道给我买点食材回来，再看人家小唐，今天第一次来，就提前下班去买了点菜来！包括阿磊每次来吃饭时，也会来帮我打个下手，所以我和你串通有什么用啊？”秦臻笑着数落苏然，嘴上虽不饶人，但还是乐呵呵地喝起了女儿盛给自己的汤。

“阿磊是？”一直保持沉默的唐宇斌在这时插话进来问。

想也没想，苏然就答道：“就是你见过的那个夏磊啊，他经常到我家蹭饭的。”谁知自己的话音才落，唐宇斌竟突然“咝”地倒吸了一口冷气，眉毛纠结在了一起。

“你怎么了？”苏然奇怪地看向他，紧接着自己的脚面也“中招”，痛得她龇牙咧嘴地扭头瞪向秦臻——这是她老妈的老招数了。在餐桌上说错了话，就对着人家的脚不是踢就是踩的，动作快准狠！刚才唐宇斌恐怕是代自己受过了……

“没、没事……吃到碎骨头硌了牙。”唐宇斌忍痛苦笑。

苏然一字一顿地回应他：“我——懂——你！”

这边秦臻一脸尴尬，多年夫妻的苏寓自然知道她做了什么事，当下无奈地摇摇头，给她递了一个眼色，提醒她有点长辈的样儿。

“哎，别光顾着说话了，还是先多吃点菜吧。”接着，苏寓就开始夹菜给唐宇斌，“来，小唐是客人，多吃点。”

“谢谢伯父。”唐宇斌的表情已经恢复正常，笑容可圈可点，善解人意地把话说开，“其实苏然和我聊过夏磊，以及他们两个人的关系，我心里有数的，不会介意，所以伯母您不用担心。”

神经大条的苏然经他这么一说，才明白自己老妈为何突然“发威”！

“那就好，那就好……”秦臻见唐宇斌如此懂事，也放下心来，“阿磊和小然从小一块长大，伯母也一直把他当作半个儿子看待。虽说这当初两人是定了娃娃亲的，可他们就是……凑不到一起。毕竟只是个娃娃亲，到底做不得数的，我们做长辈的还是要尊重儿女自己的想法啊。看到小然有你这么稳重的人照顾着，我也就放心了。倒是阿磊……”

看自己老妈居然还担心起夏磊的归宿，苏然就急着咽下了一口饭，语气不善地道：“妈，你别担心了，他好着呢！”

“嗯？”秦臻不明就里。

“今天报社里刚有一个女同事和他表白了，他也答应了，两人这就开始交往了！人家魅力可大了，还愁没人要？”苏然努力不让自己阴阳怪气，可这话从嘴里出来，怎么听怎么都不对味。如果夏磊在场，肯定要骂她见不得他好了吧……

秦臻却没注意她的语气，兀自欢喜道：“真的啊？那还真是双喜临门啊！改天让阿磊把女朋友也带到家里来一起吃饭啊！最近他都不来陪我说话了，肯定是见外了。”

“又乱说话，又不是结婚，喜什么喜？”苏寓重重咳嗽了一声，给秦臻夹了一大口菜。秦臻也自知失言，自觉地用菜塞住了自己的嘴，不再多说。

一时间气氛有些尴尬，苏然并不想面对这个局面，就只是一味低头扒饭，直到一双筷子把肉片夹到她碗里，才抬起头对上唐宇斌那含着笑意的双眼，“多吃点肉。”

“嗯……”不知为何，苏然有些不敢看他，于是只得垂眸点点头，把他夹来的肉囫囵吞下。

这之后餐桌上的话题主权就被两个男人霸占着，多半都是苏寓在问、唐宇斌在答，两人有问有答也算交谈甚欢，一派和谐。作为苏寓的女儿，苏然看得出自己老爸也很满意唐宇斌的。一切似乎都进展顺利，可她的心里却越发感到没底，不知自己究竟是怎么了。

晚饭过后，初次做客的唐宇斌也没久留，帮忙收拾完碗筷后，就提出了告辞。苏然自是要去送送他的。两人默契地没有选择乘电梯，而是并排缓步拾阶而下。电梯房的楼道里一向安静，苏然一言不发地走在唐宇斌身边，并没感到任何沉默带来的尴尬。

唐宇斌给她的感觉就是这样，哪怕安安静静地和他坐在一起一个下午，只要手边能有本杂志，就可以一起打发时光，无需太多言语上的交流。苏然谈不上是个喜静的人，否则也不会选择记者这个跑现场、与人打交道的行业。但忙碌之余，如果能有一方宁静天地，有一人默然陪伴，却也是十分惬意自得的。

出了楼道，月色明澈，小区里的路灯昏黄。不自觉地，苏然不再与唐宇斌并肩，而是落到了他斜后方两三步的位置。

“苏然……”唐宇斌却在这时停下了脚步，回身看她，欲言又止。

“怎么了？”极少见他犹豫不决，苏然向前迈了一步，微微仰头望着他，想借月色与灯光看清他的神色。

见她认真地等着自己的下文，唐宇斌不禁沉吟一声：“我知道我这么问可能有些小气……但是你自己真的没有察觉到吗？你好像很不喜欢夏磊交女朋友。”

听了他这话，苏然瞪大了眼睛，双唇微启，却吐不出半个字，心中响起的第一个声音就是——这怎么可能！

“你怎么会这么想？”她愣了半晌，“难道我刚才在饭桌上的表现让你产生了这样的感觉？”

苏然的语气似乎是在指责唐宇斌的荒谬，对此他只是皱眉，如实说：“确实，你看起来很不满。”

“不满嘛……确实有一点，”苏然竟然认真地点头承认，接着却话锋一转，让唐宇斌松了一口气，“不过不是针对夏磊交女朋友这事吧，应该只是出于我不太喜欢他的女朋友。”

她自认为这是对自己那股莫名情绪的最佳解释，至于唐宇斌的猜测，理智告诉她，那太荒唐。

“你一直不太喜欢他的女朋友？”他试探着问。

“唔，算是吧。”苏然支着下巴，思索片刻后才答道，“他的女朋友，怎么说呢，就是那种开心的时候能和我友好地打招呼，不开心的时候就拿我嘲讽的人。而且她的工作态度我也不欣赏。总之，应该不是我喜欢的类型。”

她认真严肃的模样逗笑了唐宇斌，令他的眉头也跟着这一笑舒展开来，“又不是你找女朋友，所以你喜欢什么类型的女生并不重要……”

没想到他也会开这种玩笑，苏然呆滞了几秒，再回神发现唐宇斌正在俯身凑近自己。右脚本能地一抬，想要向后退开，可脚尖还没来得及离地，她就停止了动作——他的一吻只是落在自己的眉心。

“苏然。”退开半步，唐宇斌目光灼灼地凝视着她微红的脸颊，低声唤她的名字。

大脑处于宕机状态的苏然只发出一个单音：“嗯？”

长这么大，好像这还是第一次被异性亲吻呢！虽然只是在额头，但还是免不了害羞紧张。

“没什么，我原本对相亲没抱有什么希望，但能遇见你真是太幸运了。”他沉笑着，抬手亲昵地拍了拍她的脑袋。

“你很喜欢我了吗？”苏然问了个看似傻气的问题，“那如果和你相亲的人不是我，你会拒绝她吗？”

似乎没想到苏然会这么问，唐宇斌怔忪片刻，眼底多了一抹苦涩。“第一个问题我可以回答你，越来越喜欢。”他直起身，把目光从苏然面上移开，转身重新往小区门口走去，让他的声音听来有些不真切，“至于第二个问题，我也不知道，毕竟没有那么多‘如果’……”

来不及细想他的回答，苏然急忙迈步跟上他，与前半段路程不同，这一小段到门口的路，唐宇斌走得有些急。

“好了，就送到这里吧。”他的车就停在小区门外，待他再停步回身时，又是温文尔雅的模样，与平常无异，“周末好好休息。”

“嗯，你也是。路上小心。”苏然浅笑着点头做了告别，却见对方并没有要立刻离开的意思，随即好笑地想到按照剧情，这时她是不是应该送上个道别吻？

然而，想是如此想来的，但苏然发现自己没有实践这一想法的冲动，甚至都已经说服自己走近他一步了，却终究只是抬起手，冲唐宇斌挥了挥手。

唐宇斌的神色似也有些诧异，但片刻的不自然过后，他还是选择了温和一笑，抬手按了按她的肩膀，算是接受她这个不太合格的道别方式，转身坐进车子，掉转车头离开了。

目送他的车子消失在夜幕之中，苏然不禁有一种如释重负之感。她不知道自己为什么会在最后一刻退缩了，分明只差脚尖一踮……

有些失神地回到家中，心不在焉地与二老闲聊了两句，她就把房门一关，又开始在自己的小天地里发呆。闭上眼，她脑海中就不断在回放两个画面，一个是唐宇斌亲吻自己的，另外一个是她自己亲吻未遂的，不知是不是在刻意比较着什么。

事后再回想唐宇斌那落在眉心的一吻，苏然并没有脸红心跳，反而是为自己当时的反应而疑惑。假设他是要与她亲吻，难道她就真的顺从本能反应避开这一吻吗？她在躲避什么，抗拒什么？与唐宇斌的相处分明很愉悦，却居然不能适应更加亲密的举动吗？

正当苏然心烦意乱时，手机铃声却响了，是方菲的电话。

“算了，凡事都有个过程，也许只是因为相处时间还不够长吧，慢慢来就好了……”在按下接听键前，苏然是这么低声劝说自己的。

电话接通后，就传来了方菲兴致勃勃的声音，“苏然，周日陪我一起去新开的动物园玩吧？我暑假都闷坏了！”

“新开的动物园？”苏然嗅到了新闻的气息。

“是啊，亏你还是记者呢，这种事情怎么能不知道？这也算是一条颇具时效性的新闻吧！”方菲哼哼着，“怎么样？既能陪我去逛逛，又能写篇报道，工作休闲两不误，我够不够朋友？”

苏然好笑地答着，“够，够！不过这种新闻最好是带图片的，丰富一些。要是我多带一个摄影师，你不介意吧？”

“不就是夏磊吗？没问题。”方菲爽快地应下，又和苏然详细定了碰头的时间与地点，闲聊了几句后，就挂断了电话。

因为是周日的事情，也不算太急，所以苏然没有立即给夏磊去电话，只是发了一条语音给他，问他周末有没有空，与她一道去新开的动物园跑条新闻。没想到才发去不到两分钟，微信的消息提醒声就响起了。

“周日我有点私事，可能没办法陪你去了，抱歉。”夏磊的声音显得有些冷淡。

他的拒绝也是苏然万万没想到的，以至于她握着手机的手怔忪了好一阵子。

正当她回过神来，想再给他发条“没关系”的语音去时，夏磊又发来了新的语音，不过语气缓和了许多，“我让宋凯陪你去吧？我和他说一声应该没问题，时间和地点你定。”

“他影楼的工作不忙吗？”苏然很快回了句。

这次夏磊的回话大约隔了有十来分钟才发来，“不会。我刚才已经问过他了，你把时间和地点发给我，我转发给他。他会准时到的。在哪里工作不是赚钱，他也不是第一次给咱们报社当临时工了。而且他刚失恋不久，出去散散心也是好的。”

“那好，我这就发给你。”苏然一想也对，宋凯在影楼工作也是拍多少单子提多少钱，来报社跟着跑新闻摄影，也是计件拿报酬，本质都是一样的。

说完，她就把和方菲敲定的碰头时间与地点用文字消息的形式发了去，夏磊只回复了一个“OK”的表情，示意已经转发。

对话似乎到此就可以结束了，但苏然踌躇再三，愣是没忍住，补问了句：“对了，你和周小宁……相处得还好吗？”

夏磊回复得飞快，言语比之前几条都生动不少，玩笑的态度让她倍感熟悉，“怎么？这么关心我？之前还说我八卦！”她可以想象到他对着手机屏幕挑眉坏笑的模样。

但和他斗嘴惯了的苏然怎么会承认，自然是别扭着回敬了句：“哦，其实不是我要问的，是今天我妈提到了你……”

“那替我谢谢岳母大人的关心。”三分钟后，夏磊只回复了一条冰冷的文字讯息。

把这一行冰冷的文字反复看了好几遍，直到手机自动锁屏后，苏然才低叹一声，心知自己好像又把事情弄糟了。将手机放到一旁，她启动电脑想靠搜集新开的动物园资料来分散注意力，却收效甚微。磨蹭到了十点钟，苏然的眼皮有些沉了，于是就关机起身，进了浴室，寄希望于睡前的热水澡能让自己不失眠……

周日是个艳阳天，万里无云，好在动物园林荫道两旁的树木都枝繁叶茂，倒也遮挡去了不少灼热的阳光。

苏然和方菲两人手挽手走在林荫道上，偶尔苏然会拿起手机在备忘录里记下报道的灵感与思路，多数时候则会和方菲一起闲聊，看看动物。而宋凯则抱着相机，跟在两人身后“咔嚓咔嚓”个不停，和两人并没有太多的交流。

“不好意思啊，夏磊说他有私事，抽不开身，就喊了他哥儿们来帮忙。”苏然有些歉意地对方菲低声解释，“不过宋凯我也接触过几次，人很不错的。”方菲以前是没见过宋凯的，两人出来玩，中间却夹了个不认识的异性，确实没有像和夏磊一道出来时那么随性。

不过方菲倒并不以为意，频频回头观察一门心思拍照的宋凯，掩嘴笑道：“嗯，夏磊的哥们嘛，错不了……不过我看他是个摄影狂人啊？存在感基本为零，所以不影响。”

“那倒是，他以前交过两三个女朋友，大部分都是因为嫌弃他有点呆头鹅，抱着相机的时间比陪女朋友的时间还多，所以就把他给甩了。”苏然忍不住披露了宋凯那不堪回首的往事，“听夏磊说，他最近又失恋了。”

“那还真是很可怜……”方菲又回头递给宋凯一个同情的眼神，当然正在狂按快门的宋凯并没有接收到。

苏然耸耸肩，“而且更可怜的是，虽然他长相不丑，可偏偏有夏磊那么个在很多异性看来都魅力十足的哥们，所以其中一个前女友就是抛弃他，倒戈去追求夏磊了。”

“哎，这个看脸的世界啊！”方菲感叹着，“其实他不和夏磊比，真的没问题，一脸的‘贤夫良父’相。”

在这点上，方菲的评价可谓中肯，宋凯就是个老实人的长相，五官端正，肤色正常，脸上也没斑更没疤，凑在一起却全无特色，只能用“中庸”两个字来形容。

“我来逗逗他？”这边苏然还没来得及回话，方菲竟来了兴致，露出狡黠的笑意。

“喂，你别——”担忧地拽住方菲，苏然怕宋凯那只呆头鹅经受不起……

可玩性上来的方菲哪里肯罢休，拍了拍她的肩膀，就转身向宋凯走去，“宋摄影师？”

“啊？方小姐啊……”宋凯停下手里的活儿，先和方菲打了个招呼，接着就望向随后走来的苏然，一本正经地问，“苏然，是准备收工了吗？”

“什么？！这还有半个动物园没走完呢，怎么能收工？”方菲不满地蹙眉，扭头问苏然，“苏然，你说是不是？”

“呃……这照片肯定是够用了，不过我和方菲还想再转转，你要是影楼还有事情要忙，就先回去吧。”与方菲的热烈相比，苏然的性子要相对冷些，要让她提出稍有一点为难人的请求，苏然自己会先觉得难为情。

“不行！夏磊交代过我，要把你护——”谁知宋凯听了苏然的提议后，很激动地否决了，可话说到一半，又像是意识到说漏了嘴一般紧急刹车，“总之，我没什么事情，所以你们慢慢逛，不用管我，我在后面多拍几张吧。”

“那不如宋摄影师假公济私一回，给我和苏然拍几张？”对于自己闺蜜的不配和，方菲不满地瞪了苏然一眼，接着继续“调戏”宋凯。

她这个请求宋凯倒是一口应下：“这个没问题啊！不过这里拍得不一定好看，最好是回影楼。”

“啊？这才见第一面就要宰我啊！”方菲大吃一惊，又给苏然使了个眼色，好像是在对她说：就这样还叫老实？

“不，不是，你误会了，”宋凯急忙摆手解释，“我不会收你们钱的。只是我觉得这里取景拍人物照不太合适，而且光线太强，设备也不全，拍出来的效果比影楼差太多了。方小姐和苏然都……都挺漂亮的，要是让我拍丑了，我这心里不舒服。”说到最后一句时，他不禁挠头憨笑。

见状，方菲先是冲宋凯笑了两声，接着把苏然拽远了些，压低声音说：“他对摄影这事还真有点死脑筋啊，不过呆得还挺可爱的，歪打正着地还把我俩都给夸了！”

“所以你别逗人家了。”苏然看不过去地说。

“哎呀，我是真想拍点艺术照，以后相亲拿得出手啊！怎么样，陪我一起去吧？”方菲果然是任何时候都不忘相亲，“不过你放心，我不会真占他什么便宜的，顶多是让他多给我打点折而已。”

但苏然还是摇摇头，“我对拍照没什么兴趣，要不你和他一起去吧？我在这里再转转。”

“这怎么行？！”方菲促狭道，“夏磊交代他护送的是你又不是我，我怎么好让人家完成不了任务呢？不过话说回来，夏磊虽说面上经常和你不对付，但你有求，他都必应，这次什么私事这么重要？他父母又不在这里。”

“瞎说什么呢！”她以为昨晚夏磊一定生了自己的气，没想到……

方菲并不放弃，继续怂恿她，“你要是实在不喜欢拍照，就在一旁帮我参谋参谋呗。说好今天出来陪我玩的，去哪儿不都是一样嘛。对了，你这新闻报道应该能写出来了吧，要不要再转转？”

“这倒也不用。”对这篇报道，苏然已经成竹在胸，“哎，好吧……既然陪你出来了，那就都听你的吧！”

“这才对嘛！”方菲得意地笑着。

两人达成共识后，方菲就笑嘻嘻地重新走到宋凯面前，“那就请宋大摄影师带我们一起去影楼啦！”

“方小姐不用那么客气，你是夏磊和苏然的朋友，那就是我的朋友！”谈到与摄影有关的事，宋凯的眼里就光芒四射，拍着胸脯保证，“你放心，我一定把你们拍得比现在美十倍！”

“那既然都是朋友了，你就叫我方菲吧，我也叫你宋凯。”方菲自来熟地伸出手去。

宋凯先是一愣，随即会意，也赶忙腾出一只手与她轻握了握。“好，方菲，那我们这就走吧？”收回手后，他就把相机小心翼翼地收起，絮絮叨叨地说了开来，“到了影楼还要挑衣服和背景，要花不少时间的，所以还是抓紧一些好。哦，对了，午饭问题你们别担心，影楼对面就有个馆子，或者叫外卖都很方便，我们可以先去吃点，再开始拍。还有啊，你们想要什么风格的……”

“停！”方菲提高了音调，见宋凯诧异地望向自己，只得干笑两声，“这些事情到时候再说也行，或者咱们在路上边走边说？”

“是啊，是啊，这些都是小事，我们边走边商量吧。”苏然赶紧插话进来，生怕方菲爆发。自己这个闺蜜的性格她最了解了，尤其受不了婆婆妈妈、絮絮叨叨的人。

不过出乎意料的是，方菲除了那一声“停”，并没有表现出更多的不满，反而在一路上与宋凯很热烈地讨论起艺术照的风格选取问题，还请教了很多平日自拍遇到的一些问题。宋凯恐怕也是难得遇到方菲这样好学的“客户”，抓住表现的机会就不放手，不分详略地给她介绍起来，还传授了她许多照相的技巧。顿时，宋凯的浑身上下都笼罩着一种名为自信的气场。

相比之下，对拍照兴致寥寥的苏然就被聊得热络的两人遗忘在了一边，但好在苏然多半也在出神，根本没注意到自己被冷落。

直到进了影楼，宋凯先去准备场地和设备时，方菲仿佛才想起苏然来，将她拉在一旁，干笑着歉意道：“不好意思啊，刚才光顾着和宋凯聊天了……”

“没事，”苏然摆摆手，“我看你和他聊得挺好的。”

“那你觉得……他对我，有没有点别的意思啊？”方菲的眼珠转了几圈，问话的声音又快又急。

不会吧？这样也能一见钟情？苏然难以置信地瞪大了眼，“你不会是把每个与异性相处的机会都当做相亲了吧？”

“怎么可能！”方菲不服气地撇撇嘴，用一种夸张的语气说着，“我确实是觉得宋凯挺可爱的啊，特别是谈起摄影的事情，头头是道，完全是笼罩在职业的光环下啊！”

“等你和他聊到其他话题之后，可能就很难再这么欣赏他了。”苏然见她好似真的冲昏了头脑，无奈地摇摇头。

方菲却不以为然，“我还真不需要口齿太伶俐的。毕竟我自己已经是老师了，整天站在讲台上说习惯了，可受不了别人来教育我。”

“那要这么说，宋凯倒是很合适你，只要与他的职业无关，你说十句他都顶不了两句。”苏然忍俊不禁，“至于他对你有没有点意思……这个我和他又没有到交心的地步，你要真想打听，可以找夏磊去。”

“我和夏磊也没到交心的地步啊，不还得请你帮我去打听嘛！”方菲反应极快地回应了句，接着一拍大腿道，“不过，说到这个——你还没回答我，他有什么私事比你还重要呢？”

闻言，苏然别扭地转身，看向橱窗外，低声说：“我怎么知道？八成是陪他女朋友吧。人家正在热恋中，难免见色忘友……”

“瞧瞧，瞧瞧，这表情，这语气，你怎么和怨妇似的啊？”方菲眯起眼睛，移步到她身前，想直视苏然的眼睛，“你老实说，夏磊交女朋友了，你心里是不是有点失落，还有点不是滋味？”

“哎呀，咱们能不能不提他啊？！”苏然却烦躁地又转回了身子，语气不善地提高了音调，“夏磊，夏磊，夏磊……每天都是他，我烦都快烦死了！”

她过激的反应也让方菲一惊，随即收起了玩笑的神色，“我们可才出来大半天，就顺带提了他几次，哪有每天，至于烦成这样吗？不会是你自己整天都……”

就在此时，宋凯满头大汗地跑了过来，好巧不巧地打断了方菲的话。“方菲，都准备好了，你快去换装吧！”

“哦，好。”要换作平时说话被打断，方菲早就摆脸色了，可偏偏对上宋凯这一脸的认真劲儿，她就生不起气来。

“对了，”宋凯又想起什么似的问了句，“刚才我好像听你们在说夏磊？他怎么了？”

耸耸肩，方菲瞟了身边脸色不佳的苏然一眼，“没什么事，只是正巧说到他而已。走吧，换衣间在哪里？”

“在二楼，跟我来。”宋凯自然没再多想多问，也似乎没注意到她们两人之间古怪的气氛，只是憨笑着领方菲往换衣间的方向走。

苏然的情绪还没有调整过来，所以并没有要跟上去帮忙的意思，而方菲也很了解她的脾气，所以压根没等苏然，头也不回地就跟宋凯去了。毕竟在两人看来，只是换个衣服，方菲一个人去也没什么大不了。

可才在一楼等了大约两分钟时间，苏然都还没来得及理清自己纷乱的思绪，就听到楼上传来的尖叫声！

“啊——”是方菲的声音！

苏然立刻往楼梯处跑去，可当她刚跑到楼梯口，就又听到了宋凯的一声惊呼！

这一声把苏然吓得不轻。她急忙一口气冲上二楼，拐过拐角，就见宋凯捂着脸，正拼命做深呼吸。

“宋凯，你这是怎么了？”苏然抢上前去，拽下他的手问，“方菲呢？”

“里、里面……你进去看看她吧……”宋凯结结巴巴地指了指身后不远处的换衣间，然后又抬手把脸挡住，一副目不忍视的模样。

不会是……换衣间密室杀人案吧？！苏然顿觉毛骨悚然，一向淡定的声音也不由得颤抖起来，再次一把抓住宋凯的手。“喂！你一个大男人……这种时候不应该勇敢点，进去先把人给弄出来吗？也许还有救啊……居然要我去……”她努力着让自己保持镇定，一面掏出了手机想着应该拨个什么号才对，一面要拉着宋凯一道往换衣间走去。

“不是吧？我不能进去啊……”谁知宋凯突然握住她的手机，一脸“我冤枉”的表情，“这种事情你就别报警了吧！我真的不是故意的！”

苏然正要夺回手机时，却听到从换衣间里传来方菲不耐烦的声音。

“喂，你们两个到底要啰唆到什么时候啊？”

她的声音中气十足，完全不像遭遇了什么不测，这让苏然的脑筋一时转不过弯来。既然两个人都好好的，那刚才先后两声“惨不忍听”的惊叫是怎么回事？

“你快进、进去，帮帮她吧……”宋凯依旧磕巴着，却松开了苏然的手，接着背过身去，继续捂脸……

得知方菲没事，苏然也缓过劲儿来，恢复了些理智，收起手机，依言又向前走了两步，推开虚掩着的换衣间的门，发现方菲是背对着门的，后背全暴露在外，于是赶紧闪身入内，迅速把门关上。

“这到底怎么回事？！你好好的，瞎叫什么？吓死我了！”苏然显得有些气急败坏，“我还以为……”

“以为什么？以为宋凯把我杀了，还是有什么人躲在上面把我和宋凯都杀了？”方菲转过身来面对苏然，从她憋得通红的脸颊就知道，她刚才一定明白苏然误会了宋凯，却在里面一直憋着坏，“听”热闹！

狠狠瞪了她一眼，苏然作势要丢下她出去。

“别呀……苏然，这回是我错了，真的对不起啦，让你这么担心。”方菲急忙拉住她的胳膊，央求道，“不管怎样，你得先帮我把这衣服的拉链拉上再说啊……”

“但你似乎还欠我一个解释。”苏然回头，双手交叉在身前，挑眉看向她。

心虚的方菲讪讪地收回手，干笑着解释起来：“其实也没什么大事，就是我发现自己这个暑假原来胖了这么多，拉链拉不上，一生气就用了暴力，结果一下把自己的肉给夹住了，痛得要命，就叫了一声。”

“那宋凯又是怎么回事？”苏然不解。

“他啊，”方菲突然脸一红，声音低了许多，“以为我出了什么事，也没多想就一下踢开了门，所以他看到的……就和你看到的一样，于是也尖叫了一声……”

闻言，苏然怔了三秒，随即爆发出一串笑声。“哈哈哈，这都什么事啊……难怪他从头到尾一直捂着脸！这都什么年代了，他也太不淡定了吧！”联想到宋凯刚才滑稽的反应，苏然更是笑得几乎直不起腰来。

“也是，多的是露背装。估计是没遇到过这情况，所以吓到了。”方菲居然认真地分析起来，全然不管对面苏然笑出的眼泪。

“别说了，别说了，越说觉得越好笑！”单手叉着腰，苏然求饶似的摆摆手，转移话题，“我还是先帮你把拉链拉上吧。不过，你确定你拍的不是婚纱照？”她这一路上没有仔细听两人的讨论，没想到方菲最后选定的风格居然是要穿着婚纱拍的。

于是方菲重新背过身去，挺胸收腹后才回答：“我倒是想拍婚纱照呢，可没人陪我拍啊！不过我想先试试穿婚纱的感觉，所以就和宋凯商量着先穿婚纱拍个单人系列的。”

费劲地帮她把拉链一点点向上拉拢，苏然咬牙道：“你真应该减肥了！我看宋凯是被你背后的肥肉吓到了吧！”

“你放心，等开学我往讲台上站两天，立刻就瘦了。”方菲倒是一点不担心体型回不来的问题，说完后配合默契地憋了一口气，让苏然把拉链的最后一截也拉上了。

“好了！”苏然拍拍手，扳过方菲的肩膀，让她在自己面前转了一圈后，满意地颔首，“可以出去了。”

话毕，她就转身打开了换衣间的门，率先走了出去。一眼看去，宋凯正立在一面墙前面壁思过呢，整张脸都快贴在上面了！

“扑哧——”见此情状，方菲笑出声来，附在苏然耳边笑问，“你说他一会儿还敢不敢给我拍照啊？”

“敢！”苏然对这点相当笃定，接着大喊了声，“宋凯，该开拍了！”

“啊？好！”一听要开拍，宋凯就像上了发条一般，突然从墙前弹开，冲到两人面前，“场地就在里面。”

两人在他的带领下又拐过一面半隔挡的墙，就看到了设备齐全的摆拍场地。接下来的事情无需苏然费心，宋凯都会办得妥妥的。于是她就搬了张凳子坐在一旁，看着宋凯怎么指导方菲摆各种造型。

不过她本身对拍照的兴趣并不大，旁观了十来分钟后就失去了新鲜劲儿，拿出手机准备浏览新闻。刚拿出手机，解开屏锁，就发现手机还停留在刚才的拨号界面……神色复杂地盯着屏幕上已经输入的几个数字，苏然忍不住蹙眉，最终摇摇头，把数字一一删掉。

屏幕上的那一串数字是不完整的手机号码，补全后就是夏磊的……方菲说得不错，陪她出来这半天，顺带提到夏磊的次数屈指可数，谈得更多的反而是宋凯，只怪自己太过于敏感，因此觉得相当烦躁。

这些年来，对于夏磊对苏然而言是谁的问题，定义一直很模糊。但尽管模糊，他却又是她生活中不可或缺的陪伴。可现在，就在这周一，这个陪伴了她多少年的存在突然爱上了另外一个人，要去陪着那一个人了，这样的改变让她心里很不是滋味。甚至，再想得远一些——有一天，也许他和她会寻找到各自的伴侣，组建各自的家庭，各自生活，于是就这样彻底分道扬镳，再与彼此无关！这样的想法让苏然既心慌又气急，她好像在恼恨自己的无能和软弱，却又不得不向自己的习惯低头……

“好了，收工！”

发呆仿佛成了匀速直线运动，直到下午四点时宋凯兴奋的声音传来，才改变了它的速度与方向，将苏然惊醒。

她理所当然地陪着方菲又进了换衣间，把衣服换回来。帮方菲拉下拉链的同时，她耳尖地听到了外边宋凯咋咋呼呼的说话声。

“放心吧，上午就从动物园回来了，现在她们都在影楼呢……”

这边方菲却倒吸了一口冷气，“咝……苏然你下手轻点！我这细皮嫩肉的。”

“哦……好。”苏然急忙回神，放轻了动作，继续替她换装。只是刚才和宋凯通话的人，一定是夏磊吧？

当拉链被完全拉下的那一刻，苏然突然明白了一个近乎真理的存在：哪怕夏磊这个人真的和自己渐行渐远，却仍然有办法用另一种如影随形来打扰她的生活……

第六章

竟是结婚狂

从影楼回来后，宋凯和方菲算是联系上了，至于这联系的由头，还是方菲自己找的。就因为方菲死活要塞给宋凯这次拍照的钱，宋凯不肯收，于是方菲就顺杆爬，说要改日请他吃饭，慢慢答谢。

对此，苏然除了佩服还是佩服。她就完全不是这类主动出击的角色。每次和唐宇斌约会，几乎都是他提出的，而且无论是牵手、拥抱还是落在眉心的吻，苏然也都是被动接受者。

方菲得知这一情况后，竟然相当郑重地问了苏然一句："你确定你不是同性恋？"而苏然的回答也相当犀利："如果我是，那我早对你下手了。"

但这样一来，方菲就更不解了。因为对于这种优质男，苏然居然都没有主动亲近的想法，那简直是暴殄天物啊！闺蜜的指责也让苏然深深反思起来，她能感觉到唐宇斌对自己的好感确实日渐强烈了，而她自己呢？她和唐宇斌的相处模式似乎真的不太像一对恋人，反而更像是知己。比起隔三差五就要黏在一起，美其名曰是出去跑新闻，实则就是打着幌子去约会的夏磊和周小宁，苏然觉得自己好像确实不太正常。

不过感情上再如何弯弯绕绕，百思不得其解，苏然也尽量不把这种私生活中的情绪带到工作上来。总编已经渐渐把培养她当首席记者这件事提上了日程，一个月内就给了她四个重点报道，让她独立负责。这些重点报道肯定是要配图的，可夏磊却像有意躲着她一般，总是表示时间不凑巧，以要和周小宁出去采访或者别的事情推脱掉，只帮忙联系宋凯来代替。但好在宋凯和苏然也不是第一次合作，所以配合起来也算默契，图文的搭配没有太大问题。

值得一提的是，四个报道的顺利完成，唐宇斌给苏然的帮助也很大，每当她的思路走进死胡同里，只需他一两句话的提点，苏然就能豁然开朗，这让苏然对他又感谢又惭愧。他和自己在一起时从不谈工作，以免破坏气氛，可她却……

“苏然，可以下班了。发什么呆呢？”沈雅收拾好办公桌，挎着包走过苏然身旁时，轻拍了下她的肩膀，提醒道。

“啊？哦，谢谢啊！”正支着脑袋出神的苏然回头冲她笑说，“我也要走了，你不用等我。”

沈雅却抿唇一笑，“是啊，我当然不用等你咯，有人等你的嘛！你这男朋友还真不错，每天接送，已经坚持了两个多月了吧？真是羡煞旁人啊！”

尽管每次唐宇斌都低调地在车里等她，但时间一长，报社的同事也还是注意到了。不等苏然开口，沈雅就与她挥手道别：“好啦，下周见。”

“嗯，周末愉快。”也不打算多做解释，苏然回以温和一笑。在同事里，沈雅和她的关系算是不错的，而且还不是在得知她有可能成为首席记者后才与她亲近，所以苏然也珍惜这份相对纯洁的同事感情。

沈雅离开后，苏然这才发现偌大的办公间里居然只剩下自己了，不由加紧了手里的动作，收拾办公桌，但忙中出错，拿起挎包时却把一旁堆着的一叠文件夹给勾到了地上。

“我来吧。”正要蹲下身，一双保养极好的皮鞋映入了眼帘。

是唐宇斌。

他冲她勾唇一笑，将她扶起站直后，自己蹲下身，替她把地上的文件夹都捡了起来。这一瞬间，苏然仿佛看到了唐宇斌婚后的模样，无论什么东西掉在地上，他都会很温柔地告诉妻子，让他来。可在这个想象的画面里，苏然看到的女主角，并不是她自己……

苏然被自己这奇怪的念头吓了一大跳，她甚至忘记了接过唐宇斌手里的文件夹。

“你怎么了？”唐宇斌看她脸色不好看，看自己的眼神也怪怪的，便随手把文件夹放到了桌上，伸手按在她的肩头，关切地问。

“啊？没、没事。”回过神来，苏然只是淡笑着摆摆手，“对了，你怎么上来了？”

唐宇斌又探究性地看了她一眼，但仍看不出什么端倪，于是才转而回答她的问题：“我看你的同事们都出来了，有几个平时走得都比你晚，就不放心，上来看看。”说到这里，他突然轻笑起来，环视了四周，“说起来，这还是我第一次来你办公的地方。”

“有点嫌弃吧？”有意放松气氛，苏然主动上前挽住他的手臂，“边走边说吧。”

“其实一个人关在办公室里久了，也会觉得闷。这样的大办公间人气足，也挺有意思的。”被挽住的唐宇斌用有些惊喜的眼神飞快地望了她一眼，然后才边抬步，边回应她，“下次我带你去我的办公室转转，你就知道了。”

苏然闻言不禁莞尔，“我应该可以想象到你办公室的样子，一定是井井有条，每样东西都摆在固定的位置上，不像我的办公桌，这么脏乱差……”

“你好像把我当成了一个完美的人。”唐宇斌笑得有些无奈，与她一道进了电梯，“如果有一天你发现我也有很多缺点，怎么办？”

“那也很正常啊，是人都会有缺点的。”苏然一怔，心道自己还真从没想过他不完美的一面是什么样子，随即又笑问，“不过你打算什么时候让我发现啊？我其实挺好奇的，你的缺点会是什么。”

换作平常，她不会多此一问，她过于健谈的反应似乎反而暴露了她心中的忐忑，这异常的表现让唐宇斌的眸光一沉，眉目间染上了忧色。

“到了。”难得见唐宇斌发呆，电梯门打开时，苏然便晃了晃他的胳膊来提醒他。

这类似撒娇的亲昵举动，却又给了唐宇斌些许力量。他舒展开眉头，领着苏然一道出了电梯，开始一如平常地询问苏然晚餐有没有什么特别想吃的，吃完后想去哪里走走等。而苏然对决定行程这事向来头疼，所以十有八九都会把这个“难题”抛回给唐宇斌。可饶是如此，唐宇斌也从来没有因此而跳过征询她想法的环节。这两个月下来，他始终如一地保持着绅士风度，对她体贴入微，绝对尊重她的意见，尽管约会行程的安排大多中规中矩，缺乏惊喜，但绝对可以说是人人心目中的“完美恋人”，乃至“完美丈夫”。

“这里……”不过今天唐宇斌带苏然进的店，倒是让她有些意外，“是我们那次相亲的餐厅？”

“是啊，今天是个特别的日子。”他回以神秘一笑，领着她进入了餐厅。

才进餐厅，就有服务员迎上来，服务员还没有开口问，就被唐宇斌抢了先，“订了座，靠窗的三号座。”

“是唐先生吧？这边请。”服务员看了看手里登记的单子，立刻找到了订座的记录，将两人引到三号座，“两人要点什么？”

“你决定吧。”苏然继续犯懒，不等他问就把菜单推给了他。

唐宇斌失笑，拿过菜单，按照这些日子来对她口味和食量的了解，点了牛排和几道小食，便将菜单交给了服务员，“饮料的话，香槟吧。”

每次两人出来，他从来没要给她喝酒的意思，点的都是饮料，这已经是他今天第二次给苏然带来意外感了。

“今天是什么特别的日子吗？”服务员走后，苏然就好奇地瞧着他。生日或者纪念日之类的，似乎都不是啊。

“看看，喜欢吗？”唐宇斌也不急着回答她这个问题，只是从西装的口袋里掏出了一个精致的小盒子，递给她。

苏然一怔，有些犹豫地抬手摸上绒盒，仔细想来，这还是他第一次这么郑重地送她礼物，光看包装就知价格不菲。

在唐宇斌鼓励的目光，苏然轻轻打开了盒子，里面是一条精致的白金项链，相连的三个心形粉色蓝宝石坠子光彩四溢。

“这……”太贵重了吧。她抬眸，有些为难地看向他。

“今天，”唐宇斌却没有继续和她谈论链子的事，而是回答了她之前的问题，“我有一件很重要的事情想和你坦白。”

她心中莫名地咯噔一声，重复了一遍，“坦白？”是什么事要用到这样严重的词呢？

“是。”唐宇斌苦笑着点点头，“我想带你回去见我的父母。”

“啊……”提到这事，苏然急忙打断了他，带着歉意说，“都怪我之前一直忙着工作的事，也没想到这点。你都来过我家了，我也理当去拜访一下伯父伯母的！”

知道她理解错了自己的意思，唐宇斌把手按在了她的手背上，示意她少安毋躁。“我指的不仅仅是单纯的拜访……”顿了顿，他不禁皱眉，踌躇片刻才艰难地继续道，“你之前不是问过我，为什么会去相亲吗？那是因为我的父母一直很希望我尽早成家。我平日忙于工作，要花时间去结交异性确实耽误事，所以我就选择了最简单直接的办法——相亲。”

“可是追女朋友和谈恋爱肯定要花时间的啊。”苏然觉得他的说法和做法自相矛盾。如果按照这个理论，他这段日子岂不是为了她耽误了很多事？

“是，这我当然明白，所以我只能尽量……不，大概是我的表达有些问题。”唐宇斌的眉心纠结出了一个“川”。

自认识他以来，苏然还是第一次见他这样苦恼，心中不忍，就用另一只手覆在他的手上，柔声道："不着急，慢慢说就好。刚才是我太着急了，我不会再打断你了。"

递给她一个感激的眼神，唐宇斌在坦白的过程中感到自己仿佛又回到了刚工作的第一年。那是的自己初出茅庐，每次在谈判桌上都倍感踌躇，张不开嘴。

"也许一开始，我承认，自己就是冲着结婚这个明确目标去的，但我遇见了你，初衷就改变了……你问过我，我是不是很喜欢你，我当时的回答是越来越喜欢，所以我想和你结婚不再全是因为想要结婚，而是因为结婚的对象是你。"他小心地措辞，紧盯着苏然，观察她每一个细微的表情变化，"我想带你去见父母，是希望……如果你愿意的话，见完父母后，三个月内我们就结婚办酒宴，半年内再要个孩子，他们想尽快抱上孙子……"

话音落下后，苏然久久没有回应他，倒不是有多么气愤，只是感到不可置信和难以接受。苏然双唇微启，却又找不出一句话来。她怎么也没想到，唐宇斌居然是个"结婚狂"！

"所以你的意思是，哪怕不是我，你也会尽快和对方走进婚姻的殿堂？只不过现在是我，所以你觉得还算情投意合，没那么勉强了？"再开口，她的反应比唐宇斌想象中要小很多，也冷静许多，但语气到底生硬了起来。

对于她的疑问，唐宇斌只能用沉默作为回答。

"我知道这一切可能太仓促，但是我……"犹豫片刻，唐宇斌还想说些什么来补救，却被苏然打断了。

"不用说了，我知道你是有真心的，"她深吸一口气，缓缓说道，“可结婚确实是大事，我们认识不过两三个月，甚至……”甚至她最初应允的也只是尝试和他接触和相处，而并非确定真正的男女朋友关系，现在却突然要她做一个这么大的跳跃，一下去见父母，接着把结婚乃至生子提上议程，她真的有些接受不了。

闻言，唐宇斌也微微点头，再度表态，“我明白这太突然了，确实也很无礼，可我父母那边催得很紧。他们知道我和你已经相处了两三个月，感情很稳定，就想让我趁早定下。但是请你相信，我们结婚后，我会始终如一地对你好。我一直很庆幸结识的是你！”

“你给我一点时间吧。我要好好想想，再给你答复。”苏然低叹一声，抽回手来，揉了揉眉心，“而且我也应该先问过我爸妈的意见。”说完，她又将那项链的包装盒盖上，推回到了唐宇斌的面前，“这个项链我暂时不能收，你还是先收回去吧。”这应该算是求婚用的了，她没有答应他，自然没有立场收。

“好，那我暂时保管着。”唐宇斌也没勉强她，眼底滑过一抹苦涩，将盒子重新收起，“但我希望终究有一天，你能成为它的主人。”

似乎无力做更多回应，苏然只能扯出一个难看的笑容，接着便起身道：“我突然想起还有一个加急的报道要赶，就先回去了。”现在她心乱如麻，完全无法继续和他共进晚餐。

知道这不过是个借口，可听她的语气不容挽留，唐宇斌就也跟着站起来：“那我送你吧。”

“不用了，你好好吃吧。还有……下周就先不用来接送我了，让我一个人冷静地想想，抱歉。”摇摇头，苏然不容分说地扭身，快步走出了餐厅。

再不离开餐厅，不离开唐宇斌，她可能下一秒就不是爆发而是窒息了！一路往最近的公交站走去，苏然的脑海里不断回想着与唐宇斌相处以来的种种，终于把他有些时候表现出的急切、欲言又止，和他的“结婚狂”属性联想到了一起。难怪他那时在出租车上会仿佛下定决心般要随性一试，原来从一开始他就是奔着找个人结婚去的……

苏然很难说服自己不去怀疑唐宇斌究竟对自己有几分真实的好感，或者只不过是为了促成婚事才对她这么体贴入微。可转念一想，自己呢？当他向自己求婚时，她竟然除了意外没有任何喜悦，哪怕没有唐宇斌是个急着结婚生子的人这个“重磅炸弹”，她就真的能接受他的求婚吗？

不，她同样接受不了……苏然摇摇头，一个人走在熙熙攘攘的大街上，突然感到前所未有的心乱如麻。她不想以这种不理智的状态回家面对父母，于是顺手就拿起了手机，拨通了一个许久不曾联系的号码。

“夏磊，你……”电话接通后，她想问他有没有时间出来陪陪自己，可话到嘴边，又说不出口。

听出她语气的不寻常，夏磊一改之前几次的冷淡，关切地问：“怎么了？”

“不……没事，只是拨错了号码。”周五的晚上，他应该会和周小宁约会吧？她退缩了。

“我说苏然，你跟我玩什么欲言又止、欲擒故纵啊？！从穿开裆裤起就天天和我斗嘴，现在装什么斯文？”正要挂断，手机那头却传来夏磊气急败坏、劈头盖脸的教训声，“你不是谈恋爱把脑子谈坏了吧？！有话直说——”

“喂，你不能好好说话吗？！”被他这么一吼，苏然忍不住提高音调回敬，“真是狗嘴里吐不出象牙！明明是好意，为什么不能好好表达？！”

“和唐宇斌一样？永远温温吞吞的，什么都好说？那你找他说啊！”夏磊也莫名其妙来劲了一般，“对他你就小心翼翼，对我就是呼之即来挥之即去？”

某人真是哪壶不开提哪壶，苏然本就心烦意乱，听到他阴阳怪气地提起唐宇斌，又指责自己厚此薄彼，不禁鼻头一酸：“你非要这样损我吗？我哪里对你呼之即来挥之即去了？是，我是不该打你的电话，所以才接通我就知道打错了，不该打扰你和周小宁，我和你道歉，行了吧！”

这赌气中带着哭腔的声音似乎把电话那头的夏磊给镇住了，“苏然？苏然你别哭……我刚才只是想激你把想说的话说出来，没想到话赶话，我也不知怎么了。算我错了，好不好？”

见他服了软，苏然只是抽泣了两声，没有立刻回话，但也没有挂断。

“你现在在哪儿，我去接你？”沉默片刻，夏磊又试探性地轻问了句。

也不管夏磊能不能看到，苏然用力地点了点头，带着浓重的鼻音说出了自己的所在，又交代道：“记得给我带点吃的，晚饭还没吃……”

“好，最多十五分钟，在原地等我！”夏磊留下这句话，就挂断了电话。

听筒里传来忙音，苏然有些怔忪地放下了手机，对于方才和夏磊的斗嘴感到一阵迷茫，总觉得今天所有的事情都在脱轨……

就这样，她呆呆地在路边等了十来分钟，那辆熟悉的桑塔纳老伙计就出现在了她的面前。夏磊从上面下来，跑到她身前，扶住她的肩膀问："你怎么样？"

"没事。"对上他焦急而关切的目光，看到他额角的薄汗，就知道他一定是没浪费一秒就往这边赶。苏然只觉心中一暖，不管斗嘴多厉害，夏磊总是关心她的。

看她的情绪似乎比之前通话的时候稳定了不少，夏磊也松了一口气，"那我们先上车？"

"嗯，先不要回家。"这是苏然被他扶着上车后说的第一句话。

"我知道，否则你为什么不回家吃饭？"关上车门，夏磊探身从后座拿过面包和水，"时间匆忙，暂时只有这个了。如果不合胃口，一会儿看看路过的馆子里有想吃的，就喊我停车。"

苏然接过面包和水，低声道了声谢："不用了，我也没心情吃其他的。"说完这句，着实有些饿了的她，就不再多说，先填饱肚子。而夏磊则启动车子，渐渐把车驶出了繁华喧嚣的中心，往江滨的方向去。

夜幕降临时，车子已经到达江滨，缓缓停稳，而两块面包也早已被苏然解决掉。

"下车走走？"夏磊挑眉看她。

"嗯。"苏然点点头，却没有下一步动作，只因莫名想起夏磊之前说要给他表现绅士风度的机会。

对此，夏磊也并不感到意外，自然地替她解开安全带，然后下车绕到她这边，将车门打开的同时抬手挡在了她的头顶上。

“看来谈恋爱对你的改变也很大啊。”苏然看着他一连串熟练的动作，怔忪了片刻，才苦笑着下车。

之前给她开门那一次，他没有抬手这个动作的。

“和她无关。”谁知夏磊只是淡淡地说了句，接着又半个身子趴着车里，在里面翻找起东西来。

正当苏然好奇地要凑上前查看时，夏磊却突然回身，“哈，找——”

脸颊被夏磊的唇轻轻擦过，四目相对了一秒，接着同时默契地移开，苏然更是急忙往后倒退了一步，心跳得和打鼓似的，脸颊上被扫过的地方有酥酥麻麻的奇妙感觉，也不敢抬头看他。

“咳咳……”而夏磊也好不到哪里去，握拳抵在唇边装腔作势地咳嗽了两声来缓解尴尬，“我是想，谈心怎么能没有小酒，于是记起车里似乎还藏了两听啤酒，就想着拿出来的。”说着，他上前半步，把其中一听打开，递给苏然。

苏然下意识地接过，接着听到夏磊把他自己的那罐啤酒也拉开的声音。

“哎，等等！”她突然抬起头，“你吃饭没有？空腹不能喝酒。”她才想起，今天夏磊出去跑新闻了，下班之前也没回报社，不知道吃过晚饭没。

“放心吧，吃过了，否则怎么敢开车载你？万一饿晕了，岂不是拉你做了垫背？”轻笑一声，夏磊仰头喝下了一口啤酒，“嗯，没坏呢。”

于是她将信将疑地也喝了口，果然没变味，便心中一动，将啤酒稍稍举起些，借着月光看清了上面的生产日期——根本就是他刚买的。

也不揭穿他，她走到车边，面向江面，背靠着车站定，又喝了几口酒。也不知是因为方才那意外的一吻，还是多喝了几口酒的缘故，走到她身边的夏磊发现苏然脸颊微红。

“对不起。”苏然低头轻声道。

“怎么突然道歉？”陪她吹了会儿风，却听到她开口就是道歉，对此夏磊感到很意外。

苏然并没有扭头看他，而是将目光放得更远，“你说得对，我把你对我的关心和照顾当成了理所当然的习惯。可我们现在毕竟都长大了，你有你自己的生活，不可能永远围着我转。”

“那是我的气话，你别当真……”夏磊没想到她居然还惦记着这事，“我承认最开始的时候，我是有些生气的，可后来想想，你能第一个想到我，是因为信任我，依赖我，就屁颠屁颠地来喽。”

“谁依赖你了？”苏然转头横了他一眼。

耸耸肩，夏磊扯了扯嘴角：“你不承认也没关系。不过既然你还有力气瞪我，就说明事情也不是太严重。说吧，究竟发生了什么事，让我们的准首席记者这么大乱阵脚？”

听他问到正事，苏然眼底刚染上的一层单薄笑意也褪去了，重新把目光投向江面，用异常沉重的语气说道：“就在不久前，唐宇斌向我求婚了……”

“噗——”闻言，夏磊把刚喝进嘴里的啤酒毫无形象地全喷了出来，“咳咳——你说什么？！这么快就求婚？！你没答应吧？”

“废话，当然没有！”对他的反应有些不满，苏然语气不善地说，“你就不能点认真严肃点听我说吗？怎么我的苦恼到你这里就成了喷酒的笑话呢？！”

“失误，失误……”夏磊干笑着，“你继续，继续……”

也许是被他这一搅和，苏然再往下说的时候，心情也沉重不起来了，酝酿了半晌的感情铺垫也没用上，只得磕磕绊绊地用古怪的语调把整件事的经过又复述了一遍。

“好啊！我就说怎么看那个唐宇斌不顺眼呢！”夏磊听后竟义愤填膺起来，“原来是因为他……他就是想找个人结婚，然后让他父母抱上孙子啊！都说不以结婚为目的的恋爱都是耍流氓，可只以结婚为目的的恋爱也是耍流氓啊！”

“这个论调好奇怪……”苏然指的是最后一句。

夏磊依旧神色愤愤，灌下一大口啤酒后才反问：“哪里奇怪了？如果你真觉得没问题，那你为什么不干脆接受他的求婚？”

“我也不知道……”她迷茫地摇摇头，“当他突然向我提到结婚这事儿的时候，我觉得至少我应该感到惊喜，或者有点小欢喜的，哪怕这个消息太突然，可我没有！我就是觉得心慌，没有办法去想象和他结婚是个什么样子……而且就是在晚饭前，我还莫名其妙地想象到了他婚后的家庭生活，虽然看不清面容，但他的妻子肯定是另外一个人，不是我！我似乎没有办法把我们两个以后的生活联想到一起！我没有想和他结婚的冲动，更别说生孩子……我们才认识没多久，而且你知道的，我正在事业的上升期，如果这时候结婚生子，肯定会有影响，我不甘心。”

她只是埋头，绞尽脑汁地想把自己的感受尽量描述出来。但是苏然完全没有注意到，她说得越多，一旁望着自己的夏磊的双眼就越亮。

“我想也可能因为我和他相处的时间还不够长，所以还没有到想要和他结婚的程度吧。但他又急着要结婚，我觉得不应该耽误了他，毕竟继续处下去，最后也未必能顺利结婚……”苏然越说越纠结，于是抬眸看向夏磊，“你帮我分析分析，我应该怎么办啊？夏磊？夏磊！你有没有在听啊？”

“啊？哦，有啊！”夏磊急忙回神，连连点头，目光炯炯，“我觉得吧，一来，从现实方面考虑，顺利的话，你半年后就是首席记者了，刚刚当上首席的前两年怎么着也得更加勤奋地工作，做出点业绩来吧。如果你选择了和唐宇斌结婚生子，那依我看，你这位置就保不住了，没准产假结束后都回不去了。二来呢，从感情上来说，我感觉你对唐宇斌的好感一般般，再继续培养下去的话，也很难说能不能达到让你想和他结婚的地步。”

听到这里，苏然忍不住低叹一声，有些内疚地说：“是啊，其实这件事上我自己也有错。一开始，我以为只要彼此有一定的好感，就能搭伙过日子了。唐宇斌给我的感觉就是那种脾气很好，好体贴，很合适做男朋友乃至丈夫的人，因此我以为我可以的，可事到临头了，我却又……”

“我明白，可谁说恋爱就一定要成功？正常来说，如果他不是结婚狂，你和他相处久了发现不合适，感情太淡，那就和平分手啊，并没有什么大不了的。对感情的认知都是在慢慢改变的，很难一蹴而就，从一开始就完全定型。”夏磊拿出了恋爱专家的架势，慷慨陈词，“所以这个问题其实最终还是出在唐宇斌身上。正常的顺序难道不是先喜欢进而相爱，相处过后又想照顾对方一辈子，才走入婚姻殿堂的吗？可他就是急着找人对付着结婚，再生个孩子，直奔主题，至于其他都是次要的。所以你这么慢热一个人，和他不合适！要断就趁早断，还不耽误他找下一个，你说是不是？”

“真的？”苏然觉得他的话有理有据，无法反驳，但似乎又夹杂了太多属于他个人的情绪。看他说话时候双眼亮得吓人，也不知道在打什么主意，让她狐疑。

“当然是真的了！”夏磊理直气壮地反问她，“哪里没道理或者不符合逻辑吗？”

对此苏然只能摇摇头：“这倒是没有，只是，你对唐宇斌似乎总有敌意？上次看电影那次，我才发牢骚你就说人家坏话，这次也一样……”

谁知她话都没说完，夏磊就爽快承认了：“对啊，我就是对他有敌意。”

“为什么？”苏然满脸诧异。

夏磊没有立刻回答，而是突然仰头灌了好几口酒后，才下定决心一般，目光灼灼地凝视她，“因为……”因为他突然发现，他喜欢做岳母大人的“准女婿”，而且还做上了瘾。他不是对唐宇斌这个人有敌意，而是对所有接近她苏然的男人都有敌意……

“因为，”原本想要酒后吐真言的夏磊缓缓凑近苏然，“我……”

一颗心莫名地提到了嗓子眼，苏然怀揣着诡异而微妙的情绪等待着他的后文，却听得他的手机铃声突然响起，吓得她打了个激灵。

夏磊也对这通扰人好事的电话极其不满，连看都没看就掏出手机按下了挂断键，然后深吸一口气，准备继续，“其实是因为我——”

“主人来电话啦！主人来电话啦……”手机不死心地又响起了来电提示的音乐声。

再次被手机铃声打断，他不禁面带愠色，而苏然则轻声说：“可能是有人有急事找你呢？先接一下再说吧。”

夏磊低头看了眼来电显示，神情变得尴尬。在快速瞥了苏然一眼后，向外走开两步去接听了电话。尽管他压低了声音和对方对话，不过苏然的耳朵很灵，微微听出了电话那头传来的是周小宁的声音。

这就像是一个残酷却又现实的提醒，苏然突然感到所有的紧张情绪都消散了，夜风吹来，给她的面上与心头，都降了温。

在夏磊接电话的这段时间内，她把剩下的啤酒都喝下了肚，一时间有了醺醺然之感，头脑也放空了，只想睡觉。所以当夏磊结束与周小宁的纠缠，重新走回她身边时，看到的就是半迷糊状态的苏然。

“苏然？苏然？”他唤了几声，试图让她清醒，但收效甚微。他真没想到酒量一向差的苏然会突然把酒都喝光。

“嘿嘿……你是不是要去陪……周小宁啦？”苏然笑眯眯地指着他，“没事，你去吧……我、我自己可以回家……”

低叹一声，夏磊明白她现在这个状态，自己是甭想和她表明心迹了。“好了，好了，你喝醉了，不能再在这里吹风了，不然明天起来要头疼的。”他扶住她的肩膀，半是强制半是搀扶地将她塞回了车里，“我送你回家，好好睡一觉。”

好在苏然虽然酒量不行，酒品却不错，被塞进车里以后也不闹，嘴里嘟囔了两句后就昏昏沉沉地睡了过去。

车子停在小区门口时，夏磊借着车里的暖光灯凝视正在熟睡的苏然。因为睡得不太安稳，她似乎有些不满地嘟着嘴，散落下来的发丝纠缠地贴在她的脸颊上，仿佛一直缠进了夏磊的心里。他想抬手替她撩开乱发，却没想到惊醒了她。

“夏磊？”睁眼的刹那，苏然望见夏磊正用异常温情的目光看着自己，唇边的笑也是少见的柔和。

“嗯，到家了。”夏磊却没有任何尴尬，顺势将手移下，替她解开了安全带，用闲话家常的语气说着，“别想太多，回去睡一觉。如果你觉得不知道怎么对岳母他们开口说这事儿，那我帮你说。”

酒醒得差不多的苏然只是摇摇头，“不用了，还是我自己告诉他们吧。”经过与他的一番谈心，现在她已经不再那么迷茫了。

“决定了？”夏磊挑眉问。

“嗯，你说得对，也许我和他不合适，而且如果继续交往下去，我的心理负担也很重，所以还是不要耽误他了。”苏然低声说着，语调却很坚定，“只是我要好好想想，怎么和他说。”

听了她这话，夏磊竟直接笑开来，换得苏然的白眼。

“你这人又幸灾乐祸！我嫁不出去你很开心啊？”她愤愤地捶了一下他的胸口，接着为了防止被他回击，就和每次一样迅速打开车门，溜了出去。

谁知这回夏磊却动作敏捷地一把拽住了她的胳膊，将她拉到身前，用愉悦的调子反问："谁说你嫁不出去了？别忘了咱们可是定了娃娃亲的。"

"好了，你别逗我了，我要回去了。"苏然却没听出他的话外之意，还只当他是习惯性地贫嘴。

"唉……好吧。谁让我平时都不太正经呢？今天就不烦你了，改日我把手里的事情都处理好了，就再找个时间，我们正经地好好谈谈。"夏磊无奈地摸了摸鼻子，道了一声晚安，就放开了她。

没想到他今天这么好说话，尽管不知道他要找自己改日谈的究竟是什么正经事，但苏然还是微微点头应下："好……那，晚安。"

两人之间相处这么多年，如此正经地互道晚安，在苏然的记忆里似乎还是第一次。所以话音一落，她便因为一种奇怪的别扭感而逃也似的转身，快步进了小区。

而在她的身后，一直目送她消失在夜幕中的夏磊面上的笑容渐渐淡了下来，取而代之的是一丝忧虑。他双唇微抿，在原地又站了一会儿，看到属于苏然房间的灯亮起后，他才重新坐回车子里，沉吟一声后，拿出手机回拨周小宁的号码。

"小宁，是我。你刚才说周末要去哪里？我这两天应该都有时间，正巧我也有些事情想和你说。时间和地方你来决定吧，我都没意见。"

"真的吗？！太好了！"听筒里传来周小宁自以为拿捏得当的娇嗔，"单独请你出来一次真是够难的，哼……"

夏磊却没有兴趣和她打情骂俏，只能尽量保持耐心地又问了一遍："你想去哪里？如果还没想好的话，回头给我发个信息就行。”

“嗯，嗯……好！”

“好，我现在还在开车，就先不说了。”夏磊听她应下后就立刻扯了句谎，挂断电话，避免周小宁拉着他闲聊。

挂断电话后，夏磊苦笑着摇摇头，转动钥匙，启动车子调头。

“唉，今天对她浪费的口水都是当初脑子进的水啊……”夏磊无奈地自嘲。

第七章

错位总该归位

“你说什么？！”

周六的上午，这座城市的两个角落同时响起了两个女人的惊问。

“你要和我分手？！”周小宁的脸色煞白，声音尖锐地质问，“我们两个第一次出来正式约会，你就是为了告诉我，你要和我分手？！”

“我很抱歉，”夏磊双手交叉地摆在桌上，“但我那天当着大家的面接受完你的表白后，就把你找出去说了实话，所以我想你应该还是有这个心理准备的。当然，我知道这件事更大的错肯定在我，我那天就应该坚决地拒绝你，而不是顾及你的面子，怕你在大家面前丢脸。后来咱们单独聊的时候，更不应该一时心软答应你再尝试一段时间的请求……况且这段时间相处下来，我想你也感觉到了，我对你确实只有普通的同事感情，再怎么培养也不会有其他的感情产生。与其这样一直错位下去，还不如快刀斩乱麻，长痛不如短痛。要是再拖泥带水的，反而会耽误了你。”

周小宁见他说得如此冷静，更是气不打一处来，“相处？！这些日子哪次不是我拉着你出去跑采访，你才肯和我独处？！我每次想单独约你出去正正经经地约会，你都用各种借口拒绝我，你从一开始就根本没想过和我好好相处，哪来的感情？！”

“对不起……就算相处时间再多，我对你也……”

这回夏磊的话还没说完，就被周小宁冷笑着打断了，“你对我也不会动心，对不对？！因为你心里早就喜欢苏然了，是不是？！”

“你察觉到了？”夏磊诧异地挑眉，还真是旁观者清啊。

“好啊……你承认了，你居然就这么承认了……”周小宁的身子往后重重一靠，倚在了椅背上，发出一声闷响，“是，我是一直觉得你对苏然的感情不一般，可你们这么多年了也没真正在一起，我就不死心地想试一试，没想到……什么时候不好，为什么是在给了我希望之后又打碎它呢？！既然你喜欢她，那就早点在一起啊，为什么偏偏是在我表白之后呢？！”

越说到后面，她越是歇斯底里，好在两人所在的是饭店的包厢，否则肯定要引人侧目了。

“是，这一切都是我的错，是我之前没看清自己的心，糊里糊涂地，没有坚决拒绝你，浪费了你的时间和感情。”夏磊知道在这件事上无论如何都是自己理亏，所以只能一味道歉，“我亏欠你的，我愿意用其他方式来弥补。无论如何，我们还是同事，以后在工作上有任何需要我帮忙的地方，我绝对不会推辞。”

周小宁用力地抹了把泪，怒极反笑，情绪有些失控，“同事？呵……你觉得我还有脸在报社继续待下去吗？你让我每天在办公间里看着你和苏然出双入对吗？！不，绝不可能！”

“我不是这个意思……而且你想得太严重了，到时候你可以在大家面前甩了我，或者你觉得那样做对你的形象有什么不好的影响的话，那我们就和平分手……总之不会让你变成被笑话的一方。”夏磊皱眉，将橙汁往她面前推了一截，“你的嗓子要哑了，先喝点饮料，冷静下。”

谁知周小宁却突然拿起杯子，往夏磊的脸上狠狠一泼，厉声喊道：“我不要你的同情！你们对我的羞辱，我以后一定会加倍奉还！你会后悔的！”

说罢，她将杯子用力砸在了地上，随后跨过碎了一地的玻璃碴，哭着飞奔出了包厢。

服务生听到包厢这边的动静赶来查看，见到的只有被橙汁糊了一脸的夏磊，错愕地问：“先生，您没事吧？”

“没事。”夏磊苦笑着摆摆手，抽了纸巾给自己稍微擦拭了一下，“洗手间在哪儿？”

“出门沿着这条过道走到底，左拐就是了。”服务生同情地给他指了洗手间的方向。

于是夏磊形容狼狈地走出包间，好在一路也没碰到什么人。把脸和头发上黏糊糊的橙汁给洗掉后，又用纸巾擦了擦衬衫上的污渍。经过一番整理，这形象才勉强能见人了。

“唉，希望她这下能消气。”关掉水龙头，夏磊低叹一声，接着又想起什么，从口袋里掏出手机，“不知道苏然那边坦白得怎么样了……”

另一边，苏然的坦白比夏磊想象得要顺利许多。

“你的意思是，小唐就是急着找个人结婚，所以找上了你？”一声惊呼过后，秦臻在老伴的搀扶下坐到了沙发上。

“别这么大惊小怪，听女儿把话说完。”苏寓也在她身边坐下，安抚地说。

苏然也知道自己的老妈对唐宇斌是寄予厚望的，忍不住垂头做认错状，“对不起，也怪我没有早问清楚，等到他来和我求婚了，我才知道……而且我知道，你们都觉得他人不错，换作别人可能也就此接受了他的求婚，但是我做不到。我觉得我还年轻，事业也正在上升期，不想这么早就结婚生子，分神在家庭上……还有一点就是，我对他的感情，还没有深到想结婚的程度，而且我也不想耽误了他，万一再处下去我还是不愿意和他结婚，还不如就此和他结束……”

“小然啊，我看小唐这孩子是不错的，对你也算真心，你真的想好了吗？”苏寓沉吟片刻后问。

“是，我想好了。”苏然不忘把夏磊搬出来，主要是为了让秦臻能接受这个现实，“这件事我也和夏磊商量过，他也认为这种情况下，既然感情还没有那么深，还是分开的好。”

果然，秦臻一听夏磊也这么想，就低叹一声，语重心长道：“哎，也怪我当初和老同学联系的时候，没有问清楚小唐父母那边的意愿。我让你去相亲，倒不是急着要把你嫁出去。我和你爸都不是那种传统的家长，会为了嫁人而逼着你放弃自己喜欢的工作，我们的初衷只是希望你的感情生活不要全是空白的。所以这件事上，爸妈都会站在你这边的。”

秦臻的表态让苏然一怔，她本以为一直催着自己去相亲的老妈听闻这个消息一定会非常失望，还有可能拼命做自己的思想工作，让自己接受唐宇斌的求婚，却没想到……

“你也别这么不可置信地瞧着我，好像我多么不近人情一样！”秦臻哪里会不知道自己女儿心里在想什么，便好笑地打趣道，“逼婚这种事情我可做不出来，真要逼，我也该逼你和阿磊在一起才对！”

“都说他有女朋友了，以后这种玩笑不能随便乱开……”苏然低声嘟囔。

秦臻依旧一脸惋惜：“也是，唉……多好的孩子，要是你们两个能走在一起，我和你爸才真叫放一百二十个心！”

“好了，好了，说着说着怎么又跑题了？”苏寓见苏然的神色有些不对，探究地望了她一眼后，便扯回了话题，“小然啊，既然决定了，就别拖着了。找个合适的时间，跟小唐把话说清楚。我看他也是个明事理的，会理解你的，应该不至于让两个人都为难。”

“嗯，我再想想怎么对他说，这周内会把他约出去好好谈谈的。你们放心，我和他会处理好的，希望做不了恋人也还能继续做朋友吧。”苏然认真地颔首，“那我先回房了。”

苏寓回以信任的一笑，慈爱地挥挥手，“去吧，去吧……”

就这样，苏然本以为会导致她至少失去一个好周末的糟糕事，居然就这么容易地在爸妈那里过了关，这倒让她心里轻松了不少。回想起来，除了事出突然以外，倒也没什么大不了的，只是一时间给她的震惊太大了，难以淡定而已。

坐在电脑椅上伸了个懒腰，舒展了一下身体后，苏然决定先做点工作，换个思路，等下午再来想想如何对唐宇斌开口。

然而天不遂人愿，电脑才刚启动，夏磊的电话就追来了，但好在他只是来关心苏然与二老的沟通是否还顺畅，得到肯定的答案后也就放心地挂断了电话。但在结束通话之前，他又重提了自己想和她深谈一番的约定，让她务必百忙之中腾出个空。苏然心中虽然奇怪，却也是一口应下，接着便想再次投入工作。

可没想到前脚她才挂断电话，半分钟后手机铃声就又响起了，这回却是无事不登三宝殿的方菲。

“你说男人怎么都这么不可理喻啊！”

方菲的开场白使苏然一惊，心想这夏磊也真够大嘴巴的，消息这么快就传到了方菲耳朵里了。

“呃，你不用这么义愤填膺，我其实觉得还好，他人还是很不错的……”苏然试图为唐宇斌说点好话，让好友别这么激愤。

“不错？”方菲用高八度的音调抗议着，“他只对他的相机不错！怎么这么不开窍啊！”

原来说的是宋凯啊……苏然听到这里才算明白两人说岔了，也怪自己“做贼心虚”，便转了语气询问：“宋凯怎么了？你们两个吵架了？”

这些日子，方菲和宋凯搭上线后，也一直没对苏然透露过两人的发展进度，而她也不是特别爱八卦的人，就想等着时机成熟，方菲自然会来告诉她。谁想这第一通关于宋凯的电话，就是来抱怨的。

“吵架？哼……我甚至都觉得在他眼里，我是不是都不配，估计只有他的相机才配！”说完，方菲的话音也弱了下来，带着委屈，“这一个月来，我是各种明示、暗示，想和他交往，可他就是装作不知道！除了和他讨论摄影的事情时他比较热情以外，其他时候都和榆木疙瘩一样！”

“唉，这个预防针我不是早给你打过的嘛！”苏然无奈地扶额。

方菲一噎，但很快又找到了新的抨击角度，“是啊，你之前说的，我也考虑过。我这个人吧，原本就是多话的，他的话少些，愿意听我说也挺好的。就像那次从动物园回影楼的路上，还有刚开始接触的一段时间，都没什么不对劲的。他的职业，他的爱好，我也尊重，也喜欢啊！可是你不知道，最近也不知怎么了，他都不愿意和我聊摄影的事情了，总扯些别的，可没扯两句他就说不下去，冷场了。我看他冷场，那我就救场啊，就开始认认真真地对他说起我在学校里遇到的趣事和烦心事，结果他每次听不到十分钟就开始走神，也不知道在想谁！”

“哦……搞了半天，你也不是和他的相机过不去，而是吃假想情敌的醋呢？”苏然忍俊不禁。方菲说到底还是中意宋凯这个愣头青的，就是死鸭子嘴硬！

“反、反正不管是相机还是人都是‘敌人’，当然最重要的是人……”方菲被戳穿了心思，就索性爽快承认，“我真的很难不这么想啊，如果不是他心里有别人，那为什么我每进一步，他就退一步？可要是他心里有别人了，那他应该直接告诉我啊？”

苏然沉吟一声后问：“那如果他真的喜欢别人，也坦白告诉你了，你打算怎么做？”

“唔，这就要看情况了。假如只是宋凯单相思，那我必须让他悬崖勒马，回头是岸，皈依我方菲！但要是……他们已经在一起了，那我、我再怎么说也是为人师表，不能做第三者，只得忍痛割爱了！”

“倒是规划清晰！”苏然掩嘴笑道，“不过，我觉得这事其实也没你想象得那么复杂。宋凯脸皮有多薄，你那次在影楼自己不也见识过了吗？也许就是你的明示还不够明确，他又被前几任女朋友甩怕了，所以不敢主动和你提，怕最后连朋友都没得做吧。”

电话那头的方菲闻言，沉默了片刻，大约是在思考这个假设的可能性。“但我总怕……是我自作多情了。”再开口，她的语气变得患得患失，“你可能想象不到，现在对我来说，每天下班最期待的事情，就是能和他说上几句话，聊聊一天下来遇到的人和事，心情就会变得很轻松。他不善言辞也没关系，就好像最开始那段时间，他还给我看过很多他得意的摄影作品，我觉得我能从画面里读懂他……”

没想到一向热情到有些自来熟的方菲，也有这么心思细腻且多愁善感的一面，苏然顿时也不知该怎么宽慰她才好。

“那不如……我帮你探探宋凯的口风？”两头都沉默下来，也没有要挂断电话的意思，苏然左思右想，最终还是咬牙提出了一个实际的解决方法。

“哈哈哈，真的吗？太好了！”敢情方菲就在等她这一句，“你打算怎么做？找夏磊帮忙？”

稍微琢磨了下，苏然就有了大致的主意，“这是肯定的。我与宋凯只是一般的交情，而且男生之间才容易说真话。我一会儿就找夏磊商量一下，让他明天把宋凯约出去，也会设法让你能亲耳听到宋凯的想法的！”

“真是好闺蜜！明天我随时有空，那我就等你的好消息啦！”方菲隔空给了她一个响亮的飞吻，就心满意足地挂断了电话。

叹气着摇摇头，苏然知道自己这个周末想要发愤图强的愿望又要落空了，认命地又拨出了夏磊的手机号码。

“怎么快就腾出时间了？”夏磊才接起，就诧异地问。

“不是这事，这次找你是为了方菲和宋凯，需要你帮忙。”苏然也开门见山，言简意赅地把两人目前的困境说给夏磊听，并且将自己的盘算也告知了他。

夏磊沉吟一声后便应下了，只是喃喃了句：“倒是没问题……可是由我转达不就好了吗？何必还要方菲现场监听呢？”

“不仅方菲在，我也会去的。”尽管夏磊看不到，但苏然还是下意识地单手叉腰，理直气壮地说，“谁知道你会不会袒护你兄弟？万一来个瞒报甚至谎报，怎么办？我可得对得起方菲。再说了，要是好话，让方菲亲耳听到不是更浪漫？但要是坏话……唔，你帮宋凯烧炷香吧！”

“好吧，好吧，我服从组织安排！”夏磊听她这一套一套的道理，只能失笑，“时间和地点，你选。宋凯我无论如何都能给你拉出来，放心吧。”

达成一致后，苏然就挂断了电话，让他静候自己的微信。这时间倒是其次，但为了能让监听效果达到最佳且不被发现，选址是很重要的，苏然为此冥思苦想了许久，又查了周边的餐饮店的店内图片帮助回忆，这才敲定了地点。

于是苏然又忙碌地与方菲、夏磊三方微信，沟通和确认好了时间与地点，并且在得到夏磊成功约到宋凯的消息后，才终于松了一口气，暗叹做红娘还真不容易啊，希望宋凯和方菲最后能走到一起吧……

转日，苏然暂时放下自己的心事，全心全意地替方菲谋划，一大早就带着她来到了定好的餐厅。这家西餐厅的沙发靠背极高，她和方菲坐下后，从后面看只能露出半截脑袋，而且每桌之间的沙发都是直接背靠背的，所以想听到自己背后人的说话声，并不难。

“你还真是煞费苦心。”夏磊随后也来“踩点”，环视了餐厅内的环境后，忍不住对苏然竖起大拇指。

苏然不太谦虚地拱手，“过奖，过奖……”

“你们俩换个时间再斗法！”方菲却十分紧张，提醒道，“夏磊，你快去坐好！宋凯经常早到的，别等会儿他来了，发现我们都在。”

见方菲如此，夏磊在嘴里咕噜了句“恋爱中的女人果然都不太寻常”后，才不情不愿地坐到了相邻一桌另一端的沙发上，把和方菲、苏然背靠背的座位留给宋凯。

服务生见到三人分明认识，聊了几句后却又分桌坐，感觉虽有些奇怪，但还是一一走到他们的桌边请他们点餐。夏磊当然是等宋凯来了再点，而方菲一副心不在焉的样子，所以苏然只能根据平日里对她喜好的了解替她简单点了两样。

“就这些吧，谢谢。”苏然把菜单递还给服务员，礼貌地道谢。

这边苏然才点完，不断扭头回身看向门口处的夏磊已经瞧见了出现在门外的宋凯，冲他招了招手：“宋凯，这里！”

“来了！”方菲用力拽了拽苏然的胳膊，整个人又往下滑了些，生怕被宋凯注意到。苏然对她的过激反应表示无语，只轻拍了拍她的手背。

她的这个小动作才做完，宋凯就已经坐到了夏磊的对面，和两人背靠背了。“怎么突然约我来这么好的地方啊？”他的声音清晰传入两人耳中，“不会又有什么麻烦事要我帮忙吧？”

“哎，我在你眼里就是这种人吗？真是！”夏磊一脸不满与不服，“这次请你吃饭，一来是想谢谢你最近顶我的班，帮苏然跑新闻，二来咱们兄弟两个也有一段时间没在一起聚聚，谈谈心了。”

这个请客理由让正在喝咖啡的苏然差点呛着。之前她和夏磊“串通”，只是传达大致需要他套话的方向，具体怎么说、怎么问，她都全权授权，让他自己临场发挥的，没想到他还拿自己出来当挡箭牌。

“这么好？那我就不客气啦！难得你这么大方。”尽管看不到宋凯的神情，但从语气听来，苏然可以判断老实的宋凯已经完全相信了他这个“别有用心”的兄弟。

“没问题，随便你点，今天我买单。”夏磊说完就叫来了服务员，潇洒地靠在沙发上等着宋凯点餐。

嘴上说是不客气，但宋凯真正点起来还是充分为夏磊的荷包考虑了的。

“两份意面和水果沙拉，都齐了，两位请慢用。”这时苏然和方菲点的主食也上来了。苏然正习惯性地要说句谢谢，却被方菲猛地掐了一下胳膊！

“嗞……”苏然龇牙咧嘴地看着向自己下毒手的闺蜜。

而方菲则是一脸正义地拿出手机，打开微信开始和她进行文字交流——

“你不能说话，万一被宋凯听到就穿帮了！”

手机振动了下，苏然低头扫了眼她的消息，拇指在屏幕上快速移动，回了一句：“知道了，知道了，一时忘记了嘛……而且只是一句谢谢，他未必听得出我的声音啊。”

“对了，从你上次约我喝酒，已经过去快两月了吧？”这边消息才发出去，夏磊那头就进入状态，铺垫话题了，“怎么样？从失恋的状态中走出来没有，要不要我让苏然帮你介绍几个认识认识？”

不得不说，夏磊的切入十分自然，语气也似闲话家常，与平日没两样，宋凯完全没有怀疑。“不要了，”只听宋凯略显郁闷地回了句，“你牵线，人家肯定是冲着你来的，和我没多大关系……”

“哎呀，你别这么记仇啊，那次我又不是故意的。”夏磊好笑道，“大不了我就让苏然出面，我绝对不现身，不就得了？再说了，要是我往你身边一站，对方就倒戈，那你还是趁早分比较好！”

“你说得对，但是……真的不用了……”宋凯支支吾吾的。

“为什么？”夏磊挑眉，盯了他三秒钟，突然贼笑起来，“哦，你小子不会是自己找到女朋友了吧！”

果然一被激将，宋凯就激动地反问，“我怎么就不能自己找个了？！”

“还真是啊！那当兄弟的自然要恭喜你了！”夏磊先是爽朗一笑，接着又好奇地问，“什么时候认识的？怎么认识的？快快从实招来，也不枉我这一顿饭钱。”

“其实也不是女朋友，八字没一撇……不过这个人……你见过的，还是朋友。”

听到宋凯这句话时，苏然又进入了龇牙咧嘴的状态，一口意面吐不出来，也咽不下去——因为方菲正激动地死死掐着她的大腿！苏然忍不住暗骂宋凯一个大老爷们说话怎么这么吞吞吐吐的，倒是快把答案揭晓，给她个痛快啊！

但她狰狞的表情却不知怎么引来了餐厅经理的注意，走上前来询问，“小姐，您怎么了？是不舒服还是我们的意面有什么问题吗？”

突然有外人的声音刺入耳中，引得方菲下意识地对来者怒目而视，而苏然由于不能开口说话，只好赔笑着对餐厅经理使劲摇头，还打了个“OK”的手势，表示一切都没问题。

“那好，你们慢用……”餐厅经理见苏然如此，也只得疑惑地走开了。

有时候碰上爱岗敬业的员工也是一种苦恼呢……苏然松了一口气，然后用力把那只正在摧残自己的爪子掰开！

方菲这才意识到自己在做什么，急忙干笑地讨好苏然，给她拍背顺气，换来她又爱又恨的白眼。

“我认识的人？那追过我没有？”这回倒是夏磊自恋的语调先把苏然的注意力吸引了过去。

“你得了吧！”宋凯也对他表示无语，“我说的是方菲，你说追过没追过？”

听到自己的名字，方菲几乎对着苏然流下了热泪！苏然赶忙给她递上纸巾，索性也不再继续吃面，指了指靠背的方向，示意她先别急着感动，继续往下听。

“她啊……还真没有，不来电！”夏磊继续嬉皮笑脸地套话，“不过她人还是很不错的，职业也好，要是真有戏，你可得好好把握啊！”

“我是想好好把握，可是我越努力，她就离我越远，还不如最初认识的时候，那会儿我觉得自己还挺讨她欢心的……”宋凯果然开始对夏磊吐露心声，苦恼道，“大概是我真的太差劲了……”

他这话让在场的三人同时纳闷地挑起眉来，接着苏然就听到夏磊问出了她们的心里话，“为什么这么说？你怎么追的人家？说出来我给你参谋看看，是不是方法不对。”

“唉，你也是知道的，我以前交往的几个女朋友，都嫌我整天把相机挂在嘴边，开口闭口百分之六七十都是在说关于摄影的事，时间久了，她们就听烦了，可我一聊到其他话题，也就没那么健谈了。”宋凯抱着脑袋诉苦，“所以我这次就想为方菲做点改变，每次和她见面之前，我就搜肠刮肚地想些别的话题来和她聊，但可能是我表现太差了，她一点兴趣都没有，聊不了几句就开始讲她自己的事情。那我听她说，也挺好的。我就喜欢她说话的语调，还有她眉飞色舞的生动神情。可不知道怎么回事，最后一次和她见面时，她说到一半突然就发火了！我也不明白自己到底哪里做错了……”

这下方菲听得更纠结了，要不是苏然死活拉着她，她估计已经忍不住要跑出去和宋凯当面对质个清楚了。

“你有好好听人家说话吗？还是在分神想别的，所以人家不高兴了？”夏磊按照既定计划顺势问。

“这……我也真有分心的时候。”宋凯的声音听起来有点难为情的意思，稍微把音量缩小了些，才道出了真相，“其实是因为每次我都会忍不住在心里想，怎么把她拍得更美，就会光顾着观察她，有时候就没怎么听进去她说的内容。我就是琢磨着，等再过一段时间，我能给她拍一整套的照片，每张都能展现她最美的一面，做成影集送给她，然后向她表白！”

原来如此！方菲所认定的宋凯对她没意思的两个表现，居然全是美丽的“错位”啊！

也就在苏然感慨的当口，沉不住气的方菲已经甩开了她的手，冲出去站到宋凯面前，气势汹汹地喊了他一声：“宋凯！”

“啊？！”宋凯大惊，“你、你怎么来了？”

无奈地摇摇头，苏然也站了出来，简单解释道：“抱歉，这事儿是我主谋，我们三个一起策划的，就是想套套你的心里话。因为方菲始终觉得你不肯接受她，尤其是最近你的转变让她感到非常不安……”

宋凯看看自己的哥们夏磊，又瞧瞧苏然，最后把视线锁定在了方菲的身上，冤枉地说：“哎呀，没有，我怎么会！我才以为你最近厌恶我了……”

“那好，那个什么影集的礼物，你现在也不用准备了！”方菲语出惊人，引得苏然和夏磊投去不解的目光，而宋凯听到这个“宣判”后，则是一脸的生无可恋。

他重重地叹了口气，准备起身离场，“我、我明白了……”

“你明白什么了？！”方菲却上前用力把他按回了座位，居高临下地说，“我的意思是，你现在不用准备了，我们直接交往！以后我让你慢慢拍，什么时候攒成一本，给我过目完，我满意了，你就可以拿来当做求婚礼物用！”

“啊？”宋凯几乎傻住了。

苏然则对夏磊使了个眼色，两人十分默契地悄悄退了出去，剩下的事情就让这对恋人自己去解决吧。

可刚走出餐厅，苏然就突然想到了一个很严重的问题：那碗意面她压根还没吃几口呢！

“饿了？”夏磊回身瞧她，幸灾乐祸地问。

“你不饿？”她挑眉回敬，“而且也不知道是谁刚才豪气万丈地说要请宋凯吃一餐，结果现在也没买单就溜出来。”

对她的回击，夏磊嗤之以鼻，“哈，要不是我，他怎么能这么快搞定方菲？我不让他再回请我一次就不错了！”

说不过他，苏然就横了他一眼，扭身大步往前走，然后默默地在心里数数，看夏磊那家伙多少秒之后会怂。

“五——四——三——”

“我也饿了，”果然，某人很快就追到她身前半步，边倒退着走，边卖乖地问，“你要不要替你闺蜜答谢我一番？”

冷冷地扫了他一眼，苏然勉为其难地上下动了动自己高贵的下颌，“鉴于夏磊同学的这个请求合情合理，准了！”

她应下后，夏磊立刻就挂上了得逞的笑意，得寸进尺道：“要吃贵一点的，人均低于二十的我不吃。”

这也叫贵一点的？

“我在你眼里就这么抠？我心情好，请你吃自助，人均一百的！跟我来吧——”苏然哼哼了声，双臂交抱，准备越过夏磊，却意外地被他拽住了。

回眸望去，他翻脸如翻书一般，已经收敛起嬉皮笑脸的模样，颇为郑重地问了句：“你心情真的不错？”

“为什么这么问？”苏然不解。

“唐宇斌的事……”夏磊沉吟着，“和他分开，你不难过？还有，以后你会为这个决定后悔吗？”

见他确实是很认真地在问她，苏然也肃色，坦然答道：“也许你会觉得我很无情冷血吧，但难过的感觉真的……不太多，更多的是歉疚。至于以后的事，谁又能说得准。不过你放心，这个决定最后是我自己下的，日后就算后悔，我也不会怪你当初给我的建议。”

“我不是怕你怪我，我是怕——”怕你会不幸福……话到嘴边，他又咽了回去。

“怕什么？”苏然盯着他，“你最近怎么总是欲言又止的？这可不像你哦！还说方菲恋爱谈多了不正常，我看你也一样。”

“谁恋爱谈多了？我已经和周小宁分手了！”夏磊澄清道。

分手了？！一时间各种情绪同时涌入苏然心间，不知为何，她在第一时间捕捉到的，竟然是一丝庆幸与放松。

“你怎么了？表情这么奇怪。”夏磊见她听后神色微妙，奇怪地拿手在她面前晃了晃。

“没、没什么……”强压下不正常的情绪，苏然努力思索出了在这种情况下应该问的问题，“为什么分手？什么时候的事情？”

夏磊耸耸肩，他早就想好了要怎么回答这个问题，“这个啊，说来话长，等你先和唐宇斌摊牌了，我再和你解释吧。”他也想过了，自己对苏然表白这事，不能操之过急，还是要排到她与唐宇斌说清楚后。否则，眼下这时机，无论怎么说都有乘人之危的微妙感，再者苏然心中正乱，他不愿意给她添堵。没准反而会弄巧成拙，坏了原本能促成的好事。

“这跟我和唐宇斌的事情有什么关系？”苏然觉得自己模模糊糊好像捕捉到了什么，却又不敢往下细想。

“是没直接关系啦！”夏磊顺势道，“就是不想让你分心，你还是先解决好你自己的事情，让一切回到正轨，再来关心我吧！”

原来没关系啊……捕捉到的那丝亮光骤然消失，苏然有些失神地喃喃："是啊，错位的总该归位，最近一段时间，错位的事情实在太多了……"

"你没事吧？装得这么深沉，我都快要相信了。"夏磊担忧地凝视了她片刻，最终还是决定用玩笑来缓和氛围，让她不要多想。

"是啊，我演技变好了！"苏然没好气地回了句，决定想不通的事情就先不想了，"走啦，还吃不吃饭了？都怪你问些有的没的！"

"是，是，都是我的错……"

无条件承认错误的夏磊屁颠屁颠地跟在苏然身后，把她当女王供着，伺候她吃完了自助，再将她送回家。

"今天表现怎么这么好？"临道别前，苏然犹疑地望着他。

"没办法，吃人嘴短嘛！"

本以为吃自助期间，他那么刻意地说各种冷笑话逗笑她是因为……算了，看来她的心思在夏磊那里，永远只能算自作多情了！苏然无力地冲他挥挥手，转身入了小区，身后则传来他隔空的喊话。

"对了，你什么时候摊牌了，记得告诉我一声啊……"

第八章

情不知所起

原本苏然是真没打算通知夏磊“行动时间”的，可她怎么也没想到唐宇斌会在周四给自己来个“突然袭击”，当她还想着要如何对他开口的时候，他却难得在她上班时间给她发了条短信。

“中午我在报社对面的咖啡厅等你，有很重要的话想对你说，希望你能来。”

这是唐宇斌第一次这么“霸道”地决定行程，而没有事先询问她的意思。他突然的邀约打乱了苏然想要周五再摊牌的计划，心里不免有些着慌。

“怎么了？”

自从收到唐宇斌的短信后，苏然就无心办公了。她的状态落在了夏磊眼里，于是QQ上夏磊的头像很快闪动起来。

“唐宇斌说有很重要的话要和我说，中午就要在对面的半岛咖啡厅见我。我总觉得有些……不太符合他平时的作风，午休的时间那么短，这种事情不应该找个时间充裕的时候再谈吗？”苏然如实回复。

“也许是他想尽快得到你的答复吧，毕竟他家里人催得紧。”对话框显示夏磊输入了很久，可最后发来的只是这么句不痛不痒的话，让苏然略显失望，还以为他会给她什么建设性的意见呢。

没有再回复夏磊，苏然关掉了 QQ 对话框，随手打开网页，装模作样地收集信息，实则却是在为午休时的面谈打腹稿。其实这件事说起来也没有多少难表达的地方，可苏然自知自己是个心软的人，言辞表达上如果再稍有缓和，就很有可能给唐宇斌一种还有希望的错觉，所以她在如何拿捏语气和态度上十分为难，想着要怎样才能既表达清楚自己的想法，又不伤了他的心。

就这样，苏然在纠结中度过了上午剩余的工作时间，午饭时间一到，就匆匆忙忙地收拾了桌面，提起包去赴约了。等她到咖啡厅时，唐宇斌已经在一个僻静的角落位置坐着等她了。

“你吃过了吗？”才落座，唐宇斌就问她。

“呃……”苏然一怔，看他神色自然，心中的忐忑顿减，“一下班就过来了。不过没事，我叫份甜品也是一样的。”

唐宇斌微微颔首：“好，那这次你先吃，吃完我们再谈。上次我太心急，弄得你最后连饭都没吃就走了。”说完，他就抬手招来了服务员，按照她的喜好，直接帮她要了慕斯和拿铁咖啡。

听他的语气不容分说，苏然也就依言把满腹的话暂时压下。只是今天的每一件事，他都是直接做主的，这份不寻常的“进攻姿态”让她隐隐有不好的预感。

两人至此相对无言，看他的面前只放了一杯蓝山，苏然本想开口问问他来得这么早，吃过没有，可又想起他们在酒店偶遇那回，自己帮他要醒酒汤的事，便忍住没有开口。好在慕斯和拿铁很快被端来，正好也缓解了沉默的尴尬。腹中空空的她确实也顾不了许多，只管埋头吃起来。

午休时间只有两个半钟头，所以苏然没有慢慢享受甜品的心思，而是用最快的速度解决了饱腹问题，然后就咬牙抬头，准备把整理了一肚子的话一口气对唐宇斌说出来。

“我——”两个人目光相对，同时开口。

“这次让我先说？”唐宇斌眯着眼，笑问。

尽管苏然认为让他先说可能会产生不必要的变故，但他这么温和的请求又令人无法拒绝，只得点点头。

“首先，我先为自己和你交往的初衷道歉。”唐宇斌深吸了一口气，虽是坐着，却还是对她做出鞠躬状，惊得她急忙摆手，开口想要阻止他。可他更快半步，抢先道，“不要打断我，让我一次说完。”别看唐宇斌平日里对她温柔小意，可毕竟是个管理层，领导一批下属员工，强势起来也让苏然发现自己竟说不出一个“不”字来。

“这次约你见面，确实仓促了些。我之前也答应过你，等你给我一个答复，本来不应该这样半逼着你出来。所以在这么匆忙的时间里约你出来，确实是我一时冲动的结果，可我直觉我会感激自己这次的冲动。”稍微放缓了语气，唐宇斌目光真诚地望着她，“说出来不怕你笑话，就这几天，我见不着你，总觉得心里头空落落的……你拖了这么久没回复我，其实我也猜到了，估计不会是个好答案，那么与其等你来说，不如我先来争取！”

争取？苏然面露诧异之色。

“那天说的结婚的事，你都忘掉吧。”唐宇斌读懂了她的疑惑，伸手覆在她的手背上，“没有关系，我们就慢慢相处，像正常的恋人那样，自然地恋爱，直到有一天你乐意嫁给我……”

“可你父母怎么办？”苏然没想到他会推翻自己之前的话。

唐宇斌只是笑笑，轻描淡写地说：“我能为你随性一次，就能为你任性第二次。更何况，我父母虽然对我结婚这事上心，也急着抱孙子，但他们说到底不可能真的会对我们逼婚，所以你不需要担心，我能处理好。”

“你这样……让我觉得前后矛盾。”苏然一时不知该作何反应了。

“我明白，一开始奔着结婚生子的人是我，急着向你求婚的也是我，可现在三言两语就说结婚的事情可以不用急的人还是我，你一定觉得不可理喻，像被戏弄了吧？”唐宇斌苦笑。

“倒没有戏弄那么严重，但确实一时间难以理解。”苏然摇摇头，“造成事情发展到现在这样的因素很多，也很复杂，并不是每件事情都能在情和理上同时说通的。”

闻言，唐宇斌竟绷不住严肃的神色，失笑出声。

“我说得不对吗？”苏然摸不着头脑，她平时说笑话也没见他笑出声啊。

“不是，很对。只是觉得后半句记者的职业腔很重，真是什么时候都不忘老本行。”他微微收敛了笑，只是眼底的笑意依旧很浓，“你知道为什么我总说你可爱吗？因为你总是能带给我美好的惊喜，让我很期待和你在一起的时光会怎样度过，你下一秒会说什么话，会做出什么生动的表情，或者会发多久的呆……我很好奇你的小脑袋，每天里究竟在琢磨些什么？”

他的嗓音低沉，原本有些肉麻的情话从他的嘴里吐出来，并没有鸡皮疙瘩掉一地之感，反而只会被他诚挚而认真的语调打动。

“苏然，把上次的事情忘掉吧？或者哪怕把之前的两个月都忘掉，让我们重新开始，就像寻常恋人那样。”他低声询问着她。

“可是……我不想让你为难，我也害怕万一之后的相处里出了什么问题，万一我一直都……”苏然忍不住蹙眉，察觉自己反复练习的“绝情”的话都说不出口，她甚至难以把自己的意思准确表达出来，磕磕巴巴的，说不出一个完整的句子。

见她好像有些焦急，唐宇斌轻轻拍了拍她的手背，柔声安抚她说：“我不为难你，你也不用担心未来会如何。其实这是我欠你的。我欠你一个正正常常的恋爱，没有必须结婚作为负担，可以只享受恋爱的过程。我也想过了，我们都还年轻，这不仅是你的意愿，也是我的。从前是我对恋爱的期待太少，想要草率处理，所以对我父母的要求就一味去照办。可自从遇到你，我开始希望能为你，也为我自己做个改变……”

话说到这份儿上了，苏然也只能哑口无言，嘴皮子微微动了下，不知还能反驳什么。唐宇斌的用心和表达，是个人都不会不动容，可她心里却又有一个声音在反复提醒她，不要改变主意，不能接受！

正当她摇摆不定时，有个人突然冲了出来，将她连拖带拽地带离了位置，二话不说臭着一张脸把她往餐厅外拉！

“夏磊？！你在这儿做什么……”被那人拽起的瞬间，苏然大为诧异，第一反应就是她摆了宋凯一道，夏磊又来摆自己一道！自己与唐宇斌的对话肯定都被夏磊监听了！

直到被拉出餐厅外，苏然才得以甩开夏磊的手，“喂，你发什么疯啊？！偷听还不够，还要出来捣乱，现在又臭着一张脸强拉我出来做什么！”

“哈，我疯了？到底是谁疯了？我是看你又要被他的三言两语冲昏头脑了，所以才拉你出来清醒一下！他这么反复无常，你怎么知道他哪句是真哪句是假？！说不定他父母根本就没催着他结婚，他就是看你心软好说话，想就这么骗你嫁给他！”夏磊额上青筋暴起，冲她吼道，“但你自己冷静下来好好想想，再这么拖泥带水地相处下去，你和他就会有好结果吗？！是谁那天对我说，你想象不到和他的未来？！”

从小到大，夏磊耍过她，教训过她，却从没这么态度恶劣地吼过她！苏然气得不轻，口不择言：“那天我喝了酒，那才叫不清醒呢！”

“苏然，你知道你自己在说什么吗？”夏磊咬牙质问，“你敢当着我的面推翻之前的话吗？说你喜欢那个唐宇斌，说他现在肯松口了你很开心，巴不得从此和他再不分离，说你满心满眼都是他？苏然，你扪心自问，你心里到底有谁？”到底有没有……有没有他夏磊的一席之地？！

面对一连串如此激烈的质问，苏然怎会愿意示弱，当即针锋相对，“你今天简直莫名其妙！我凭什么要回答你？我的事情不用你处处插手！你还是管好你的周小宁吧！”

“这时候你提周小宁做什么？我说了我已经和她……”夏磊正准备反驳，却突然哑炮了，似乎是想到了什么似的，竟一改臭脸，有些欢喜地伸出双手按住她的肩膀，“你刚才提周小宁是不是因为——”

“她说得对。”谁知唐宇斌在这时跟了出来，一下半挡在两人中间，阻止了他的动作，冷着脸沉声道，“无论苏然对我的感觉如何，无论相处下去有没有结果，这都是我和她两个人的事情。你和苏家关系虽好，但未免也管得太宽了。”

“呵，你才和她相处多久，就插话进来？”夏磊只是轻笑出声，眼底尽是冷意，不屑地斜睨着唐宇斌，“我最了解她，她如果问心无愧，无论我态度多差，她都能好声好气地把话说完。这是她做记者的坏毛病，最喜欢以理服人。可要是她心虚了，她就会针尖对麦芒地和你吵起来！她刚才分明就是在掩饰她自己的真实心意！”

这话一出，苏然怔住了，唐宇斌也忍不住神色复杂地回头望向身后的她……

“我比她自己还了解她！”见两人都没回话，夏磊又挑衅地冲唐宇斌挑眉，语气很是得意，“所以真正不应该插手进来的，是你！”

“你唯一值得炫耀的，无非就是比我早到她身边二十多年而已。”但唐宇斌却没有被他影响多少情绪，淡淡地说，“所以只要我肯花时间，花心思，我一样能了解她。”

眼看这两个男人间的火药味越来越浓，苏然甩甩头，撇开胡思乱想，上前一步将两人分开，接着深吸一口气，换上冷静的语调对夏磊说道：“夏磊，我的私事虽然从来不瞒你，但你也不应该连个招呼都不打就这样随意闯入，窥探我的想法。况且无论如何，唐宇斌也都是我的朋友，因为今天听他说这几句，你就把他说成个骗子，又打断我们的对话，把我直接拽出来，这样做确实都太冲动了。”

“就因为这几句话？我本来不想说的，说了好像我有跟踪癖似的……”夏磊一脸又好气又好笑的模样，“但既然你要说我血口喷人，那我就非说不可了。”

“什么意思？你要说什么？”苏然虽然对他的冲动很生气，可她了解夏磊不是一个会造谣，编瞎话的人。

于是夏磊抬手直指唐宇斌，“你知道这个今天把你约出来说些肉麻话的男人，昨晚在做什么吗？我亲眼看到他和一个女人共进晚餐，有说有笑，他还喝得醉醺醺的，后来起身的时候都靠到那个女人身上了！当初要不是岳母说这个唐宇斌是她的老同学介绍的，知根知底，我真不会瞎了眼，同意你和他来往……”

“这是真的？”苏然扭头看向唐宇斌，虽是问句，但她心里是相信夏磊的。

“他看到的，是真的。”唐宇斌并没有被揭穿的窘迫，目光坦荡，“但眼见不一定为实，我可以向你解释。”

这边苏然还没答话，夏磊却抢先问她：“所以你打算听他的解释？”

“总要给人一个解释的机会啊。”苏然理所当然地点点头。

“你、你真是……”闻言，夏磊用恨铁不成钢的眼神上上下下地打量了她好几眼，“算我败给你了，以后我再也不管你的闲事了！”话毕，他就负气地扬长而去，头也不回地过了马路。

目光一直追着他的背影消失在对面街口，苏然这才转身重新看向唐宇斌。

“害你和朋友闹翻了？”唐宇斌见她眉目间有些愁色，抬手按上她的肩头。

“没事，”她不以为意地摆摆手，“他就是在气头上。回头我找他说几句软话，给他顺顺毛就好了。如果只是吵架就能闹翻，那这么多年我们都不知道要绝交多少次了。”

唐宇斌闻言稍一挑眉，随即笑道：“嗯，看得出来他很在意你。”

“毕竟是多年的发小嘛！”不知为何，这样的解释第一次说给唐宇斌时，她理直气壮，毫无犹豫。可今时今日，同样的说辞，她却需要用打着哈哈才能说得出口。

“现在时间也还早，”唐宇斌低头看了眼手表，向她伸出手，“我们进去吧？我还欠你一个解释。”

本想装作没注意到他的动作，可对上他那带着优雅笑意的双眸，苏然就没法无视他的举动，只得将手轻放在他掌心，任由他轻握着自己，重新进店。

再进餐厅，想到方才自己、夏磊和唐宇斌三人上演的几近于肥皂剧的戏码，苏然就一阵心虚，直到坐回角落的位置，都始终是低着头的，倍感尴尬。但反观唐宇斌，一脸从容且愉悦的笑，风度翩翩，仿佛全然不受之前那段插曲的影响。

“你怎么好像很开心的样子？”苏然喝了口咖啡压惊，然后奇怪地瞧着问他。

“因为你没拒绝我牵你的手，也肯进来听我解释。”他倒是很直言不讳，这反倒让苏然觉得自己表现得犹豫不决，不够坦荡……

“昨晚，我去见了一个女客户，也就是夏磊口中说的那个和我有说有笑、共进晚餐的客户，她叫董孟琴，她是——”

听唐宇斌解释到这里，苏然突然喊了停：“等等！客户资料是需要保密的吧？你这样告诉我没关系吗？”

“你又不是同行，而且我相信你的人品和职业道德。”唐宇斌毫不掩饰自己对她的信赖，但见她露出为难的神情，又好笑地摊手道，“不过你既然不想听，那我不说这方面的就是了。就说个名字，这样我解释起来也方便啊，总不能老用‘那个和我吃晚饭的女人’来代称吧？”

嗯，果然是有理有据……苏然摸了摸自己的鼻子，闷声道：“也对，那你继续吧……”

“她是我最近一月在接触的一个重要客户，是个女强人，做事干练，性格也不错，所以我和她的合作还算愉快。这就是夏磊觉得‘有说有笑’的原因吧。”唐宇斌坦诚地说，“当然，我不能否认，我察觉到她对我是有好感的。昨晚……我为了你的事情，有些烦恼，所以谈完生意就多喝了一点酒，才会有夏磊看到的那一幕。”

“那你呢？你对她有好感吗？”苏然先是追问了句，接着又踌躇半晌，才沉吟道，“其实……有没有想过，如果她对你有好感，而且是比较主动的那种好感，对你来说可能更好、更合适？只要你也喜欢她，就能培养起感情，或许就能很快结婚，这样也就不用让你的父母失望了——”

“没有。”唐宇斌却斩钉截铁地打断了她，“对我来说，她的定位就是需要保持良好关系、能够长期合作的重要客户。我并不打算跨越这条界限，因为我已经先遇见了你。”

苏然没想到他会如此坚定，“你只是不打算，但你想吗？如果你确实对她也有不错的印象，就不用顾及我，我们就可以退回到好朋友的位置。”

“呵，你是觉得我与其把时间花在追求一个未必追得到手的你身上，那还不如去和一个先喜欢上我的女人去培养感情，这样结婚的成功率肯定是百分百？”唐宇斌摇头轻笑，“你就这么想把我推开吗？”

苏然语塞，“我……”要回答“想”肯定不好，但要回答“不想”似乎又……

“你不用回答这个问题，我换一个。”唐宇斌没有让她多为难，“是不是之前的求婚让你突然意识到，你对我的感情其实并不如想象中那般坚定，你产生了不确定感，对吗？”

老实地点点头，苏然以为这是最贴近她真实感受的描述了。

“好，那我明白你的心理负担了。”他微微颔首，又问，“如果我没有记错的话，最开始你答应我的，也只是给我一个追求你的机会，后来我们两个也没有正式确认过恋人关系，对吧？”

“认真说的话，对……”苏然嗅到了循循善诱的味道。

得到她的肯定，唐宇斌再度淡笑道：“那就对了。只是普普通通的追求，我追你，追不到是很正常的事情。那如果今天，不止我一个，而是有几个人同时追你，难道你要为这些人一个个地考虑，他们追求你失败的几率是多少？或者他们有没有更好的选择？如果他们失败了怎么办？”

“这、这不一样啊，”苏然对他的这个假设感到哭笑不得，“况且哪来那么多人追我……”

“哪里不一样？一样是追求者啊！”他追问。

真要说哪里不一样，她还真说不出来。苏然郁闷地摇了摇头，有些忧愁地看着他。

“所以呢，你不要有心理负担。”唐宇斌见她“缴械投降”，就不再对她发问，“你现在这样拒绝我，作为一个追求者，我真的不太甘心，总会觉得你是因为我急着结婚这事，就急着把我推开。所以请你再给我三个月的时间，看你能不能爱上我，好不好？如果三个月后，你的想法还是没有改变，那我们就只做朋友，我绝对不会再纠缠。”

“这……”他都已经把话说到这个份儿上了，苏然感到自己已经没有了拒绝的理由。

唐宇斌再次在桌上牵过她的手，专注地凝视着她，“苏然，我知道你的担忧多半是为我着想。你很坦然，很善良，也很可爱，和你相处越久，我就越着迷……我想我可能是爱上你了，所以真的不想因此错过你。请你再给我一个机会，不要这么早就拒绝我，好吗？在你的心还没有归属于别人之前，我想要替自己争取一下！”

“那，好吧。”唐宇斌的这番话真诚至极，苏然只能应下，“我……我既然答应了你，那我还是会认真和你相处的。”

“不用刻意，保持和以前一样就好。”听她这么郑重地承诺自己，唐宇斌再一次对自己说，不能放手，也不想放手了！

低低地应了声，苏然依旧有些心事重重。她漫无目的地搅动着咖啡，却没有继续喝。虽然答应了唐宇斌的请求，可她的心里依旧很乱，尤其是夏磊出来搅局时提醒她的每一句话，还有那最后一句的质问——她的心里到底有谁？一切都这么完美的唐宇斌在不在自己心里？如果在，又占了多重的分量？若是心中没他，难道她的心里始终是空荡荡的，也无旁人吗？

她就这样发呆了好一阵子，最后还是唐宇斌出声提醒了她：“你的午休时间是不是快到了？我送你回写字楼吧？”

“啊，是该回去了。”苏然一惊，看了眼时间，有些着急地先起了身，“就在对面，我自己过去就行了。你也快回去工作吧，别耽误了。”说完，也不等他反应，她就离开座位，一路小跑出了餐厅。

等待红灯变绿的时间里，苏然还有些心虚地回头望了一眼，发现唐宇斌果然没有跟来，这才松了一口气。不让唐宇斌送，她其实是有私心的。她不希望自己才和他因为唐宇斌的事情吵完，然后转眼两人就炫耀似的出现在了夏磊面前，那样就太不顾及他的感受了。

踩着下午上班的点回到大办公间，她做的第一件事就是看向夏磊的位置，空的。接着她又把整个办公间都扫视了一遍，也没有发现他的身影。而且除了他的办公桌，另外一个空位也终于引起了她的注意。

坐下后，她探过身子，压低声音问：“沈雅，周小宁是不是好多天都没来了？生病了吗？”之前她一心系在唐宇斌那事上，每次发现周小宁不在，都当她是出去跑新闻了。但今天仔细一回想，似乎这周都没见到她。

“我说，你在办公室里都是两耳不闻窗外事的吗？”苏然感到自己被沈雅鄙视了，“周小宁辞职啦！”

“啊？为什么辞职？”苏然确实极少去听同事之间交头接耳时的那些谈资。

沈雅耸耸肩，“谁知道呢？听说是她自己在例会后悄悄找社长递的辞呈。”

“递辞呈……找社长？”这有点“杀鸡焉用宰牛刀”的意

思吧？苏然感到匪夷所思。

“是啊，一个小记者而已，社长没准都不知道有她这个人。”沈雅也表示不解，“不过她倒有点本事，没被社长给赶出来，顺顺利利辞职了。这些都是听管档案的那个小张说的，说当时还是社长交代他给周小宁办的离职手续。”

说到这里，沈雅又像想起什么似的，捅了下苏然，“不对啊，周小宁不是才和夏磊在一起没多久吗？依照她的性子怎么可能舍得就这么离开报社？不怕男朋友不在自己眼皮子底下，被人挖墙脚啊？”

原来众人都还不知道夏磊和周小宁分手这件事，而且夏磊周末刚告诉她他和周小宁分手，周小宁周一就辞职了……

正当苏然暗忖时，却有一个熟悉的声音插进来：“因为我们分手了，她甩了我。”

是夏磊！

“喂！你怎么偷听我们说话啊？”沈雅不满地抬头瞪了他一眼。此时夏磊正站在两人后方的中间位置。

夏磊无奈地摊手，“我是来找苏然的，碰巧听见你们在议论我。”

“主要是议论周小宁，又没说你坏话！”沈雅纠正他，并且追问，“不过你说的是真的？当初可是周小宁主动向你表白的，她怎么会甩了你？”

“这又有什么稀奇的，相处了一段时间以后发现我和她想象中的并不一样，就及时刹车了呗。这是好事，比拖泥带水的好。”夏磊似是话里有话，目光时不时瞥向苏然。

苏然哪里不知道他意有所指，当即接话过来，“好了，你找我有什么事？我们去走廊聊吧。”说罢，她就起身，率先往走廊的偏僻处走去，夏磊自然也转身跟在了她身后。

两人沉默着在角落站定，一时相看无言。

“你不是找我有事吗？怎么不说话？”最后还是苏然忍不住，别扭地说了句：“如果是为了刚才的事……刚才我也有错，你是为我好，我应该领情。”

“你是不是做了什么坑我的事？”夏磊表示受宠若惊，夸张地倒退了一步。

苏然气结，“喂，正确的打开方式难道不是你立刻表示其实你也有错，让我不用放在心上吗？”

“我又不演八点档肥皂剧。”夏磊偏着头，“不过我心里确实是这么说的……我态度也不好，你应该了解我的，我没恶意。”

“废话！否则你现在还能安全地站在这里吗？”苏然恶狠狠地举起拳头，冲他比划了两下。

“果然和你在一起就只能演武打剧或者惊悚剧。”仿佛心有余悸地叹了一口气，夏磊重新把话题带回了正轨，“不过话说回来，我确实有话问你。你后来没答应他吧？”

又绕回这个问题，苏然面上的笑意也渐渐褪去，思索着如何措辞，“他和我解释清楚了，那个和他共进晚餐的只是一个女客户而已，而且他一再说……”

“所以你答应了？！”没耐心听她继续铺垫的夏磊直接打断她，只要一个结果。

“嗯，算是吧。他说再给他三个月的时间，如果到时我还是没有真正爱上他，那就做回朋友。”苏然如实答道。

谁承想夏磊竟突然跳脚：“你还真答应他？！那我之前的话都白说了吗？！还有，你怎么就这么确定他对你的解释就都是实话？你宁可信他也不肯信我？！”

“夏磊，这不是信谁的问题啊。”苏然希望他冷静一下，上前抓住他的胳膊，轻声说，“我当然相信你，可你不也只是远远地看到的吗？我们是媒体人，最清楚一张照片或者一段视频，是很容易被断章取义的，确实不能据此就断定什么。而且我和他约定了时限，也不算拖泥带水啊。”

“那你答应我，三个月一过就立刻和他分开。”夏磊对她的温言相劝不为所动，冷着一张脸。

苏然好笑道：“如果现在就决定三个月后的态度，那我还不如现在就找他说去，何必再浪费三个月的时间？”

“好啊，那你现在就给他打电话说。”夏磊用理所当然的语气说着，“你要是抹不开面子，我帮你说。”

负气地放开他的胳膊，苏然觉得夏磊今天的态度和行事作风都有些不可理喻，一点都不像平时的他。“不和你说了，我不想和你吵架。我们都冷静一下吧。”她丢下这句话，扭头就往回走，也不管夏磊的反应。而当她终于把电脑椅坐热了之后，才突然想起来，自己又忘了问夏磊为什么会和周小宁分手这件事了。

距离杨藩来收稿还有十五分钟时间。苏然的稿件已经完成了，于是她就打开了QQ，想借询问的机会，与夏磊和好。

“你没生气吧？”她发了一个大大的笑脸去。

“我什么时候真生过你的气了？”夏磊隔了两分钟才回复。

苏然一看，就抿嘴笑了，手指飞快地在键盘上敲下一行字，“我就知道！我知道你是关心我，但是认识唐宇斌以来，我也没在他那里真正吃过什么亏呀，所以你就放心吧。”

这次夏磊没有回复，大约还是在赌气。

“对了，我刚才忘记问你了，你和周小宁怎么分手的？你之前可是答应我，等我和唐宇斌摊牌后，你就告诉我的。”苏然只好又追了一条消息去。

“但是摊牌的结果和我预想的不同，和你答应我的也不同，所以我现在也不打算告诉你。”

看着他的回复，苏然暗骂这家伙还傲娇上了！

“那我等你消气了，再来问吧。我和周小宁的关系虽然一般，但毕竟都是女生，容易交心。如果真的是她对你哪里不满意，和你分手，我可以帮你去劝劝她的。”她想着等过两天，夏磊估计也就接受这个现实了。

“你真心希望我和周小宁复合？”夏磊回复得飞快。

苏然想都没想就在屏幕上打出了“当然”两个字，可就在准备按下回车键的那一瞬间，她突然感到这两个字异常刺眼，正犹豫着要不要发送出去。而这一犹豫的工夫，竟晃过去了三分钟！

“你知道我和她的关系一般般啦！她和你在一起的话，我难免要经常看到她……但是如果你确实喜欢她，我当然还是希望你能开心的。”花这么久时间只回复两个字，苏然生怕夏磊会追问，只得删掉那两字，用最快的速度又打下了这么一段话，把“希望”的概念在不经意间偷换了。而颇有几分做贼心虚的她，并没有注意到夏磊已经将她的犹豫清清楚楚地收入了眼中。

于是半分钟后，苏然在对话框里看到了他略显跑题的回复。

“我明白了，如果有需要，我会告诉你的。对了，你还记得之前你还问过我一个问题吗，就是在江滨谈心那次。那次没能告诉你，那么接下来的日子，我会用行动来回答你。”

那天晚上……苏然心中一动，下意识地摸了摸自己的右脸，随即甩了甩头。不过是个意外而已，更何况夏磊分明是爱着周小宁的，不是吗？否则也不会顺势接受自己自告奋勇去周小宁面前替他美言几句的帮助了。

仿佛很轻松地理清了思路，说服了自己，所以苏然只回了他一个干净利索的“好”字，甚至对他的答案都没有太多的期待。

“杨藩要来了，你准备下吧，我就不干扰你了。”夏磊也没再多话，以一个笑脸表情结束了对话。

深吸一口气，关掉了对话框，苏然开始整理稿件，一如平时表现出的那样，自信地等待着杨藩来收集选题。可她的心境却不复往日的平静与纯粹，她清楚地知道，那些情情爱爱啊，不知所起，却已经在不知不觉中搅乱了她的生活……

第九章
多情反被无情恼

那日回去之后，苏然把自己与唐宇斌达成的共识告知了家中二老，苏寓没吭声，秦臻却是十分欢喜，直说自己还是相当满意小唐的，支持他们再尝试三个月的决定。这回二老的反应都在苏然的意料之中，所以她以为接下来的三个月，生活也许能相对平静些，可没想到夏磊的表现却颇为反常，他的不消停让苏然有些不知所措……

比如第二天早上，唐宇斌再次开车来接她上班，可当她正要走向唐宇斌时，却突然从小区的绿化带中窜出一个人来！

“夏磊？”苏然奇怪地看向他，用眼神问他来做什么。

“对啊，是我！我是来陪你一起去报社上班的！”夏磊连连点头，自顾自地拽过她的胳膊，“快走吧，还要等公交呢！”

“喂，你为什么突然……”苏然一头雾水地被他拖出了小区门口，把求助的目光投向车旁的唐宇斌。

只见唐宇斌往夏磊身前一拦，礼貌地笑了笑，“现在是公交高峰期，还是让她坐我的车吧。当然，你也可以一起！”

“不用！要不是今天那辆桑塔纳关键时刻不中用，我也会开车来接苏然的，你别得意！以前但凡她要迟到，都是我飞车赶到啊！”他话还没说完，夏磊就毫不客气地打断了他，

“再说了，她不是被你接送挺久了吗？也是时候偶尔挤一挤公交，锻炼锻炼了！”

“但是现在时间不早了，如果想坐公交锻炼身体的话，可以下班的时候再坐。”唐宇斌抬起手，将手表朝向夏磊，指给他看。

“所以更得要抓紧时间赶公交了啊！”夏磊忍不住翻了个白眼，不再和他多说，拉着苏然就要走，却被唐宇斌抢先一步按住了自己的肩膀！

这回唐宇斌也把绝不退步的气势拿了出来，“要赶公交你自己赶，让苏然留下。”

见两人较上劲了，苏然欲哭无泪，“你们两个，要玩掰手腕之类的游戏改天再约个时间好吗？迟到了，扣的是我的工资，不是你们的！我这个月的全勤奖金会功亏一篑的！”

“……”两人同时表情微妙地看向她。

“放手！”苏然趁夏磊愣神的工夫，一把挣脱了他，大力地把两人往两边一推，从中间冲过去，看准一辆出租车就招了下来。

临上车前，她侧头对两人喊道：“你们自己继续玩吧！我先去上班了。”

“你这个女人，还有没有良心啊？这种时候不应该把我们两个分开，说一句‘不要打’了吗？居然只想着钱——”

回过神来的夏磊朝着出租车扬长而去的方向怒吼，换来唐宇斌的冷眼，“一大早就来找肥皂剧的戏感吗？幼稚！”

丢下这话的唐宇斌也不理对手的反应，迅速离开战场，开着车，绝尘而去，徒留夏磊一个人边咆哮边往公交车站狂奔——这下真要迟到了！

再比如和好的那周周五，电影放映厅里，她和唐宇斌好端端地正看着爱情片，却突然从她后面的位置伸出一只“黑手”，啪的一下打在了唐宇斌准备揽过苏然肩头的手臂，动静异常响亮，惹得苏然与唐宇斌齐齐回头。

“是你？”看清是夏磊后，唐宇斌不禁皱眉。

“啊哈哈，不好意思，不好意思……”后者则是压低声音，嬉皮笑脸道，“你手臂上停了好大一只臭虫，我本来想帮你拍死它来着！”

苏然当然知道他在胡扯，只是瞪了他一眼，对唐宇斌说：“你别理他，我们继续看电影吧。”

可谁知接下来，几乎每隔十分钟都会有“一只臭虫”爬到唐宇斌的手臂或者肩膀上，“啪啪”的打击声引来旁边一众观众的侧目，但夏磊却依旧我行我素，脸皮奇厚，总是趁人不注意的时候猛地出手，谁也拿他没办法。导致电影结束，走出放映厅时，苏然才发现唐宇斌的手背被夏磊打得通红……

“夏磊，你到底在玩什么花样？”苏然忍不住质问随后走出来的夏磊。

夏磊耸耸肩，态度散漫，“我是为他好，谁让他的手老是不老实。”

“算了。”唐宇斌的涵养也算是修炼到家了，牵回苏然，“我们走吧，别影响了好心情。”

于是被他牵走的苏然听到隔空传来夏磊的叫嚣声——

“苏然，你放心，有我在，就坚决不会让‘臭虫’影响了你的心情……”

还比如，又一周的周日下午茶时间，唐宇斌带苏然去了一家地处幽静、情调极佳的多功能书屋，一人从书架上取了两三本书，相对而坐，一边品着咖啡一边阅读，倒也十分惬意。认真阅读的苏然自然没有感受到他充满宠溺的目光在自己身上流连，更没有注意到躲在角落里的那个鬼鬼祟祟的人影……

“我把拿的几本书都翻了翻，你拿的是什么？”大约过了一个多小时，苏然放下手里的书，觉得应该和唐宇斌稍微互动下，就好奇地望向他手边摆着的几本书。后者自然二话不说，把三本书全都堆到了她面前。

然而苏然的笑容却在看清书名后僵住了……

《如何让女人对自己死心塌地》?《追女三十六计》?《脚踏两只船的正确方法》?

“你确定……你没拿错书？”她将书重新推回到唐宇斌的面前，神情微妙地问。

唐宇斌始终是观察着苏然的，听她这么问，不禁诧异地挑眉，把目光移动到了书上……

“不是，这不是我刚才拿的书。”他抿唇，面上隐有愠色，“刚才我起身去拿咖啡时，有人经过这里？”

“应该……有吧。”苏然吐吐舌头，“我没抬眼，只觉得是有人影晃过去几次。有人走来走去也很正常，我就没特别留意。”

他听完后，微微颔首，随即一言不发地站起身，走进了某个偏僻的角落。苏然伸着脖子，却因为视线死角看不到他的动作。谁知没过半分钟，唐宇斌就从里面拽出一个人来！

“怎么又是你？！”苏然无语地看着夏磊，“是你换的书？”

“书？”某人一副准备装傻到底的架势，还对她卖可怜，“什么书？我在那边看书看得好好的，他突然过来对我拉拉扯扯的……你可要为我做主啊！”

唐宇斌见他滑头耍赖，忍不住按了按突突直跳的太阳穴，沉声道：“除了你，我真想不出这咖啡屋内还有谁会对我做这种恶作剧。”

“那也只是你的推测！”夏磊理直气壮地反驳他。

“好了！”苏然制止了他继续发挥，眼角余光发现其他客人都在往他们三人这边观望，于是一把抓住夏磊的手腕，“你跟我出去说！宇斌，你就在这里好好看会儿书吧，不用担心，我能处理好。”

一听苏然只和他出去聊这事，夏磊就眉开眼笑起来，被她拖走之前还不忘冲唐宇斌得意地挑眉，炫耀胜利。

“我说你能不能别这么幼稚？”而苏然却没有他的好心情，一出书屋就戳着他的胸膛质问，“你要捣乱到什么时候啊？”

夏磊委屈地揉揉胸口，“我没有捣乱啊，我是在给你一个答案。”

“答案？”苏然无语，“你别告诉我，你的答案就是因为你见不得有人喜欢我，非得搅黄了你才舒服！”

“算是答对了一半，”夏磊依旧笑嘻嘻的，“我发现你终于有点开窍了啊，其实我……”

谁知他还没说完，苏然却猛地提高了音调：“夏磊，你还笑得出来？你和周小宁交往的时候，我再不适应，不习惯，不舒服，我一个字都没说过吧？更是从来没有破坏过你们什么！因为我希望你过得好……可是你呢？这段时间你三番五次地破坏我和宇斌的约会，你到底为什么要这么做啊？你知不知道你现在笑得有多讨厌，你就这么讨厌我吗？”

“你说……什么？”夏磊笑容一僵，一脸的不敢置信，“你真这么想？我讨厌你，所以在你身上花这么多时间和精力？你不觉得这个逻辑很奇怪吗？”

“可你为了整我，曾经就煞费苦心地准备了一个恶作剧！”苏然不知道自己还能怎么想。

“哈哈……”夏磊突然笑出声来，而且越笑越大声，笑声讽刺。她从没见过这样失态的夏磊，突然后悔起自己方才说的每一个字。

正当她想开口挽回时，夏磊的笑声戛然而止，眼底满是复杂的伤感，凝视着她：“苏然，原来你真的不知道……你真的没有心……”

“我……”被他的眼神瞧得心中一揪，苏然想伸手去拉住他的手，却被他一个侧身躲开了。

没有再多说一句话，夏磊转身离去，只留给她一个落寞的背影。

苏然知道这是最糟糕的情况了。她不怕和夏磊争执得不可开交，却对以这种近乎冷战的方式结束对话深感不安……这一次他是真的生气了、伤心了吧？

苏然呆呆地望着抓空的手，在外面站了许久，脑海里不断回响着夏磊离开前的最后那句话，她到底不知道什么？为什么要说她没有心？

“苏然，你还好吗？”而隔着橱窗，在里头默默陪她站着的唐宇斌抬头看了眼渐渐阴沉的天，终于忍不住走出了书屋，走到她身边低声道，“看天气快要下雨了，我送你回去休息，好不好？”

“嗯，”苏然的情绪和她的语调一样低落，“今天真是对不起啊……原本好好的，又闹成了这样。”

唐宇斌抬手在她的后背上安抚地轻拍了拍：“你我之间，不用说对不起，况且这事说来也是因我而起……”他低叹着摇摇头。

“怎么会是因你而起呢？”苏然怔忪地抬眸看向他，发现最近也不知怎么了，夏磊和唐宇斌两人说的话越来越像打哑谜。可她最不会的，就是猜谜。

“没什么……”可唐宇斌却略一踌躇后，就带过了这个话题，“随口一说，我们走吧。”

也没有心力再去追问他，苏然便任由他牵着自己坐进车里，一路发呆，直到车子停到了小区门外，唐宇斌替她打开了车门，这才恍然发现时光的流逝。这时候天已经完全暗了，暴雨随时都会倾盆而下。

“别多想。”看她魂不守舍的样子，唐宇斌不禁皱起眉，“下次我不会再让你这么为难了。”

“嗯？和你没关系的。”苏然勉强一笑，冲他挥挥手，“那我先回去了，你也趁还没下雨早点回去吧，雨天开车不安全。”

“好。”唐宇斌牵过她的手，在她的手背上落下轻轻一吻，“看你进去了我就走。”

这是他第二次亲吻她，比眉心更退守了一步。苏然却没有心思琢磨这一吻背后的许多暗语，扯着嘴角冲他道了声“再见”，就转身快步往里走。

而她的身后，凝望着她背影的唐宇斌久久伫立，直到第一颗豆大的雨滴砸落在肩上，他才发出一声喟叹。

“我不能让你看清……否则……原谅我的私心……”低低的私语在倾盆大雨中若有若无。

第二天，苏然是顶着黑眼圈去上班的。

她整个晚上都在犹豫要不要主动给夏磊去个微信道歉，可又不知道这句“对不起”应该从何说起。她猜不透他的心思，怕反倒又因为一言不合而火上浇油，于是就这样纠结到了凌晨两点，才昏昏沉沉地睡去。当然，这微信也最终没能发出去……

“对了，这两周夏磊家里有事，所以请假回老家一趟。社里暂时会请个临时工来负责摄影事宜。不过大家也不用担心，姜师傅也是老摄影师了，完全可以配合大家完成各项报道与采访任务。会后他就会赶来报社，大家有需要图片的新闻，这两周就先找他。”

苏然本想着当面找夏磊道歉也好，却不料竟在例会上从总编口中得知他请假回老家的消息。

“总编，夏磊有说他家里出什么事情了吗？”会后，苏然追出了会议室，赶上总编。

“这个啊……他没有详细说，但请假请得挺匆忙的，说是买了夜里的票。”总编知道他们两人关系要好，便耐心地回答了她，“夏磊这两年很少请假，而且连你都没有告诉，恐怕是急事。”

老家的大事？苏然眉宇之间忧色浓重：“是，我知道了，谢谢总编，不打扰您了。”

“哦，对了，”总编却想起什么似的，喊住了要转身离开的她，“本来想过两天再让杨藩通知你的，既然你在，我就先和你说一声。下周二有个重点采访，是咱们本地走出去的成功人士，汽车制造业的名人贺天端贺总。我把它交给你了，你可得好好准备一下。”

“是，请总编放心！”一听是重点采访，苏然不由精神一振，急忙打起精神应了句，“我会尽快着手拟定采访的问题，然后再请杨前辈帮忙指点的。”

总编满意地点点头，“好，好，我就喜欢你这样的工作态度。去吧……”

“谢谢总编。”得到赞赏，苏然眼底的光芒再度被点亮，冲总编鞠了个躬，这才往大办公间的方向走去。

在办公桌前坐定，兴奋之余的苏然并没有忘记夏磊，拿起手机给他发了一条信息，问他家里出了什么事，接着才翻开桌上的报纸例行阅读。有了重点采访等在下周，苏然感到自己也像有了主心骨一般，从纷杂的情感中抽回了神，全心全意地投入到工作之中，仿佛一切又回到了认识唐宇斌之前的简单生活。

她这埋头一忙就忙到了中午，吃盒饭时才得空看了眼手机，夏磊没有回讯息，再看他的 QQ 头像也是黑白的，一时也不知道夏磊是还在赌气疏远她，还是真的有事抽不开身，这让她不禁蹙眉。夏磊家的亲戚关系也不复杂，能让他这么着急赶回去的，那多半是和他父母有关了。

看来只能今天回家，让老妈联系下夏伯父和夏伯母，问问到底是什么情况。苏然暗忖着，神色黯然地收起了手机。

“你怎么了？”沈雅在这时探头过来说悄悄话，“有重点采访，情绪还这么低落？不像你的风格啊。”

“没什么，就是有些担心夏磊。”苏然也没瞒她。这个理由合情合理，所以沈雅闻言只是若有所思地点点头，就选择结束对话，重新回到自己的办公桌前忙碌起来。

但苏然被她这么一问，心里头就更乱了，一整个下午都静不下心来，草草应付了稿件任务后，就等着下班回去让自家二老去联系夏家。秦臻听说这个消息，自然也是第一时间联系了夏磊的母亲，结果夏家二老却说家中无事，夏磊纯粹就是看望他们，他们也没想到夏磊会突然不打招呼就回去。这让苏然松了一口气的同时，又感到胸口堵得慌。既然如此，那就说明夏磊是故意不回复消息，疏远自己了……

得知夏家无事后，苏然也没敢对家中二老，尤其是秦臻说自己与夏磊发生口角的事情，怕他们担心，便只掩饰着心思，每日照常上下班，晚上回来也会陪他们说会儿话才回房休息，甚至她也照旧赴唐宇斌的约，这回再也没有夏磊的干扰了。表面上，生活风平浪静，一如平常，但苏然心中知道，自己与父母聊天时出神的时间越来越多，和唐宇斌出门时大部分时候都是他在挑话头，她被动地回应着。她明白唐宇斌掩饰得很努力，可偶尔眼底的晦涩还是泄露了他所察觉到的一切……

说来也奇怪，之前要和唐宇斌摊牌时，也是几天都不见他，苏然是没什么感觉的。但是夏磊这一走一周多，她的心里竟是空落落的，不管做什么事都会莫名地想起与他相关的点滴，特别希望微信上又能听到他生动的语音。可没有，什么消息都没有，夏磊始终没有回复她的讯息。她是不愿示弱的人，所以也再没追去新的消息，只是闲暇时拿起手机会盯着他的头像发呆。

“晚上好好休息，周一工作就来了。”

周日的傍晚，苏然从唐宇斌的车里下来，站定在他面前，听他笑着叮嘱自己，心中一阵愧疚。

“对不起，我最近的状态……”她不知该如何启齿，也说不清自己心中的感觉，“你给我一些时间，我一定会想清楚的。”

“现在分明是你在给我时间啊。”唐宇斌始终没忘记三月之约，如今已过了大半，“况且，我也没有立场指责你的状态……我不想瞒你，董孟琴一直没有放弃我，我要与她谈合作的后续，就得频繁地和她见面。我也感到很抱歉。”

董孟琴？乍一听，苏然甚至都忘了这是谁了。她先是露出了迷茫的神色，随即才想起，连忙摆手：“不用的，我知道你就是谈生意，不会骗我。”她说得很肯定。

“呵……”但她的信任却换来唐宇斌的苦笑，“你完全不吃味，对我来说，这反而不是一件好事。”

听他这么说，苏然的心中也是五味杂陈，却只是下意识地选择了逃避，勉强扯出个笑容来：“不说这个了。这次换我看你先回去，快进去吧。”

“好。”唐宇斌也不勉强她，从善如流地坐回车中，将车窗摇下，在里头冲她摆摆手，算作道别。

看着车子消失在视线之中，苏然意识到这好像是自己第一次目送他人离开。同夏磊在一起时，她总是为了胜他一筹而率先开溜，而与唐宇斌相处时，她也配合他的绅士习惯，让他目送，最终结果就是她从没尝试过这种看着别人先离开的感觉……

正出神时，苏然的手机铃声却响起来了。她双眼一亮，期待地掏出手机，却在看清来显的瞬间，几不可察地叹出一口气，眼底闪过失望之色。

“方菲，怎么了？”苏然调整心态，接听了电话。

“有没有空陪我出来K歌啊？”听起来方菲的心情十分愉悦，“自从唐宇斌又开始对你穷追猛打起，咱们俩就没一起出去玩过了！”

这可真是倒打一耙！前一刻心情还略有些沉重的苏然也不禁失笑：“说得好像是我见色忘友一样！也不知道是谁有事没事就跑去人家宋凯的影楼里报到，我可没兴趣去影楼做电灯泡，那边的聚光灯已经够强了，不缺我这一盏八百瓦的！”

“你这嘴练得快比夏磊还厉害了啊！”方菲发出啧啧声，“不过你这么说，就是有时间喽？那还是老地方见？”

“好，我现在刚到家，大约二十分钟后到。”苏然一口应下。

方菲得逞之后，给了她一个响亮的隔空飞吻就迅速挂断了电话。而苏然则是笑着摇摇头，收起手机，往公交车站的方向走去。虽然唐宇斌的车子大约还没有开远，但她可不好意思再一通电话把他叫回来送她去。

可戏剧性的一幕就在苏然走出不到百米后发生了。一辆同样颇为高档的酒红色轿车在她拐过路口后，突然调转车头横在了她的面前！

不想和这样的“马路杀手”计较，心有余悸的苏然按着心口，压下想上前敲开车窗教育对方几句的冲动，板着一张脸要绕开来。谁知她才刚往车尾处走了几步，那车竟也同时来了个快速倒车！

苏然先是一怔，随即在原地站定了步子，冷眼看着车窗摇下后，露出一张妆容精致的侧脸。

“你是苏然？”那开车女人的年纪大约比苏然要长上几岁，气质成熟，细长的眼睛中包含着精明与老练的光芒，无论是妆容还是衣着，处处都彰显着职场成功女性的特质。

但苏然并没被对方的气场震慑到，她微微眯起眼，扬声问：“你是谁？”

“也许你听过我的名字，董孟琴。”董孟琴勾唇轻笑，自信地做出邀请，“你要去哪里？上车，我载你一程。”

“不必了，我不习惯坐陌生人的车。”苏然没想到“情敌”竟会主动上门来挑衅，也不知自己是怎么被盯梢上的，内心颇为郁闷，所以语气也不算友善。

董孟琴也不恼，“话不能这么说。宇斌是你的朋友，也是我的朋友，朋友的朋友，怎么会是完全的陌生人呢？我知道，不请自来是有些失礼，但我是很有诚意地想和你聊一聊的。况且还是在送你去目的地的路上，一点都不会耽误你的时间。”她把话说得在情在理，苏然也挑不出刺来发作。

沉默片刻之后，苏然还是点头同意了。一来，她不想因为和这个女人的纠缠而迟到；二来呢，她也不想让唐宇斌难做。于是她打开车门，坐进了副驾的位置，直视前方说：“嗨歌KTV，谢谢。”

“听说你和宇斌是在通过相亲认识的？”董孟琴启动车子后，就开始用闲聊的语气对苏然发问了。

“算是吧。”苏然的回答很冷淡。

“嗯，那这缘分倒不如我和宇斌了。”董孟琴仿佛没有察觉到她的冷漠，自顾自地打开了话匣子，浅笑着说，“我虽然是他的客户，但第一次见面却不是在谈判场上。说来也巧，我和他都出差到了同一个地方，在工作之余去景点游玩时又偶遇到了。那天我出门忘了带钱，还好他替我解了围，我们后来还一起去看了夜景。没想到回国之后，我们居然又成了合作伙伴。”

苏然听到这里只是“嗯”了一声，做出评价：“他总是很温和，永远能察觉和体谅他人的尴尬。”可她话音才落，就感到董孟琴朝自己瞥了一眼，神情古怪。

“他确实很温和，但并不是所有时候。”似乎是有意在显示她比苏然更了解唐宇斌一样，董孟琴挑眉问，“你去过他的办公室吗？你见过他在生意场上的雷厉风行吗？”

“没有。”苏然却只是冷静地摇摇头，“不过他年纪轻轻就进到了管理层，当然有他自己的工作方式和手段，我可以想象。”

这回董孟琴在红灯处踩了刹车，扭头审视苏然：“你一直是这种状态？”

“什么状态？”难道被强行逼上车，还要让她笑脸相迎吗？

“唐宇斌对你来说，了解他多点或少点，又或是不如别人了解他，这些都并不那么重要，是吗？”董孟琴换了个问法。

这是苏然上车以来，第一个把她难住的问题，甚至在犹豫过后，她都没能回答上来。而在她的沉默之中，红灯转换成了绿灯，董孟琴重新发动车子，KTV 的招牌高高挂在路的尽头，苏然在车上已经能远远地看到了。

“我有些明白宇斌为什么喜欢你了，至少你有一个别人都很难坚持下来的优点，那就是对自己保持诚实。”刻意放慢了车速，董孟琴的语气也比之前平静许多，“不过我也有我自己的优点，他也很欣赏我，只可惜我来晚了一步。”

“谢谢你的夸奖。”苏然苦笑。

之后的一小段路，两人没有继续对话，车子稳稳地停在了 KTV 的门前。苏然正准备转身道谢下车时，董孟琴突然开口：“苏然，你对唐宇斌没有爱情！你不爱他！”

没想到她会如此断言，苏然怔住了。

“我这人不喜欢扭扭捏捏，也不爱藏着掖着。今天找你，可以说就是想给你个下马威，可你从头到尾都冷静得像个旁观者，这在让我意外之余，又倍感庆幸。”董孟琴对上她迷茫的目光，再度露出优雅而自信的淡笑，“既然你不爱他，那么我的‘对手’就只剩下宇斌。我相信，总有一天，我会赢得他的心。”

“你就这么肯定？”苏然轻问。

“我不知道你是怎么想的，但我相信我的直觉和判断。”董孟琴的下颌微抬，“我希望你自己也好好想清楚，别给了宇斌希望，又让他失望。”

苏然的嘴皮子动了动，却没发出声音，最终只是若有所思地下了车，站在 KTV 的门口发呆。

“嗨！你怎么到得这么快？唐宇斌送你来的？”大约等了十分钟，方菲这才从身侧给苏然来了个“拍肩突袭”。

“不是，我……”心事压在自己心里许久，看到好友的笑颜，苏然产生了对她倾诉的冲动。

毕竟是闺蜜，方菲立刻就看出苏然有话要对她说，便相当豪气地把她往 KTV 里拽，“走，先跟我进去，吼上几首歌，然后你就什么话都说得出口了！这方法我百试不爽！”

于是抱着将信将疑的态度，在 KTV 的包间里，苏然拿着话筒，在方菲的怂恿下连续飙了好几首高难度歌曲。

“咳……咳……不行了，我不能再唱了。周二我还有一个采访任务呢，嗓子可不能哑了。”败下阵来的苏然旋开一瓶矿泉水润嗓。

见苏然缓和了一些，准备休息一下，方菲瞅准时机，在她的身边坐下，并且把KTV的伴奏声调到了最小。“有没有感觉吼出来就没有那么压抑了？”她一手搭上苏然的肩膀，得意地向她验证自己的“嗨歌”理论。

“好像是有点。”苏然讷讷地点头。

“这就对了！那下面我们就进入谈心环节吧……”方菲拿话筒对准她，“现在，让我来采访一下我们的苏然小姐，请问您最近为什么看起来总是闷闷不乐，还老走神，是在苦恼什么吗？”

苏然好笑地推开话筒，“咱们能正常说话吗？我就是有些事情总也想不通，又不知道哪里出了问题，但是刚才在来的路上，倒是有一个人的话让我朦朦胧胧地看到了答案，可感觉又差那么一点，似乎还没有戳到要害……”

就这样，苏然对方菲敞开了心扉，把自己所有的矛盾和微妙的心思都倾诉给了方菲。她不期待从方菲那里得到答案，只是想释放自己沉积已久的情绪。

“这样啊……”方菲听后摸着下巴沉吟片刻，随即打了个响指，“让我帮你分析下！打个比方啊，这唐宇斌呢，就像是高档得体的工作套装，出入正式场合必备，但就是穿上时难免拘谨。而夏磊呢，则是一套休闲装，穿起来舒适贴身，居家必备，虽然普通了点，却让你感觉放松。所以这就要看你，是要选择能居家过日子的休闲装呢，还是要拿得出手的体面工作套装。”

“这和我的选择没关系，休闲装又不是我的……”苏然摇摇头。

方菲却激动地一拍大腿反驳她，“谁说的？你都穿了它二十多年了，就差把它收进衣柜里了，好吗！”

“不，它在别人的衣柜里。”苏然再次否定。

“苏然，其实和这些都没关系，重点是你要直面自己的内心！”方菲见她如此消极，恨铁不成钢地扶过她的肩膀，眼光直直地盯着她，“别再用你那些莫名其妙的借口来逃避了，那天在影楼，我就发现了……要不是宋凯突然出现，我当时就已经要问出口了。我就是想问你，你是不是爱上夏磊而不自知了？”

爱上……夏磊？！这四个字在苏然的脑袋里如同炸响的鞭炮般，轰得她一脸不知所措。怎么会呢？如果她能爱上他，会爱上他，为什么会等到今天呢？夏磊也一样，如果他对她有感觉，何必一直做着有名无实的“准女婿”？还有周小宁……

“你又在想借口逃避！”方菲一声大喝打断了她的思路，“与其想那么多，为什么不当面和夏磊说个清楚？！你的软弱和逃避，只会让你、夏磊和唐宇斌三个人都一直陷在这个困境里出不去！”

方菲的话就像当头一棒，想把苏然狠狠敲醒！

“我……”苏然抿唇，有些无助，“是，我是应该问清楚……夏磊走之前也说什么‘我原来真的不知道……’，我都听不懂，他还欠了我很多答案！”说着说着，她的目光变得坚定起来，“等夏磊这次回来，我一定不再拖延，立刻找他问清楚！”

“这才对嘛！这才是我认识的苏然啊！”方菲见自己的话奏效，欣慰地笑道，“职场上多么行动派的人，在感情上怎么能这么优柔寡断呢？”

苏然用拥抱传达了她的谢意，“方菲，谢谢你！”

“和我客气什么。”大力地拍了拍她的后背，方菲交代道，“如果遇到难处了，或者又犹豫不决了，随时打我电话，知道吗？”

“好，我会的。”低声应下，苏然将脑袋靠在了好友的肩上，感觉似乎有源源不断的力量支持着她，让她不再退缩。

她不会再因为她的关系而让三个人都陷入困境了，苏然在心底默默发誓。

第十章
现在才相爱

在方菲的帮助下坚定了信念，苏然就只等着夏磊两周长假回来了。但在那之前，她还有一件重要的事情要先完成，那就是对贺天端的重点采访。与杨藩交流过后，苏然敲定了采访的内容，并提前传真给了贺总的助理一份访谈提纲，对方并没有意见，唯一让她觉得不妥的就是，助理临时改变了采访时间。原因是他们贺总这次来主要是出差的，所以应酬很多很忙，白天都没有时间，只能在周二晚饭应酬后，在酒店房间里接受采访。

苏然与对方再三商量，可对方态度很坚决，她也不能单为了个时间问题就把采访给搞砸了，无奈只得应下。若是平常，有夏磊陪着自己同去，苏然也不会忐忑，可这回却是临时来的姜师傅充当摄影师，与她一起去采访。这位姜师傅四十岁上下，给苏然的感觉很一般，平日里就是懒懒散散的模样，也不与记者们多聊，冷淡极了，这让她多少有点不安。

周二当晚，在去酒店的一路上，苏然一直试图想和开车的姜师傅搭几句话，但都以失败告终。好在刚进酒店，贺总的年轻助理就来接两人上楼，不费周章地就见到了贺总本人。在来之前，苏然是做了充分准备的，提前看了贺总的照片，与大部分成功的企业人士类似，身材略微发福，肚皮和腰间脂肪堆积。其实这些成功人士的标配在苏然看来都还好，唯有那一双下垂眼令苏然看着很不顺眼。

“贺总，您好！我是报社派来采访您的记者苏然，您叫我小苏就行。”苏然走入房间，与贺天端礼貌地握手，顺势做起了自我介绍，“这位是我们的摄影师，姜师傅。”

“好，好，听说小苏年纪轻轻就是社里的重点培养对象了，不容易啊。”贺天端笑眯眯地握了握她的手。

“您过奖了。”苏然感到他松开自己的手时，也不知是有意还是无意，拿指腹在自己手心挠了下。感觉至此，苏然的心中不免起了防备之念，但面上的笑容却更加灿烂。

两人又客套了两句，就对面而坐，开始进入正式的采访环节。由于问题都是预先打过招呼的，所以贺天端回答得很顺溜，可谓滔滔不绝，这倒是让苏然省心了不少，只需要做好记录，回去再加工一下，就可以做出一篇内容丰满的采访报道了。

时间在不知不觉中流逝，苏然直觉时间不早了，于是在贺天端还笑呵呵地和她畅谈自己的创业故事时，不着痕迹地低头看了眼手表，发现居然已经九点半了，可贺总好像还没有要停下的意思！

尽管在场的还有那名助理和姜师傅，可苏然心中那股不安劲儿还是忍不住地往上涌。苏然灵机一动，故意将手中的笔一松，掉在了地上，发出一声轻响，打断了贺天端。

“不好意思……”

“我来吧。”

这一回，贺天端将手直接覆在了苏然弯腰捡笔的手上。

“哎呀，这时间也不早了。您今天说了这么多，足够做一篇精彩的报道了，我这就回去趁着新鲜，整理一下内容。”苏然不动声色地抽回手，把笔帽套上，站起身要与他告别，

“今晚占用了贺总这么多时间，真是不好意思。那我就不再打扰您休息，先告辞了。”

“还早嘛！”贺天端没有起身，只是眯着眼笑，“我这里也有笔记本电脑，要不小苏你直接边听我说边整理？”

闻言，苏然急忙摆摆手，“不用了，我比较认环境，要在熟悉的环境里才有写作思路，不过还是多谢贺总的好意了。”说着，她也不等对方反应，就转身对姜师傅说：“姜师傅，我们这就回去吧。”

“唉，好吧！小赵啊，你帮我送送吧……”贺天端却也没再拦着，先是冲一旁的助理使了个眼色，然后自己也跟着起身，要与苏然握手，“小苏，今晚你也辛苦了。”

“哪里话……”对方客客气气的，不安的苏然即便是再想立刻开溜，也不好不握这个手。可这一次，她轻握过后，贺天端却并没有放开她的手！

“贺总，那个摄影师傅要等久了……”眼见那名助理和姜师傅已经出了房间，苏然也顾不了许多，强行用力抽出手来，小跑着移到门边，“不好意思，贺总，我先走了。报道写好之后会先传真给您过目的！”

说完，她就急忙出了房间，一路快步出了酒店，却发现报社的车不知去了哪里，打电话给姜师傅也不接，难道……

“苏小姐，你们报社的人没等你就回去了？”正当她心慌不已时，贺天端的声音突然从身后响起，装腔作势道：“小赵，这是怎么回事？”

他的助理也跟在身边，解释了句：“刚才那位师傅说有急事，不得不先开车去办，我没拦住……”

急事？谁会相信！八成是收了钱先被遣走的！苏然心中

咯噔一声，又急又气。这样的事情她不是没听说过，只是没想到今天会落到自己头上。

“不如我送苏小姐回去吧？”此时贺天端已经站到了她身边，而且贴得很近，“我看这时间也不早了，来回奔波也麻烦，不如我帮苏小姐在酒店里开个房间，住一晚？”

“不用了！”苏然提高音调打断了他，并努力让自己镇定下来。此时，夏磊的面容在脑海中一闪而过，“其实我男朋友也很担心我晚上出来跑采访，已经提前和我约了时间要来接我！应该很快就到了！”

说完，她也不给贺天端再说话的机会，直接无视他一般，拿出手机拨通了夏磊的电话。

“喂，夏……”可电话刚一接通，苏然就又有点后悔，夏磊正在和自己生气呢，说不定会很不给自己面子地挂掉，那样可就完了！

可箭在弦上，不得不发，后悔也已经来不及了。她只能深吸一口气，装模作样地继续道：“亲爱的，你怎么还没来啊？我采访都已经结束了，现在就在商贸酒店外面等你了！总不能麻烦人家老总送我回去吧，还是你打算让我住酒店了？你这个男朋友当得可太失败了哦！你到底还要多久啊？”

她刻意用了自己最恶心的那种语调来和夏磊说话，还特意加重了“老总”二字，希望他能会意。

“苏然？”很显然，夏磊一时被她突转的画风给吓到了，犹疑地喊了一声她的名字。

“你别用装蒜这招来糊弄我！你不会还在打游戏吧？”苏然根本不敢看贺天端，继续暗示夏磊，“都这么迟了，你还不来接我，你就不怕我跟人跑啦？”

这回夏磊似乎也听出了哪里不对劲，就开始顺着苏然的话，大声喊着:“啊？哦，哦……我已经在路上啦！这里太吵了！我估计再有十分钟我就到了，你就在酒店大堂里等着吧！可不许跟人跑了啊，哈哈……”

“那你快点，我等你。”苏然听他会意，帮她把谎话给圆了，不由松了口气，挂断电话，对贺天端笑道，“您看，我男朋友确实快来了。他就是平时爱玩游戏，经常玩起来就停不下，所以总是会迟到，不过不碍事的。采访这么久，您肯定累了，不如您先回去休息吧。”

夏磊把话说得那么大声，站得极近的贺天端自然是听去了大半，心知事情是成不了了，却也无法发作，便只得收起之前的客气，脸色不善地哼哼了几声，带着那名年轻的助理折返回去。

死死盯着那两人确实是进了电梯后，苏然这才彻底放心下来，这时才察觉自己的后背都已经汗湿了。下次说什么也不敢再和陌生的摄影师一起出来跑晚间的采访了！

安抚地拍拍自己的心口，苏然做了几次深呼吸，就开始考虑怎么回去这个问题了。她记得这一路来时看到的最近的公交站也离这里很远，而且经此一事她不太敢一个人走那么远，只能打车回去了。她走到离酒店远一些的地方，试图在马路边等待一辆出租车。无奈这个酒店虽然高档，但却地处偏僻，等了二十多分钟，除了一些进进出出的商务车外，竟然没见到一辆出租车经过！

此时时间已经逼近十点了，马路上的车辆越来越少，身后不远处的酒店大堂中也不再热闹，四下渐渐安静下来。这静谧的环境令苏然心慌得厉害，她开始不切实际地希望能来个什么人，好拯救她于水火之中。

再也压制不住的无助感，迫使苏然重新掏出手机，打通了夏磊的电话。才刚一开口，苏然就哽噎住了："夏磊，我要怎么办啊……"

"你现在怎么样了？没事吧？！"夏磊的声音里夹杂着猎猎风声。

可苏然却一时失声，因为她突然想到了董孟琴的断言，还有方菲替她做的分析……

"苏然，你怎么了？你倒是说句话啊，你说话啊！"夏磊说得又急又快，紧张得直嚷嚷，"你再坚持一下，我在来的路上了，我真的在来的路上了！还有十分钟就到了，等我！"

"我、我没事，就是这么晚了打不到车，太安静了，心里感到有些害怕。"她闷闷地回了句，以为他只是在逗自己。身在外地的他又不是超人，怎么可能十分钟就到呢？

夏磊在电话那头重重吐了口气："没事就好。你先别挂断电话，在原地好好待着，再给我十分钟！"

"好，听你说话，我不怕，我不怕……"听了夏磊的安慰，苏然的心中确实安定不少，"你别开玩笑了，我估计再等等就会有车了。实在不行的话，再走远点还有个公交站，应该还能赶上最后一班。"

"别，别，你待在原地就好，不然回头我找不到你。"夏磊否定了她的备选方案。

听到他那么认真的语气，苏然不禁失笑，"说得好像你真的会来一样。"也就是这一笑，让她一整晚都紧绷着的神经稍微放松了片刻。

"为什么不会呢？你等着见证奇迹吧。"他把话说到这份儿上，苏然几乎就要信了。因为在苏然的印象里，认识了二十几年，在这种严肃的事情上，夏磊好像还从没有骗过她。

接下来的两人只是有一搭没一搭地说着没有意义的话，有个熟悉的人声在耳边絮絮叨叨的，似乎周围的死寂也没有那么可怕了。

时间就这样过去了七八分钟，正当苏然还是准备抬脚往印象里的公交站走去时，却猛地有一道刺眼的光射来，接着就听到了摩托车引擎声——一辆摩托车正朝这边飞速驶来！

眯眼看去，苏然一下就认出了骑摩托车的正是夏磊！

当夏磊帅气地刹车，单脚撑地冲她得意地挑眉时，苏然愣住了！

“你……你怎么可能……”苏然目瞪口呆，他不是应该还在老家吗？

“算你运气好，我提前回来了！”夏磊吹了个口哨，一脸不正经的笑，“我才回来，就接到了某人的电话，而且没想到某人这么热情，一口一个亲爱的，让我不得不找朋友临时借了摩托飞车，飞奔赶来啊！”

听到夏磊的讽刺，苏然并没有像以往那样回敬他，而是抬手掩嘴，眼泪毫无预兆地滑落。

“怎么了？”见她哭起来，夏磊急忙停稳摩托，上前一步扶住她的肩膀，“之前到底发生什么事了？我就觉得你的语气不对！”

“我刚才真的……真的以为自己这次要栽了！都怪你突然请假，社里请来的临时工又不靠谱……”苏然啜泣着，愤愤地向他倾诉这次的“采访惊魂”。

夏磊越往后听，眉头皱得越紧，最后更是大力地将她拥入怀中，沉声道：“对不起，对不起……我知道你吓坏了。这种采访我不该不陪着你的，是我的错……是我不该意气用事，想着眼不见为净，一走了之。”

听他一味道歉，将根本不属于他的责任都揽到自己身上，苏然心中更是感动不已，略一迟疑，就伸手环住了他的腰，作为回应。

“不是你的错，反倒是我还要谢谢你。”她低声说着，自然地将脑袋埋进了他的怀里，“谢谢你没有放弃我，没有怪我，而且还不计前嫌地赶来接我……”

察觉到她依偎自己的动作，夏磊先是一震，迟疑再三，才抬手安抚地拍了拍她的背，似是喟叹：“我们哪来什么前嫌！”

“嗯，嗯，是我说错了。”直到这个受惊的夜晚，她只想到他，直到和他这样毫无保留地相拥，听着他有力的心跳，苏然这才清楚地明白，自己对夏磊的感情早就不是那么简单了。她不是嫌弃他八卦，而是为他想要撮合自己与唐宇斌而气愤；她也不是讨厌周小宁，而是讨厌有别的女人走在他的旁边。这一次，她不想再为自己异样的心动感找任何借口，不愿意再逃避。在这场娃娃亲“长跑”里，不是谁先动情谁就输了，如果只为了一句“如果能相爱早就相爱了”的论调而不敢去爱，那才是真的输了！

“那我送你回家？”相拥的姿势保持了许久，夏磊看她的心情已经平复，便强忍着对这个拥抱的贪恋，将她拉开些问。

苏然自是没什么意见，顺从地点点头，就坐上了摩托车后座，顺势牢牢地环住夏磊的腰，将侧脸贴上他温热的背脊……

“苏然？”今晚苏然对他的主动亲近，让夏磊有些受宠若惊，“你？”

可他话还没问出口，就被苏然打断了，“快发动啦！我明天还要早起上班呢！”这中气十足的催促才是夏磊所熟悉的，苏然的这声催促让他感到正常之余又多了一份失落。

不再多想，摩托车的引擎再次轰隆作响，调转方向，往回家的路飞快地冲了出去。奔驰在空荡荡的马路上，虽是兜风，但在这秋夜里还是有些凉意的，因此苏然的双臂又收得更紧了些，似乎是想从夏磊身上汲取温暖。

这两三个月来发生的种种，历历在目。和夏磊的每一次争执，每一次和好，还有每一次玩闹，似乎都比过去多少年里发生的一切要清晰很多。尤其是那个在江滨喝酒谈心的夏夜，他的唇扫过她脸颊的触感，是与唐宇斌的亲吻完全不同的感觉。其实从那一秒起，她就应该确定自己的感情……余下的不确定，就是夏磊的心意如何，他和周小宁之间究竟为什么分手？他想复合吗？如果他知道了自己的心思，又会作何反应呢？

发现自己又在暗暗猜测，苏然急忙对自己喊停！她要记得在KTV里做出的决定，夏磊一回来，她就要问个清楚！至于从何问起，苏然忽然又很踌躇……

正当苏然琢磨起要怎么“盘问”夏磊才比较科学时，摩托车却来了个急刹车！

“哇——”还不及等她做反应，倒是夏磊先怪叫了一声，“这大排量的摩托车骑起来感觉就是不同啊，连刹车都这么带感！”

“喂！你知不知道你后面还坐着一个人呢？这么猛，不知道的还以为发生车祸了呢！”原来是到小区外了，苏然抬眼看了一下周围熟悉的环境，对夏磊的后背翻了个白眼，利落地跳下摩托车。

夏磊停稳摩托车后，也就紧跟着下车来，与她对面而立，但是却没有开口说话。而苏然呢，因为还没想好具体要怎么问，所以也没出声，于是就这么傻愣愣地望着他，看他准备说什么。

“你没什么话要对我说？”干瞪眼半晌，还是夏磊先打破了沉寂，“没有的话，那我就走了哦。”

“有——”苏然急忙拽住他的胳膊，生怕他跑了一般，“我、我有话想问你……”

他站住脚，借着月色凝视她，眼底藏着莫名的期待，“什么话？”

“你和周小宁是怎么回事？”太多的疑惑瞬间涌入脑海，她只遵从最本能的反应胡乱抓出一个，“你为什么对我这么好？”可一连串的问题脱口而出，她就懊悔地想给自己一巴掌了！苏然啊苏然，这么老土且矫情的问题，亏你问得出口？这回肯定要被夏磊嘲笑死了！

苏然忧伤地闭上眼，准备等待夏磊的“抨击”，可等了好久，却都没有听到夏磊再开口。就在她疑惑地睁开眼的瞬间，俯下身的夏磊正巧得逞——在她的额头上吧唧亲了一口！

“从头到尾都只有一个答案！”接着苏然就听到了夏磊低沉而富有磁性的声音在耳边暧昧地响起，“因为我爱你啊……”

因为爱她？她没有听错吧？！愣愣地盯着他，苏然一时不知该做何回应，只觉得夏磊从来没有像今晚这么帅气性感，帅气到让她心律不齐！

怔忪片刻后，她发现夏磊原本含笑的双眸也染上了一层迷离之色，整个人继续向她靠近……

“我知道了！那改天再聊，我先走了啊！”苏然吓了一跳，红着脸推开他，转身落荒而逃，“晚安……”

“这种事情还改天再聊？”毫无防备的夏磊差点被推翻在地，等他稳住身形时，苏然连背影都不见了。他只能站在原地，摇头失笑，“算了，智商下降是好事……”

接着他又在楼下站了一会儿，直到看见苏然卧房的灯亮起，才冲着灯光的方向，无声地挥挥手，转身离去。

而另一边，悄悄躲在窗帘后边的苏然看到了这一幕，不禁抬手抚上被他亲吻过的地方，双颊微红，痴痴地笑出声来……

这一晚，苏然睡得很安稳，丝毫没有因为不快的遭遇而不踏实，因为夏磊的那一句“我爱你”就像定海神针一般，让她的心海一片宁静，无风无浪。

“爸妈，我出门咯！”次日清晨，一夜好梦的苏然起了个大早，所以吃完早餐才出门，准备去坐公交。

可刚走到半路，唐宇斌的车子却迎面而来，这让她一下就懵了！她居然完全忘记唐宇斌会来接自己了……

唐宇斌显然也发现了在路边的她，于是将车子缓缓停下，摇下车窗，看向苏然，淡淡说了句：“上车。”

“好。”苏然心虚地点头，快速钻入车中，才坐定就说道，“对不起啊，我一时兴奋忘记了。”

“兴奋？”唐宇斌面无表情地启动了车子，语气比平时生硬了许多，“被人打了歪主意，这种事情反而让你兴奋？”

苏然微讶："你怎么知道的？"他这消息也太灵通了吧？

但唐宇斌没有回答她的问题，只是反问道："遇到危险，为什么不找我求助？"

换作平时，被人用类似咄咄逼人的语气质问，苏然肯定会不悦，可现在质问她的是唐宇斌，是一个完全有立场、也有理由质问她的人，所以她也就没了脾气。心思千回百转之间，却没有一个合适的答案能够说得出口，苏然抱歉地望了唐宇斌一眼，进而认错似的垂下头。

得不到她的解释，唐宇斌也不像平时那样选择替她解围，缓和气氛，只是抿唇，目不转睛地注视前方的道路，任由沉默在车内蔓延成低气压。就在苏然快被这氛围压得透不过气来的时候，车子已经驶到了报社的写字楼前。

停稳车后，唐宇斌没有动，不知道在想什么。

"对不起……当时情况太紧急，我一下子真的没有想到。后来确实想到了，但又觉得那么晚了，不应该再麻烦你……"苏然知道自己不能什么话都不说就一走了之，而且有些话也该与他说清楚，"其实经过昨晚那事，我把之前很多事都想清楚了，我——"

"不要说了。你不应该与我这样客气的……"唐宇斌打断了她，抬起手重重按在额上，叹道，"苏然，我今天真的不想听……也请你给我点时间吧。"他需要时间去接受一个现实，那就是苏然心中的天平早已在不知不觉中倾向了夏磊。

见状，苏然也不好相逼，只能再度道歉后下了车，目送着唐宇斌的车子绝尘而去。她知道，在他调整过情绪之前，他是不会来见自己的。但无论如何，三个月的约定期限将至，一切都将有个了结。她现在只希望唐宇斌能尽快地将她放下，去开始一段新的感情。

怔忪良久，她摇头低叹一声，转身走入写字楼。才到大办公间，苏然就一眼发现了夏磊的身影。此刻他正被一众女记者围绕着，说说笑笑，不用想也知道，众人肯定是在询问他请假这段时间都做什么去了。夏磊在报社的人缘一向不错，再加上他本身比较健谈，所以这样的场面在报社里不少见。

不过今天苏然见了之后，却颇为不顺眼，心想着夏磊异性缘这么好，讨人欢心的经验丰富且老道，要不是从小一起长大，她真不相信他是个没谈过恋爱的人！

“啪！”走到自己的位置上，苏然坐下时，刻意将包重重地放在了桌面上，引得众人侧目。

夏磊自然也望过来，对她咧嘴一笑，一脸傻样，叫她看了很是受用。

“怎么样？”他很快抽身出来，走到苏然的身后，双手撑在两侧的桌面上，俯身在她耳旁轻声问，“昨晚没做噩梦吧？”

“怎么没有？我梦到被一只变异的大臭虫给咬了一口！”苏然心情不错，和他耍起了嘴皮子，“就咬在这里，好大一个包！”末了，她还指了指自己的额头。

夏磊怎会不知苏然这是在损他，却也不生气，只是好奇地问，“那后来那只臭虫呢？你怎么处理了？”

“被我一巴掌拍死了呗！”苏然扭头想看他的反应，却在抬眸的瞬间，与他近距离四目相对，他的星目中盛满笑意，令她不禁恍惚起来。因为就是这样的笑意，陪伴着她走过了多少个日夜，可她竟一点也不知珍惜……不过好在，现在才相爱，应该也还不晚吧？

“咳咳！”

一声刻意的咳嗽吓了苏然一跳，眼角的余光发现众人突然都摆出了认真工作的架势，立刻明白了其中端倪。

“夏磊啊，你帮我挑几张好的照片出来吧？我今天要整理采访稿，内容比较多，没时间。”于是苏然给夏磊使了个眼色，开始用公事公办的语气谈起了工作，“你的眼光也更专业。”

“啊，好，没问题。你发到我的邮箱吧，我这就去接收。”夏磊默契地挤挤眼，打了个“OK”的手势，就光明正大地走回了他自己的位置。

心情愉悦，就是事半功倍。尽管对贺天端的人品印象不佳，但苏然并没有把这种情绪带到工作上来，把采访内容整理成了篇条理清晰、干货十足的报道后，就打印出来，去杨藩的办公间请他指教，然后按照他的指导又做了一些修改，最后才带着夏磊为她选定的几张照片一起，又跑了趟办公室，才最终定稿。这时距离下午三点半收选题时间还有一个小时，所以苏然又打开新的文档，准备再赶一篇短报道。

这一整日下来，夏磊看着她忙前忙后，干劲十足，不禁欣慰。

“好久没见你有这么好的工作状态了。”杨藩收走稿子后，夏磊打开QQ，给苏然发了条消息。

“我也这么觉得！对明天的工作又重新充满了期待！”苏然也有此感，忙碌却充实。

那边夏磊很快发来了一个奸诈的笑脸，问道：“半年时间也快到了，我看你这个首席记者是当定了。到时候要不要有点什么表示啊？”

“真要顺利升职，我肯定请大家吃一顿啊！”苏然想都没想地就敲下一行字。

“大家啊？没有我的小灶？”夏磊发来一个委屈的表情。

噗嗤一笑，苏然的手指又在键盘上快速移动起来，“放心啦！你可以吃两次，一次和大家一起，另外一次我单请，这样总行了吧？”

“苏然，你不觉得自从昨晚……你就有点不一样了？”这回夏磊间隔了很久，才发过来与之前风马牛不相及的一句话。

她表现得有这么明显吗？苏然郁闷地瘪瘪嘴，“哪里不一样了？”她想暂时装个糊涂，等自己和唐宇斌正式结束了，就来找夏磊正式表白。

“好吧，那可能是我多心了。不过关键时刻，你想到的是我，不是唐宇斌，我还是很幸灾乐祸的。”

这词用的……苏然暗自摇头：“说到唐宇斌，他今早来接我，居然已经知道我昨晚遇上的事了。你不会大嘴巴到这种地步吧？”

看到她发来的消息，夏磊第一反应就是可笑，他怎么会给自己的情敌提供这种情报？于是他飞快回了句：“我才没有兴趣和他分享我们之间的秘密呢！”

苏然抿唇。秘密吗？也对。为了不让父母担心，她昨晚扯谎说是报社的车在回来的路上抛锚了，所以才耽误到那么晚。所以，这件事只有夏磊一个人知道。

“那就奇怪了。”她纳闷地支着头低语，也忘了回复夏磊，只一心琢磨着究竟是谁的通风报信的本领那么强。

但不得不说，这个通风报信的人，却是苏然想破脑袋都永远想不到的人……

“这还是你第一次肯在没生意可谈的情况下单独见我。”

在西餐厅浪漫的烛光映衬下，董孟琴的侧颜显得更加明艳，“不打算为了苏然而和我刻意保持距离了？”

被挖苦的唐宇斌只是苦笑着在她对面坐下，叫来服务生，却只点了一支红酒。

“你答应出来见我，就是打算来我面前买醉？还在为了昨晚苏然没有向你求助的事而郁闷？”董孟琴不赞同地看着他，接着又唤来另外的服务生替他点了餐。

“早上我忍不住问她了……”唐宇斌替自己斟了红酒，喝得有些急，差点呛到，“咳……我真的挺挫败的，无论我多么用力，她好像正在离我越来越远，连最初的感觉似乎都没有了……”

董孟琴也没拦着他给自己灌酒，只是反问：“你直接去问？难道你就不怕我无中生有，挑唆你们？”

“不会，你不是那种人。你想做的事情，会光明正大地做，就像你那天去找她，事后就全盘告诉我一样。”唐宇斌摇摇头，淡淡道，“再加上你不就住在那个酒店吗？会凑巧看到也是很正常的事。”

“你这么信任我，我很开心。”他的笃定让董孟琴不禁莞尔，“只是我看见了是一回事，来转告不知情的你，就确实是我的私心了。包括之前我和她的那次谈话内容。”

笑着点点头，唐宇斌一脸了然：“我知道，站在你的立场，这么做无可厚非。况且……很多事哪怕不是从你口中说出来，我心里其实也早有数，只是不想面对而已。三个月前是，三个月后也还是……”说着，他又仰头饮下一口酒。

眼见着主食还没上来，他就已经三四杯红酒下肚了，就算董孟琴再怎么沉得住气，也看不下去了。她果断地探身伸手，夺过红酒瓶。“想借酒消愁，我不拦你，但空腹喝酒不好，”她的语气强横中带着关切，干脆利落，一点都不拖泥带水，“等吃了东西我陪你一起喝。”

“好吧。”酒杯被抢，唐宇斌并非不分好赖之人，知她是为自己好，便不再坚持，打算等主食上来之后再饮。于是他整个人向后一靠，长长地吐了口气，抬手揉上眉心。

“你老实告诉我，你是不是怪我？”董孟琴却转而给自己斟了一杯，轻抿过后，才问：“我分明撞见了，却没给她解围。”

唐宇斌闻言挑眉，笑道：“我相信你当时只是在观望，如果最后夏磊没出现，你肯定会伸出援手。”

“我与她非亲非故，只有一面之缘而已。我又不是慈善家，怎么会有那么好心？”董孟琴也挑衅一般反问。

“你是个面冷心热的人。”而唐宇斌依旧肯定，“就算退一万步讲，至少你会看在我的面子上帮她。”

得到他这样的回答，董孟琴幽幽地睇了他一眼，低声道：“原来你也知道我对你的心思……就不能给我一个机会，也给你自己多一个选择吗？”

“有时候人是很奇怪的动物，一瞬间认定了就不想再改变。”他低叹着，仰头顶着吊顶，“我也忘了是哪个瞬间让我越陷越深……”可能是在发布会上她认真记录产品特性时的专注，也可能是她时不时露出的似懵懂似娇憨的神态，又或者是偶遇那次她替自己要醒酒汤的细心，甚至是她与夏磊斗嘴时神采飞扬的模样……

“你难道不知道在一个爱慕你的女人面前诉说自己对另外一个女人的爱，是件很伤人的事情吗？”董孟琴神色淡淡的，仿佛已经习惯，但却又难免意难平。

闻言，唐宇斌先是一怔，随即将游散的目光收回，在她的脸庞上流连片刻，才面带愧色地说：“抱歉，这么做是我不对，没有考虑到你的感受。”说罢，他就要起身，但却被董孟琴抓住了手腕。

“你去哪儿？”她问。

“换个地方。我不想影响你的心情。”他低头，却发现她的眼底隐含伤感。

而董孟琴却不放手，只是摇摇头，用近乎恳求的语调说道：“不，你还是坐下，想对我说什么都可以，哪怕是说苏然，我也愿意听。刚才是我不该白说那一句。”

“孟琴……”唐宇斌从她的眼里，话语中，都清清楚楚地感受着她对自己的情意，却不知如何回报。

“其实你没有必要……”唐宇斌叹息着劝道。

“有！”董孟琴目光坚定，“因为在我眼里，你值得！是苏然不懂得珍惜，没有这个福气。”董孟琴的语调不自觉地柔和起来，“哪怕现在你在苏然那里感到挫败，想来找我这个朋友诉诉苦，我都很欢喜，至少你愿意接受我的好意。如果未来你和苏然真能走到一起，我祝福你，如果不能，那么我相信今晚的敞开心扉，就是你我相处的第一步。”

她的话似乎让唐宇斌有些震动，只见他沉默片刻后，便微微颔首，重新退回了董孟琴的对面坐下。也正巧在这时，两人的前菜与主餐都上来了。

“二位慢用。”服务员上完餐之后，露出一个完美的职业笑容。

“谢谢。”两人略略颔首。

董孟琴见唐宇斌吃了几口后，就主动替他斟了酒，然后举起自己的酒杯，浅笑道：“为我们达成共识干杯？”

“共识？”唐宇斌放下刀叉，虽然也举杯与她轻轻一碰，却还是坦诚地说了句，“我不确定自己会做出什么样的决定，也不确定即使我对苏然放手，我能不能接受……”

“不用说下去。”没有让他说完，董孟琴将手掌竖起，掌心对着他，“你也知道我是个干脆爽利的人，我爱你，就会尊重你的决定，你不需要对我解释你为什么会这样做。同样的，如果有一天我确定我们之间没可能了，那我也会果断放手，不会让我们彼此为难。”

她在感情上的果决让唐宇斌自愧不如，“许多事情到了你这里，似乎都变得简单明了，就算是感情也不例外。”

“因为我始终知道自己想要的是什么，底线又在哪里。”董孟琴并没有谦虚，并且笑得自信，“也许有时候会被情所伤，但那也是在我甘愿承受的范围以内。”

“你说苏然冷静，但其实她碰到真正在乎的事情就会方寸大乱。而你却不是，你永远这么睿智。”唐宇斌的酒杯再次见底，唇边满是苦涩的笑意，“有时候我倒很羡慕你，曾经的我和你是一样的自信满满，以为可以进退自如，可现在……连我自己都有些看不起自己的进退失据了。苏然今天分明已经打算跟我说个明白了，但我却阻止了她，我告诉她我今天不想听……其实我早就察觉一切，我自私地看着她为与夏磊的争执而难过，为夏磊的离开而失魂落魄，可我就是不愿意放手，我想抓着她一起逃避！但现在，她已经确定了自己的心意，只剩下我一个人还在这里自欺欺人……孟琴，我是不是变得很糟糕？”

捕捉到他眼底的失意与脆弱，董孟琴也收敛了笑意，放下酒杯，伸手覆上他的手背，轻轻握住，柔声劝慰：“宇斌，你别这样。遇见自以为对的人，换作是谁都会患得患失，只要不做出违心的事，就不算进退失据。你那么用心地想赢得苏然的感情，又从没挑拨过苏然和夏磊的关系，怎么会是糟糕呢？只是……世上事，十之八九不如意，大概你和苏然的缘分终究是比不过夏磊这二十多年来的陪伴吧。”

“陪伴？”唐宇斌眼神迷离地望向她，随即轻笑着摇头，手胡乱地在空气中来回摆着，“不，不止是时间，他们的缘分也比我深，我输得很彻底。”

董孟琴知道他的酒量极好，如今这醉态恐怕是酒不醉人人自醉，唐宇斌是想借此把压抑在心底的情绪都释放出来啊。

“在我眼里，你没有输。”她掷地有声，随后又伸出另一只手，温柔地抚上他紧皱的眉头，“而且正因为如此，我更加爱你。”既然如此，那就让自己陪他醉一次吧……

谁知唐宇斌在感受到她动情的抚摸后，就猛地睁大了眼睛，上身往后微微一仰，这让董孟琴下一步的动作落了空。

“孟琴，对不起，我有些醉了，想先回去休息了。”他好像突然清醒了，眼底迷离之色虽未全部褪去，但说话已换上平日里自持而有礼的语调，“今天我买单，谢谢你陪我。”最后一句，他是真心地感谢她，也为她的贴心劝慰而感动。然而他知道，至少在现在，他对她只有感动，他不能为了一己之私而拖她下水……

“好。”董孟琴眼底划过一抹苦涩，低声应下，目送他起身离座，去结了账，然后凝视着他挺拔的背影在店门口微微停顿后，消失在了夜幕中……

第十一章
自作多情这一场

之后的一周，已经看清自己对夏磊感情的苏然重新变回了那个目光坚定、充满精气神、笑口常开的苏然。她与夏磊之间似乎有了默契，两人都绝口不提唐宇斌，也不谈那“三月之约”，都只是心照不宣地等待时间把最终的结果推到自己面前。

苏然曾想过主动联系唐宇斌，把上次在车里被他打断的话继续说完，可转念一想，又觉得既然唐宇斌请自己给他时间，她就不应逼得太急。他能自己慢慢想通，是最好的，左右她和夏磊这么多年都一起走过来了，也不差这么几天来确定关系。她一定要等到和唐宇斌把话说清楚后，再来对夏磊补上那一句“我也爱你”，这样才是尊重他们两人，也尊重自己的做法。

就这样耐心等待了一周多，苏然终于在周五下班前，收到了唐宇斌的短信。

“我来接你。”

虽然只有短短四个字，但苏然明白，唐宇斌绝不是只打算接她回家这么简单。正巧夏磊和沈雅出去跑补版面的新闻了，于是她就索性给夏磊发了条微信，骗他说方菲约自己出去玩，让他不用赶回报社陪自己一起回家了。原本去见唐宇斌是没必要瞒着他的，但苏然却是想着这次谈完后，她应该能给夏磊一个惊喜。

“苏然，今天走得这么早？”身旁的同事好奇地问道。

“是啊，有点儿事。”有约之后，苏然就有些坐不住了，第一次破天荒地把东西都提前收拾好，等下班时间一到就起身，几乎是第一个走出了大办公间。

写字楼外，唐宇斌的车子已经停在熟悉的位置，不过这一次他没有选择坐在车里，而是斜靠车身而立，仰头望着天际，不知在想什么。

“宇斌？”苏然都走到他面前了，他也没察觉。

“哦……你来了。”回神的唐宇斌将视线落回苏然身上，冲她一笑，然后又反身替她打开了车门，“上车吧。”

微微点头，苏然从他的神情中看不出端倪，只能先依言坐上了车。她发现很多时候面对彬彬有礼的唐宇斌，她总是拘谨的，瞻前顾后地考虑着下一句应该说什么，怎样说才是对的，完全不同于自己在夏磊面前的放松随性。就像方菲打的比方那样，她更需要的是一件令她舒服的休闲装。

在她出神的间隙，唐宇斌也已经坐进了车里，自然地俯身靠近她，让突然察觉到他动作的苏然略微一惊。

唐宇斌却把这一惊当做了她的抗拒，苦涩道：“这是我最后一次为你系安全带了。”

“我不是……”尽管没有爱情，但苏然还是不愿他因自己而伤心难过。

“我明白，”唐宇斌替她系好安全带后，便直起身，握住方向盘，启动了车子，语气淡淡地说，“你只是不习惯我的接近。”

望着他不带笑意的侧脸，苏然张口，却不知该说些什么，只好低头玩起自己的手指，等他的后文。

“去吃饭还是直接送你回家？”车开了一阵子，在一个路口前，唐宇斌再度神色平静地开口。

“回家吧。”从他的语气里揣测不出任何心意，苏然只得照实说道，“今天没提前和爸妈说，他们应该已经准备好了饭菜等我回去吃了。”

没有回答，他只是转动方向盘右拐，车往苏然家的方向开去。一路上唐宇斌都只是专心驾驶，沉默不言，苏然心想着开车时候还是不要分神为妙，就也没急于开口。

一直到车子在小区外停下，她才出声：“我……”

“不用说了，我知道你要说什么。”这次唐宇斌终于扭头看向她，自嘲一笑，“其实我早就知道，你对夏磊的感情远没有你自己最初想象得那么简单。可我以为，只要你一天没真正看清你自己的感情，一天没有明确地想拒绝我，我就还有机会……”

“很抱歉，我……”原来他早就察觉了一切……

摆摆手，唐宇斌重新挂上她所熟悉的温文笑容，“我说过了，你不需要为你的追求者考虑太多，也不必抱歉。上周是我在逃避，打断了你，今天我选择面对。无论如何，在这将近半年的生活里，你的陪伴，让我觉得很幸福，也很幸运。”

没想到这个“说结束”的过程会如此轻松，苏然作为一个从来没有拒绝追求者经验的人，此时只能呆滞地望着唐宇斌，做不出任何回应。

“怎么？”见她如此，唐宇斌不禁挑眉笑问，“在你眼里，我就必须苦苦哀求甚至死皮赖脸地挽留你才是正常的反应？”

苏然急忙把头摇得像拨浪鼓一样，“不、不是……当然不是。我只是原本以为，你至少会很生气……”顿了顿，她有些惭愧地将目光从他脸上移开，“毕竟最初你问过我，我和夏磊的关系，那时候我还那么笃定……”

“那如果没有夏磊，你会爱上我吗？”他以为这句话自己永远不会问出口，因为太老套，也太矫情，可既然苏然提到了夏磊，他就忍不住地问出了口。

“这个问题，我之前从没想过。”苏然坦诚地回答道，“而且我也觉得，答案是什么不重要，没什么意义。”

谁知唐宇斌听了她的回答，竟又难得地打趣了一句：“你不觉得按照剧情的发展，你应该像所有女主角那样坚定地回答不会吗？”

“噗嗤……”原本想保持严肃表情的苏然不禁笑出声来，轻松地回道，“那你想听什么，我说！”

“苏然……”唐宇斌闻言却轻叹一声，似乎很是苦恼，“我明知这只是你对朋友的善意，可我还是忍不住想要自作多情，怎么办？”

这一刻，苏然从他眼中读到的是拿她、也拿他自己都无可奈何的温柔爱意与留恋。除了一句“对不起”，她已找不到第二句话可以对他说。

“‘对不起’这三个字，听得越多，我就越明白自己是真的没有希望了。”唐宇斌又凝视了她片刻，最终自嘲一笑，出了车子，用比平时都要慢些的步伐绕到副驾旁，替她打开车门。

抿唇望了他一眼，苏然无声地走下车，垂头盯着自己的脚尖，仿佛如果他没发话，她就会在这里忏悔，直到他原谅自己后再走。

于是车外的两人又是相对沉默良久。

“苏然，”最终还是唐宇斌执起她的手，在她的手背啄下一吻，然后低声道，“去追求你想要的吧……”我会注视着你，直到你的幸福尘埃落定，唐宇斌把这句话留在了自己的心里。

“谢谢你。”挤出笑容，苏然近乎哽咽，她想她终究欠了唐宇斌太多，只希望那位董孟琴小姐，能给他真正的爱情。

不忍心再说一声“再见”，待唐宇斌缓缓松开她的手，苏然便头也不回，转身进了小区。唐宇斌说得对，哪怕只是单纯的善意，短时间内她都不应该再给他，那只会像饮鸩止渴般让他永远无法自拔……

“小然，你怎么了？脸色不太好啊！”

心情有些复杂的苏然进家门时，还没能调整过来，对唐宇斌的歉意仍旧萦绕心头，这让她的情绪着实不高，于是明察秋毫的秦臻就关切地问道。

“没事儿，我就是有点累了。”她对夏磊的心思始终没透露给自家二老半分，更别说是和唐宇斌分手这事了。

不过她也不打算瞒太久，等到了周一，她向夏磊表白了，就正式以男朋友的名义把他带回家！

“哎，你之前说你要升职了，怎么还没升啊？都是被升职给累的吧？”秦臻把碗筷摆好，就心疼地念叨起来，“实在不行也不要勉强，你也才工作两年……”

苏然一面把脱下的鞋摆到鞋柜上，一面笑着否认，“不是啦，是我自己喜欢这个工作，想尽量做得更好。即使没有升职的考核期这回事，我也一直是这样工作的啊！不过半年之期快到了，现在的首席记者前两天还和我说，他觉得我已经可以接班了，会去和总编提一提这事，希望尽早交接呢。”

“真的啊？”秦臻听后一扫愁容，笑上眉梢，“那太好了！对了，阿磊这孩子好久没来家了，回头借着你升职的机会，让他过来家里吃一顿哈！”

“整天就想着吃……”苏寓放下报纸，从沙发上起身，坐到餐桌边，准备吃饭，“小然对工作上心是好事，你别总泼冷水。”

洗好手的苏然也搬了把椅子坐了下来，“妈也是心疼我，对不对？”说着，她看向正在给她碗里夹菜的秦臻。

“妈，我自己来，你多吃点。”

“哎，你懂我这份心就好。”秦臻欣慰地摸摸她的脑袋，在苏然的监督下吃了起来，三人一时无话，只有碗筷碰撞的声音在餐厅中时不时响起。

大约在饭菜快见底时，秦臻好像突然想到什么似的，抬起手来拍了拍额头，“哦，对了！瞧我这记性，终于想起刚才要说什么了……说到阿磊，有件事你们父女俩也不知道，大概是大前天吧，亲家母——哦，不对，你夏伯母和我在电话里聊过了，说上次阿磊回老家那次，走得匆忙，叫她怪想念的，所以打算过段时间来一趟，也顺带和我还有你爸爸见见面。”

对这个提议，苏寓爽快地表示赞同：“是啊，我们两家人许久没聚一聚了。”

“是啊，上次见面，小然和阿磊都还在高考呢……这时间过得真快，一转眼两个孩子都长大了，我也老咯。”秦臻也不禁感慨起来，不自觉地抚了抚自己眼角的细纹。

“怕什么，又不是只有你老了，我不也一样。”苏寓不着痕迹地安慰着自己的妻子。

“嘁，哄人的话都不会好好说……”苏然妈妈对着自己的老头子嗔怪道。

这边自家二老当着苏然的面斗着嘴秀起恩爱来，可苏然却浑然未闻，甚至也完全忘了进门之前的那些愁绪，心中只有一个声音在反复回放——夏磊的爸妈要来！

她心中竟升起丑媳妇要见公婆的紧迫感，也深深意识到临时抱佛脚的时刻，到了！

“那个，爸妈，我吃饱了，而且突然想起还有件事情要做，先回房了！”苏然不淡定地起身，接着挽住秦臻的胳膊用撒娇地语气道，“今晚先不帮您洗碗了，等明天陪您去买菜！”

“好了，去吧，真是个工作狂……”秦臻失笑着挥挥手，理所当然地以为苏然是又有什么班要加。

然而火急火燎冲入卧房，把门一关的苏然，什么正事都没做，只是飞快地启动电脑，打开QQ软件，发现目标人物头像果然是彩色的，就双眼大亮，点开窗口，就是一通狂敲，键盘噼里啪啦的声音在房中回荡。

“夏磊的父母很快就要来了！我该怎么办？！”

“来就来啊，什么怎么办？”方菲很快回了她一句，“你们两家关系不是很好吗？又是从小定的娃娃亲，他们肯定不会怪你和他们抢儿子的……”

尽管苏然并没有把那晚的险事告诉方菲，但还是把自己对夏磊的心思告诉自己的好闺蜜，好请她随时帮忙参谋策划。

“不是这个啦！这么久没见，我不是应该准备点见面礼吗？我要准备点什么才合适？怎么才能给他们留下个好印象啊？”苏然对着屏幕抛出“十万个怎么办”。

“冷静！冷静！”方菲急忙发来几个美食图片，“先看点美食压压惊。”

苏然无语，“我刚吃完饭，不需要这样的压惊……你倒是给点建设性的意见啊！毕竟好几年没见了，我之前也没主动和夏磊回去看过他们，现在突然……会不会讨好的痕迹太重？”

方菲发了个翻白眼的表情，“你之前又不是他女朋友，千里迢迢跟着他回家看爸妈，这合适吗？见面礼这事好办，他们又不是明天就来，你可以在他们来之前，先把他们的儿子给搞定，然后不就一切都有了吗？”

反复看了几遍方菲的主意，苏然用沉默表达自己没会意。

“哎，你啊，果然是恋爱中女人的典型症状——智商下降！我现在更确定你和唐宇斌肯定是没戏了。”方菲说了这两句，也觉得扯远了，就十分有诚意地接着给她解释，“我的意思是，你和夏磊把关系定下来以后，等他父母一来，他把你以他女朋友乃至未来老婆的身份介绍给他爸妈。这样一来，怎么孝敬他们二老，怎么表现才能让他们满意这件事，不用你问，夏磊也会替你操心的啦！最了解夏家二老的，不就是夏磊了嘛，到时候夏磊说他父母喜欢什么，你就买什么做见面礼，他说你怎么表现比较好，你就怎么表现，那不就成了？”

“对啊！”苏然忍不住在屏幕这边打了个响指，“方菲，你真是个天才！难怪能把宋凯收得服服帖帖的。”

“他段数太低，我都不用费心思的。自从上次说要把影集当做求婚礼物，他就一门心思地扑在里面了，我喊停都停不下来，说一定要兑现对我的承诺。”方菲对此很无奈。

苏然忍不住替她高兴，“这是好事啊。”

“对了，话说回来，你和唐宇斌那事处理得怎么样了？他找你了吗？”方菲正经地问了句。

于是苏然就把今天回家之前的事情都告诉了方菲，“所以我打算下周一上班就去找夏磊。”

“是啊，省得夜长梦多！”方菲赞同了句，接着便开始设想未来，“等你们两个也成了，我们四个人就可以经常一起出去玩啦……”

对方菲的这份“宏愿”，苏然表示无奈，又接着跟她闲扯了几句，就关掉了电脑，选择到客厅去陪爸妈一起看电视，聊聊天。她忍不住回忆起过去夏磊来蹭饭时的情景，饭后四人也会聚在客厅里一起说说笑笑……画面过于美好，苏然甚至有一刻以为自己看到的是未来，而不是想起了过去。

这一晚，苏然意识到，在自己对未来的憧憬里，其实自始至终都有着夏磊的身影……而且她发现人一旦直面了自己的内心，就觉得怎么想着对方都是很自然的。就像周六陪秦臻出门，她看到超市里的巧克力货架时，就记起周小宁对夏磊表白时送的巧克力，心想着自己不能空手去，便在第二天又找了个理由跑出去，为夏磊挑选了一款领带，悄悄塞进包里，想象着他惊喜的模样。而且在周一出门后，她又想到一个格外重要的细节——怎么帮夏磊系领带是个问题！

于是她干脆在公交车上抱着手机恶补起了系领带图解，险些坐过了站。一路研究下来，才总算勉强领会了手法。

“今天心情特别好？”苏然才一坐到的办公桌前，沈雅就转向她，笑问。

“有这么明显吗？”苏然懊恼地抬手搓了搓自己的脸颊，并没有否认。

“有情况……”沈雅拿手指了指她，一脸“有八卦”的神情。

见沈雅兴趣极大的模样，苏然正准备回话，却无意中用眼角余光扫到了一个熟悉的背影，大奇道：“咦，沈雅，那是周小宁吗？”

“是啊……她今天突然又回来了，还跟个没事人似的，”沈雅点点头，也很是费解，“不知道的还以为她只是去休了个长假呢，只能看一会儿开会的时候总编怎么说了。”

“哦……”低低应了声，苏然莫名觉得心里堵得慌，又用目光搜寻了一圈，不见夏磊的人影，心中更是有了种不太好的直觉。

沈雅看她突然没了聊天的兴致，兀自发怔起来，也没说什么，动手收拾了桌子，带上本子与笔，然后起身。

“例会快开始了，你也准备下吧。”说完，沈雅就先一步绕过苏然，往会议室的方向走去。这时已经有同事陆陆续续离座，也准备去开会了。

强压下不安的情绪，苏然磨磨蹭蹭地从抽屉中取出每周例会专用的本子，随手夹上一支笔，环顾了大办公间一圈，也没有找到那个期盼的身影，只得失落地进了会议室。

以往苏然几乎都是最早到会议室的，这回去得稍迟，只剩下两个空位，一个是周小宁旁边的，另外一个则是沈雅替她留了个左手边的座位。苏然当然是毫不犹豫地选择了后者，可选了之后又颇为后悔，因为另外一个位置就肯定只能夏磊来坐了……

众人坐定后，总编也很快从门外走进来，坐下清了清嗓子。

“抱歉，总编，我迟到了！”

总编还没开口，就被姗姗来迟的夏磊给打断了。不过总编对社里少数的男丁还是比较照顾的，加之会上大部分的内容其实都与摄影师没关系，夏磊纯粹就是陪听，凑个人数，所以总编就只是宽容地笑笑，做了个手势让他进来。

跨入门的刹那，苏然与他四目相对，她正要冲他扬起微笑，他的视线却立即移开，投向了唯一的空位，脸上没有笑意，只是抿着唇，抬步坐到了周小宁身边。

苏然的目光一直追随着他，希望他能给自己一个回应。但奇怪的是，夏磊自落座之后，就再也没抬起头来过，只是死死地盯着桌面。

“好……”在苏然探究地凝视着反常的夏磊时，总编又喝了口茶润嗓，扬声道，“今天的例会主要是通知两个事情。第一件是周小宁周记者前段时间因为家中有事，无法抽身，所以辞去了工作。如今她家中事情顺利解决，鉴于她之前在岗位上的良好表现，报社决定让她再度回来任职！大家欢迎！”说罢，他竟带头鼓掌起来。

众人见总编如此，也纷纷跟随着拍掌，倒是沈雅向苏然微微倾身，在一片掌声中压低声音道：“奇怪，总编什么时候变得这么好心又热情了？让周小宁说走就走，说来就来的。”

“她工作上确实还是挺有一套的吧。”苏然心思不在这上面，随口对了句。

掌声过后，总编按了按掌，又开始宣布第二件事情：“这第二件事也是好事，那就是关于大约半年之前，提到的升苏然为首席记者一事。”

听到自己被点名，苏然精神一抖擞，顿时挺直了腰板，看向总编，看着他的嘴一张一合，吐出她期待了半年的消息。

“经过这将近半年的考核期，再加上杨藩的大力推荐，我和社长商议的结果就是，从今天起，正式升苏然为首席记者，接班杨藩！大家祝贺。”总编笑着说完，再次抚掌，将鼓励的目光投给她。

“谢谢社长与总编的赏识，还有杨藩前辈的推荐，我会接好这个班的！”苏然大喜过望，激动之余还是想把喜悦通过眼神与夏磊第一个分享。可夏磊除了跟着众人鼓掌外，竟是目不斜视地望向总编的方向，根本没往她这里看一眼！

仿佛升职的欢喜因此被冲淡了不少，苏然面上的笑容也黯淡了下来，眼底的光芒也不再如前般耀眼，似是染上了一层担忧之色。

夏磊今天究竟是怎么了？在众人的掌声和祝福的目光中，苏然努力按下心中的疑惑，让自己不分心，可目光却怎么也无法从夏磊的身上移开，以至于这之后总编都说了些什么，她根本没听进耳朵里去，只是摊开本子，将笔尖按在纸页上胡乱涂鸦着，装出在认真做记录的模样。

“不是吧……你高兴成这样？”于是散会时，沈雅无意间瞥见苏然本子上乱七八糟的图案，很是吃惊，“你怎么了？”

被沈雅的问询猛然惊醒，苏然打了个激灵，才发现夏磊的位置早就空了，她居然都没发现！

“没、没什么。我有点事，先走了……”

苏然从椅子上弹起来，一路小跑出会议室，四下努力搜寻夏磊的踪影，但却一无所获，最后还是杨藩撞见她慌里慌张的样子，才告诉她夏磊好像是和周小宁一起出去跑新闻了。

“你有急需摄影师的报道？”杨藩问。

“不是……”苏然抱愧地低下头，“是一点私事。”毕竟才升职，她就为了私事不在岗位上，做得确实不太对。

但杨藩却很理解地笑了笑，没再追问，而是道：“今天总编突然宣布这事，你还有些措手不及吧？我也还没把办公室收拾好，你恐怕现在不太方便进去办公。今天我会抽时间收拾一下，明天搬到编辑部那边去，你也整理下自己的东西，准备搬进来吧。哦，还有，今天的选题论证会我会带着你参加，其实也没什么技术性的东西，你旁听一次记住流程就行了。”

“好，真的很谢谢杨老师……”苏然感激地向他微微躬身。

“别这么说，这也是完成了我自己的心愿。其实我也得谢谢你，能让我能这么快就卸任。要不是有你这么个合适的人选，总编也不会这么快同意我的岗位变动。”杨藩摆摆手，语调温和，“以后好好加油，有不懂的还是可以来问我的。”

再次谢过杨藩，苏然暂时按捺下了想立刻见到夏磊的冲动，回到自己的小隔间，取出个纸箱，开始小动作地整理起自己的办公用品与资料，尽量不打扰其他同事的工作。从抽屉里拿出厚厚的一沓新闻草稿，每一张上都标着一个日期，这厚厚的一沓见证了她一点一滴的努力……苏然顿时感慨万千，又环顾了眼这个待了两年的大办公间，突然很是不舍，鼻头略酸。

“你想什么呢？又不是跳槽，只是换了个办公间而已，每天下午不是还要见面的吗？况且能有个自己的办公室多舒服啊，我羡慕还来不及呢。”沈雅注意到她抱着一叠文件在位置上发呆，眼眶还有些红，就猜到她在想什么了。

“嗯，我知道……只是有点念旧，”苏然打趣地回了句，“想着金窝银窝还不如这个乱乱的小狗窝好。”

沈雅拍拍她的肩，“确实有点乱，以后当首席记者了，办公间就得收拾整齐些了！”

原本略显感伤的氛围被沈雅三言两语地化解了，苏然也不再踌躇，花了一个上午的时间，终于把自己的小办公间整理出一大一小两个纸箱，然后清理掉没用的垃圾，与沈雅和其余几个相熟的同事一道去吃了个午饭。当然了，是苏然请的客。

众人在说说笑笑中度过了午间的休息时光，气氛非常活跃，要不是因为下午还要上班，恐怕每个人还会再喝上一点小酒。唯独让苏然感到遗憾的是，当日她曾经许诺夏磊要请他吃两餐，这第一餐他竟就缺席了……

究竟是什么新闻需要在外面跑一整天？当苏然跟着杨藩一起走出会议室时，已经是下午四点半了。

“苏然，收集稿件和上报论证的流程，都明白了吗？”杨藩在走出一段后，站住脚步问她。

“嗯，大致明白了。不过，如果之后实际操作还有不太清楚的地方，”苏然尽力不把情绪带到工作上来，唇角上弯出一个恰到好处的弧度，“可能会需要再来麻烦你一两次呢，不过肯定不会太打扰你的！”

杨藩不以为意，“没关系，我随时欢迎，而且我也相信你的学习能力。相信，你一定能很快上手，独当一面的。”

“是，我会的！”苏然脆声应着，颔首向他告别后，就正式来到大办公间，向众人宣布今日稿件齐了，大家可以下班了。看着众人纷纷开始收拾东西，三两结对地走出大办公间，自己就转身回到了小隔间里，最后确认了一遍纸箱中没有遗漏的东西后，便开始坐在电脑椅上发呆似的地望向窗外，外面的天色渐渐阴沉了下来。

这时整个办公间里又只剩下了苏然一人，墙壁上挂钟的时针竟在不知不觉中指向了下午六点，再抬头看看外面的天气，好像下起了密集的雨。

苏然没想到自己发了这么久的呆。她急忙拿出手机，拨了夏磊的电话，想问问他在哪里，还回不回报社，谁知打了好几遍都无人接听。这让苏然压抑了一整天的不安又重新萌芽，并且这种不安全以惊人的速度在她的心中不断膨胀。

分针又走过了一个四十五度角，苏然再也沉不住气了，顺手拿起挎包，准备到车库去看看。

“夏磊！”才走到走廊，便迎面碰见了刚从电梯里出来的夏磊……和周小宁。

快步走上前，苏然也顾不得与周小宁打招呼：“你怎么才回来啊？也不接我电话！”

“我去哪里，什么时候回来，没必要找你报备啊。”夏磊双手插在裤袋里，仿佛无语地耸耸肩，不太客气地顶回了她的话。她这才注意到，周小宁是挽着他的胳膊的。

抓着挎包带子的手紧了紧，苏然努力不改变面上的笑，“是，是……是没必要。不过你今天错过了上次我要请你吃的大餐啊！之前不是说如果我顺利升职，就请你吃饭的嘛，中午你不在，那今晚吃？出去吃或者来我家都行，我爸妈也挺想你的。”

“喂，苏然，你是看不到这里还站着个人吗？”周小宁气不过地出声，“当着人家女朋友的面邀请人，也太嚣张了吧？就算你和夏磊关系再好，也要懂得避嫌的道理吧？”

女朋友？苏然瞪大了眼睛，“不是说……”

“是啊，之前是分手了，不过我现在又后悔了，所以就回来和他复合啦！”周小宁娇笑着，“在报社里的时候还不觉得，出去转了一圈才发现，像夏磊这样一心一意的男朋友实在是太难找了！”

一心一意？对谁一心一意？！

“夏磊，你欠我一个解释。”苏然沉下脸，也不再与周小宁纠缠，直直逼视着夏磊，“为什么？”为什么说了爱她后又和周小宁在一起？为什么一声不响地又要疏远她？

“我确实和小宁分手过，当时告诉你的是事实，但现在……就像你看到的，我们又和好了。分开这段时间，我看清了很多事情，也包括……我对她的感情。”夏磊只是淡淡地说着，并没有回避她质疑的目光。

苏然从他的神情里看不出端倪，不禁咬唇，“你记不记得，你问过我什么？你问我在我心里，我到底把你当谁……现在我可以回答你了，经过这一系列的事情，我也终于看清了自己对你的感情——我发现爱上你了……”她知道这是最糟糕的表白地点与时间，可她别无选择。

谁知，听完苏然置之死地的表白，夏磊却突然笑出声来，一副“你逗我”的神情，“别开玩笑了，今天又不是愚人节！如果你是因为和唐宇斌分开而心里不舒服，那还是承认你喜欢他，和他正式在一起吧！我祝福你们……”

“夏磊！你知不知道你在说什么？！”苏然惊讶于他的反复无常，“当初是谁一直反对？现在却说要祝福？还有你来接我的那天晚上……那天晚上你……”

“那天晚上我就是逗逗你，想让你忘记那档子事，没别的意思。”夏磊打断了她，“至于在唐宇斌那件事上，我承认，我确实摇摆不定，其实就是想捉弄捉弄你，顺便让你的爱情更‘刻骨铭心’一点嘛！谁知道你居然想歪了……娃娃亲只是我们双方父母的一时兴起，之前这么多年你不也坚持娃娃亲这种事不作数的吗？怎么现在就当真了？”

看着他一脸不以为意的神情，苏然难以置信地盯着他，“夏磊……你现在说的，是真心话？”苏然感觉到自己的声音都有些发抖了。

“是啊，我虽然经常逗你，但是可没这么正经地骗过——”

“啪！”

夏磊的话还没有说完，就因巴掌声戛然而止，左脸上赫然多出了一排红印。而苏然也因为用力过大，打了个趔趄才站稳，掌心是麻木的痛。

“苏然，你做什么？！居然敢当着我的面儿……”周小宁惊呼一声，愤怒地要上前与苏然理论，却被夏磊拉住了。

“算了，小宁。”夏磊对她摇摇头，依旧一副嬉皮笑脸的模样，“我从小就经常和苏然这么开玩笑，打闹着玩，你别当真。”

“好一个开玩笑！好一个别当真！”苏然觉得自己浑身都在控制不住地颤抖，胸口塞满了或伤心或愤怒的情绪，感觉像是要炸开一般，“夏磊，你知不知道——你今天说的每一句话，都足以断送我们这么多年……这么多年……”说到后面，她几乎气得喘不过气来。

夏磊的脚跟抬了抬，却最终重新落下，用安抚的语气对她说：“苏然，耳光你也打了，气也撒过了，还是好好冷静下吧。”说罢，他又转向周小宁，“不是说有东西落在办公室了吗？去取吧，我在这里等你。”

“啊……我其实刚才才想起来，那盒粉饼我是放在家里了，没在办公室。”周小宁撒娇似的晃了晃他的胳膊，“不好意思啊，让你白陪我回来一趟。我们还是赶快走吧，我定的那家日料很受欢迎的，我都快饿死了。”

“对了，你要不要一起？我和夏磊请客，正好祝贺你升职。”周小宁又笑着看向苏然。

“不必。”冷冷地吐出两个字，苏然没有力气再与周小宁周旋。

夏磊则是微微低头对周小宁道：“那我们先走吧。再不走雨下大了，不方便。”说第二句话时，他的目光不着痕迹地扫了一眼苏然。

“好吧！”周小宁以胜利者的姿态冲苏然挥挥手，“那我们先走了！明天见！”

苏然当然没有回应她，只是冷眼看着两人重新回身进入电梯，直到电梯门关上的瞬间，她的眼泪才强撑不住地从眼眶中滑落。

不知道在光线昏暗的走廊里站了多久，外面的雨也越来越大，苏然的耳边突然响起夏磊临走前那一句“再不走雨下大了，不方便”，不禁讽刺地笑了。缓步挪到电梯前，按下按钮，苏然以僵硬的姿态走进去，屏住呼吸，不想闻到周小

宁残留在电梯间里的香水味。仿佛是赌气一般，以至于当她走出电梯间的那一刻前，苏然以为自己会被活活憋死在里面，

站在写字楼的檐下，苏然下意识地将挎包打开，准备拿伞，可触手的却是一条领带。原来她早上只记得一定要带上送给夏磊的领带，却忘了把玄关上的折叠伞塞进包里了……

取出那条领带，端详了片刻，苏然再度笑出了泪，难道这一切真的都只是自己自作多情吗？

将领带紧紧握住，放在心前，苏然微微抬头望进雨幕里，不少行人都因为没有带伞而顶着外套在冒雨狂奔。换做以前，这种时候，夏磊肯定在自己身边，哪怕是桑塔纳又半路抛锚了也好，他也会先冒雨跑到店里买一把伞回来，再全身湿透地与她一起撑伞回家……

一步，两步，三步……苏然缓缓走进了雨里，她似乎听到身后保安在喊自己，但苏然却不想理会。或许夏磊说得对，她需要静一静，需要清醒。被这样的瓢泼大雨当头淋下，真的很清醒。她不相信夏磊会这么绝情，可他为什么要这么做呢？是生气自己之前对他的忽视吗？那他可以爽快告诉她啊，何必用现在这种残忍的方法……

失魂落魄地走出一小段后，苏然感到前路被人挡住了，头顶上的雨水也没了，不禁诧异地抬头看去。

——正好与唐宇斌焦急而关切的目光撞个满怀。

“苏然，你怎么了？”看出她眼神里的空洞，唐宇斌没撑伞的另一只手用力地握住了她的胳膊，“出什么事了？怎么就你一个人，夏磊呢？”

“活该我一个人的。”苏然轻笑着摇摇头。

“说什么傻话！走，跟我先进车里再说。天气凉了，不能

这么淋雨！”唐宇斌皱眉，二话不说拽着她就往一旁的拐角处走去，他的车子就停在距离写字楼不远的一个不起眼的角落里。

苏然也没有反对，只是像个木偶任由唐宇斌摆布，糊里糊涂地就被塞进了车里。

“你等着——”见她坐定，唐宇斌又撑着伞冲入了雨中，不知去做什么。苏然也没心思去想，只感到整个人的脑袋都是懵懵的，耳边却还在一遍遍地响起夏磊那些绝情的话，怎么用理智喊停都不行。

大约过了三五分钟，车门再次被打开，是唐宇斌坐了进来，手里还拿着两样东西，递给她。

“用毛巾先擦擦头发，不然明天脑袋疼。”他先将毛巾扔过去，接着又递给她一杯刚买来的热咖啡，“路上先喝着，暖和暖和。我这就送你回家。”

“谢谢。”苏然怔怔地看了他一眼，慢吞吞地把领带放到自己腿上，才接过毛巾与热饮，可也只是那么拿着，没有其他动作。

唐宇斌盯了她半分钟，突然重重地叹了声，重新拿过毛巾，盖到她头上，倾身替她擦拭起来。他的脸上隐有愠色，可手上的动作却很轻，生怕扯疼她。

“我从没见你这样失魂落魄。”他沉声问着，“究竟发生了什么？是因为夏磊？”

对于他的询问，苏然没有立刻回应，却仿佛有了些知觉般，感到一股寒凉，终于懂得喝口热咖啡来暖和身子了。

“不能和我说吗？”唐宇斌见状，反倒更是心痛，把声音放得更轻更柔，“以前刚工作那阵子，我受挫很大，但又不想家里人为我担心，所以一定在回家之前，把自己的情绪调整好……”

听到“家人”二字时，苏然似乎受到触动，僵直的眼珠子动了动，瞥向唐宇斌，沙哑着嗓音问：“那你都是怎么做的？”

他一直知道，她很在乎家人……唐宇斌抿唇：“我会找我的好哥们一起去喝酒，边喝边骂，把心里的不痛快都骂出来。”

“你也会骂人？”

苏然关注的重点有些奇怪，这让唐宇斌哭笑不得，“当然会了，我也是人，会生气也会难过。”

“我想骂夏磊……而且我刚才已经动手，打了他一巴掌。可看着他无动于衷的样子，听他说这都是闹着玩，我心里更难受……”尽管苏然接话的角度很奇怪，但唐宇斌见她肯对自己倾诉，心中还是一松，“他说他爱我，可今天他牵着他女朋友的手出现在我面前！他说之前的一切都是为了捉弄我，没想到我当了真！他说娃娃亲不能作数……”

话未尽，苏然已再次哽咽，乃至泣不成声。唐宇斌急忙握住她颤抖的双手，触手是一片冰冷，直冷到他心里。

“你知道吗？那天他对我表白的时候，我有多开心。我以为我们都看清了彼此的心意，只差由我来补上对他感情的回应，所以我还特意给买了这条领带……”苏然眼眶通红，变得有些歇斯底里，“我满心欢喜地找他，等他，等了一整天！可等来的是什么？！我可以不相信他今天说的每一句话，可我不明白他为什么要这么伤我的心？如果是怪我之前没有给他回应，他可以直说啊！或者是怪我之前不知好歹和他吵，对，是我的错，我可以道歉啊！可是为什么不给我机会？为什么……”

唐宇斌从未见过她如此失控，心中大痛，顾不得许多，一把拥住她，咬牙道：“你没错，是夏磊混蛋！”

“我真的想不通，一直都好好的，究竟为什么要突然这么对我？为什么在我爱上他以后，抛下我……”苏然在这一刻把最脆弱的一面发泄了出来，放声大哭。

“哭吧，哭出来就好了。”唐宇斌抬手，有节奏地轻轻拍打着她的后背，一本正经地安慰着她，“你要是觉得打他那一巴掌不够，下次我陪你一起去，揍他一顿。”

这话却让苏然噎住了，只觉得今天的唐宇斌也很不一样，就像反常的夏磊一般，不禁要觉得也许这一切都只是一场噩梦，而她自己却总是醒不过来！

如此想着，她突然推开唐宇斌，在自己的腿上狠狠一掐！

“你做什么！”面对苏然突然自残般的举动，唐宇斌吓了一跳。

“不是梦啊……”苏然却只是苦笑，用这种理由来逃避还真是自欺欺人。

小心翼翼地望着他，唐宇斌轻声地关切道：“你没事吧？”

“没事，只是事情太突然，打击太大了……现在哭过也骂过就好多了。”苏然勉强扯出个比哭还难看的笑容，感谢他，“你的做法很有效。”

“你哪有真正骂他一句。”唐宇斌用的是陈述的语气，摇头低叹。

苏然却不想再继续这个话题，随即又吸了几大口热饮，然后把它放到一边，从唐宇斌手里接过毛巾，自己擦起头发来。

看她的情绪确实平静了下来，唐宇斌也不多话，重新坐正，启动了车子，调转车头，往苏然家的方向开去。

“对了，你怎么在这儿？”

雨天车流前行速度极慢，在路上花的时间格外长，渐渐恢复理智的苏然哑着嗓子问。

“我……”唐宇斌先是迟疑片刻，接着飞快地望了她一眼，“习惯了，不知不觉就把车子往报社开。发现的时候，已经到写字楼了，于是我就想着既然来都来了，那就再远远地看你一眼，没想到……”

得到这个答案，苏然无声地点点头，又不再说话了。

“抱歉，我好像不该在这种时候说这样的话……”沉默半晌，唐宇斌抱歉地开口。

苏然听他突然道歉，怔了片刻，才明白他的歉意从何而来，随即轻摇摇头，“不，我没想那么多，只是无言以对而已。”她接受不了唐宇斌的真心，却把自己的真心捧出去给了夏磊，到头来换得的只是些绝情的话语……

车厢内再次恢复一片寂静，苏然能察觉到唐宇斌时不时都会扫自己一眼，看来是很不放心她的情绪，担心她会做傻事，心中又是好笑又是辛酸。

车子停在小区外时，夜色已深，雨却停了。苏然扭头看向他，浅笑道：“我已经没事了，你不用担心。”这一次她除了眼眶还微红，笑容已不再那样勉强，就是脸色难看了些。

“无论如何，别亏待了自己。”唐宇斌恳切地叮嘱着，“回去一定要再煮碗姜汤喝，知道吗？”

鼻间又酸了酸，苏然用力点点头，不敢再看他，就扭身开门，钻出了车子。

“今天谢谢你！”她关上车门，抬手轻轻挥动，坚持目送唐宇斌驾车离开后，才转身回家。

才进家门，她浑身湿漉漉的模样就让秦臻与苏寓都吓了一跳。

“小然，你怎么这么晚才回来啊？还淋了一身雨！脸色也这么难看！”秦臻紧张地将她拉进门来，上下打量，“我和你爸爸一直打你电话，你也不接，担心死我们了！你再不回来，我们都要出去找人了！”

闻言，苏然一怔，随即答道：“今天下午开会，我把手机调成静音了，忘了调回来，所以没听到。对不起，让你们担心了，我没事的……就是出门忘记带伞，淋了点雨。”

“那就好，那就好……那你赶紧去冲个热水澡，换身干净衣服！”秦臻听后便把苏然往淋浴房里推，“我这就给你煮点姜汤，先喝点后再吃饭。”

“好。”被家人这样关心照顾着，苏然险些又要掉下泪来，只得急忙关上卫生局的门，避免让二老看出端倪。

淋浴头中喷出温热的水，当头浇下，浑身冰冷的苏然不禁打了个激灵，整个人都觉得放松了不少，疲惫感也渐渐消退。即使在最伤心最绝望的时候，她都不愿相信夏磊会真的如他所说，那晚的美好只是为了捉弄她！现在头脑清醒了些，苏然更是感到今天夏磊虽然从头到尾都没避讳地直视着自己，可语气和动作都透着一股僵硬，表现并不算自然，可哪里不自然，苏然又说不出来。

“夏磊，你究竟怎么了……”苏然在水中缓缓闭上双眼，任由泪水夹杂着温水在脸庞不断流淌。

而这边正当苏然黯然神伤时，周小宁却在夏磊的陪伴下，在日料店里欣赏着雨后窗外的夜景。

“夏磊？”周小宁夹起一片刺身，蘸了酱料，惬意地含入嘴里，才继续问道，“你打算一整晚都这么摆着脸色给我看？”

“你是故意要回报社一趟的！”夏磊沉着脸，摆在他面前的料理几乎都没动过，似乎很没食欲。

周小宁对他的质问满不在乎地耸耸肩，“算是吧。不过我也只是碰碰运气，没想到苏然真的还在等你。你后来让我去取东西，是想单独和苏然偷偷解释清楚吧？”

“我没有想过要告诉她这件事。”夏磊抿唇。

“这样啊，那反正你和她早晚要见面的嘛……‘长痛不如短痛’，这句话，我现在原样送给你。你现在也知道这种心疼的感觉了吧？”说完，她还冲夏磊娇笑起来，体贴地夹了一块天妇罗到他盘里，示意他尝尝，可夏磊一动不动。

“夏磊，你不会是想反悔了吧？”于是周小宁也收起了笑，用微微泛冷的声音说，“你别以为今天总编已经宣布了苏然升职的事情，她这个首席记者就可以做得高枕无忧了！只要我和社长好一天，我还是只需要一句话，就能让苏然被炒鱿鱼——如果你不相信，大可以试试。”

“你何必这样？如果我没记错，我们报社的社长已经五十多岁了。难道你为了报复我，报复苏然，甘愿把自己的青春都搭进去？！这不是在报复我们，而是在毁灭你自己！况且即便你要报复，那也应该是报复我，让我失业，我没有怨言，但你不应该牵扯到苏然！”夏磊觉得周小宁简直是疯了！他怎么也想不到她转头就攀上社长，然后回来用苏然的事业来威胁自己！

似是听到了极大的笑话一般，周小宁冷笑出声："哈，牵扯？如果不是她，你就会选择我！再说了，我觉得现在这样很好啊！那个老头现在对我言听计从的，而且肯在我身上花大价钱，我过得很滋润。而且不仅如此，我还能阻止你与苏然在一起，出了我心中的一口恶气！你可别忘了，我走的时候就说过，我所受的羞辱，一定会加倍奉还给你们！"

听了这话，夏磊摇摇头，就要起身，却被周小宁一把拽住。

"你做什么？"她眯起眼。

"现在苏然又不在，你没必要和我演戏去气她。对着我这个让你恨之入骨的人吃饭，不难受吗？所以我先走，你一个人吃更开心，不是吗？"夏磊抿唇，用同样冰冷的声音作答。

谁知周小宁再度轻笑出声，伸出食指左右摆了摆，"错，错，错……和你一起吃饭，我很高兴。我现在是恨你，但我也同样……爱你。"最后两个字说出口时，夏磊听出了她嗓子有些发紧。

"你不必用这种看怪物的眼光看我。我只是想取回我本该拥有的东西。也许有一天，我不喜欢你了，说不定就会对你和苏然放手！不过现在，我是绝对不可能看着你和她在一起，而我却只能陪着那个老头，呵……"周小宁的语调奇怪而扭曲，如同她此刻的心理。

"不可理喻！"

得到夏磊的这个评价，她也不恼，反而偏头笑道："对！我就是这么不可理喻！我已经付出了代价，就更不能白白浪费了我所换取到的东西吧？所以，你还是坐下吧！否则，我一样会去找老头说点苏然的坏话哦。”

知道周小宁是铁了心，短时间内没法说服之后，夏磊也不再浪费口舌，只能重新坐回去，埋头专注地吃起来。

“这才对嘛！以前难得有机会和你一起吃饭，就算偶尔有一次，也都是出去跑新闻时匆忙吃的工作餐。后来你答应和我交往，也总是用各种理由推脱，不肯和我正式约会……如今我终于如愿以偿地这样看着你和我共进晚餐，我觉得做什么都值得……”周小宁却也不管他的脸色和态度如何，仿佛只要夏磊的人在她眼皮底下陪着她，就足够了。

夏磊当然不会被她这番衷情所打动，也不抬头看她，也不回应，只把她当空气。

“你不理我也没关系，省得你一开口我就生气，像这样安安静静的就很好。”周小宁也只管托腮望着他，痴慕中隐带着疯狂。

于是这晚日料店里有心的人就会发现这样一对相处方式古怪的情侣，男人不苟言笑，越是对女人爱答不理，女人却越是笑得欢喜得意，既不像在热恋，也不是在冷战，叫人摸不着头脑……

第十二章
触不到的温暖

那一晚，在秦臻的悉心照料下，苏然并没有因为淋雨而生病，只是一夜的失眠让她脸色暗沉。次日去上班时，几乎每个与她打照面的人都要关切地问她一句是不是身体不舒服。不过好在，她很快就和杨藩做了最后的交接，在沈雅的帮助下，把昨天就整理好的纸箱搬去了首席记者的小办公室。看得出杨藩临走前把办公间收拾得很彻底，桌椅也都擦拭过一遍，大概他对这一方待了好几年的小天地也很不舍吧!

送走沈雅后，苏然把办公室的门关上，第一次认认真真地审视了一遍这个不足十平米的小办公间，然后开始动手把纸箱中的东西按照自己的习惯逐个归置。她很庆幸自己在这几天里要进行工作交接，很庆幸能接触到很多新鲜的事情，这些都足够分一分她纷乱的心，让她不至于每时每刻都为夏磊的那番话而感伤。但这并不代表苏然会就此死心，她确信自己有必要在没有旁人在场的情况下，与夏磊好好谈谈。

这样想着，布置好办公室的苏然在电脑前坐下，活动活动因失眠而感到僵硬的脖子，深吸一口气后，拿出手机，在微信上给夏磊发去了一条语音。

“夏磊，我们单独见面谈谈吧。中午时候，我们单独出去，边吃边聊。”

有个独立办公室就是好。在封闭空间里，只要不是太大声，发些私人的语音讯息根本不用担心被人发现。

“不用了，我怕小宁误会。有什么就你直接在微信上说吧。”然而夏磊给她的文字回复却很冷淡，态度似乎又回到了她刚与唐宇斌相处那阵子。

“那……你来我办公室一趟？我有个需要配照片的采访稿，是要分配给周小宁的，你替她过来拿下选题，顺便听一下照片的要求。”苏然索性动用职权，说什么也要与他当面问清。

这一次夏磊没有再在微信上回复，而是在五分钟后敲响了苏然办公室的门。

“快进来吧。”苏然一个激灵，从椅子上弹起，下意识地理了理自己的头发，才去替他开门。

可是，夏磊的目光只在她的面上停留了一秒后随即移开，从她让出的通道走进办公室。苏然顺手带上了门，回头之时发现夏磊已经站定脚步，面对自己，一副等着她开口的模样。

“昨天，我不该那么冲动地动手。”苏然向前走了两步，将双手交叉放在身前，有些局促地低声道，“我向你道歉。”

“我说了，我只当是个玩笑，你不用放在心上。”夏磊皱眉，垂于身侧的手背到身后去，在苏然看不到的地方紧攥成拳。

听着他依旧平淡的语气，苏然一怔，勉力维持着面上的笑容，问道：“夏磊，你是不是生我气了？”

“为什么这么问？”夏磊反问。

“你以前……不是这么和我说话的。”苏然的声音有些发涩，“现在只有我们两个人，你能不能还和从前一样，哪怕是和我大吵一架都好！”

可夏磊只是摇摇头，似乎很不明白她的想法，“我们没有必要吵架啊，我也没生你的气，你是不是太敏感了？你才刚刚升职，还是多把心思放在工作上吧。”

“夏磊，你非要这么和我说话吗？！”苏然忍不住地提高了音调，由于情绪激动，声音中有些许哽咽，“你到底怎么了？之前不是都好好的吗？我都已经和唐宇斌说清楚了，我说我发现我爱上你了，我们提前结束了三月之约。还有，昨天我原本买了礼物要送给你的。我多想和你一起分享，可我等来的却是……但无论如何，我一点都不相信你说什么‘捉弄我’那种鬼话！”

“我还是那句话。苏然，”夏磊眸光一动，抿唇道，“这段时间你先把心思放在工作上，其他什么事情都暂时不要想。有些事情，我——”

说着，他正想向前走上一步，却被敲门声给打断了。

“苏然，我是周小宁，方便进来吗？”

苏然蹙眉，侧过身子稍微调整了下情绪，才扬声道：“可以，请进吧。”

“其实也没什么事，就是听夏磊说有个重要的采访任务，所以想来想去，还是觉得自己来一趟比较好。不过看样子……”周小宁的目光了然，在他二人之间来回打量了一遍，最后笑吟吟道，“你们聊完了吗？”

“差不多了，这是文字资料和要求，你自己带回去看吧！”苏然转身走到办公桌旁，从文件夹里抽出两张纸，递给周小宁。其实这个采访原本是她自己准备做的，这密密麻麻的两页资料也都是她提前做好的功课。可谁让她拿这事做了借口呢？现在就只好拱手让人了。

笑着接过资料，周小宁的笑容更灿烂了，“这次的资料好齐全啊！你这首席记者当的果然比杨藩更尽责。夏磊，你说是不是？”

明白她的弦外之音，夏磊也只能微微颔首，不多搭话。

“那我们就先走了，不打扰你了。”周小宁唇角上弯，走到夏磊身边，不过这回她却没挽住他的胳膊。

苏然将两人送到了门口，却突然拽住了他的手臂，“等等！”

顿住脚步，夏磊迟了半秒才扭头看向他，而此时的周小宁走在他前头，距离大概三四步远，这个距离刚好能将两人的对话和神情都听进耳、看入眼。

“你刚才没说完的话……你想说什么？”女人的直觉告诉苏然，夏磊在那一瞬间是想向自己吐露很重要的事情。

“没什么，就是想说有些事情还是顺其自然比较好，而且有些事也是需要一点时间去解决的。”稍一思忖，夏磊定定地回望她，沉声道。

顺其自然？需要一点时间去解决？苏然不明就里，抬头想从他的目光里发现点什么，却又迷失在了他深邃的眼底，寻不到出路……

“走了！”周小宁自然是听得一清二楚，催促了句，“还有什么要补充交代的吗？”

“没有。”夏磊淡淡地应了句，最后深深地看苏然一眼，就扭头赶上周小宁，与她并肩离开。

被留在原地的苏然还是怔忪的模样，猜不透夏磊给她出的哑谜。她不明白，她和夏磊这么多年相伴下来，究竟还需要什么时间去解决什么事情？这话中之意是让她等他吗？还是说，她只是需要时间接受夏磊已不再爱她这个现实……

就这样，因为夏磊的一句话，苏然在两个几乎完全相反的猜想中摇摆不定，无法说服自己坚信其中的任何一个。可夏磊却用他的实际行动，把砝码一点点地加在了后一个猜想上，让苏然再难自欺欺人。

“夏磊和周小宁又复合了？”

“是吗？可没见他们在办公室里有太多交流哎……咱们报社又不禁止办公室恋情，没什么见不得人的吧？”

“你懂什么？这叫低调！我撞见他们好多次了，都是下班以后去约会，啧啧。”

那之后的半个月，苏然在大办公间来回走动时，总会听到同事们议论关于夏磊与周小宁关系的八卦，传到最后，几乎人人都默认这对曾经的情侣是真的低调复合了。苏然再也耐不住性子等待那个所谓的“顺其自然”，几番想约夏磊出来，再单独见个面，甚至都堵到了他家门口，却都被他以各种方法成功避开！

夏磊的这种回避让苏然的情绪更加低落，哪怕是常与方菲诉说自己的心事，也都再也无法在父母面前掩饰自己的失落。于是在秦臻和苏寓严肃的饭后会谈中，苏然知道纸包不住火了，只得对二老把事情和盘托出。

“对不起，我把感情的事情搞得一团糟，老让你们担心……”

“小然，你这次真的决定了吗？想和阿磊在一起？”苏寓沉吟片刻后问。

没有犹豫地用力点头，苏然坚定地说："我已经完全明白自己的心意了，还有他的……只是我不知道他为什么会突然一声不吭地就和别人在一起，还说之前的一切都是我的误会。"

"好，我知道了。"苏寓严肃的面上露出一丝和蔼的笑意，"既然如此，我和你妈妈当然都支持你的决定。"

秦臻也随声附和："是啊，是啊……你和阿磊是自小就定了娃娃亲的，我和你爸也都中意他，只是之前你们都说对彼此没感觉，我们做父母的也没办法。现在既然有门儿，爸妈一定帮你！"说到这里，她笑眯眯地转向苏寓道，"正好啊，亲家母来的时间已经定下，就是这个周末。到时候，咱们就把夏家一家人都请来吃顿饭。当着双方家长的面儿，好好问问阿磊这孩子究竟怎么想的！"

"这样逼他，会不会不太好？"苏然有些犹豫。

"傻孩子，这不叫逼。你们年轻人有时候脾气太拗，不能心平气和地表达自己的想法，而且你和阿磊不是整日斗嘴嘛，就更容易赌气了。但是当着两家父母的面就不一样了，阿磊一定会正式表态的。而且我会提前先支会亲家母一声的，不会搞突击。"秦臻说起来头头是道，"阿磊这孩子也算是我从小看着长大的，对你的心意也是真真的，哪是什么都没正式处过多久的同事就能迷惑走的？"这言语之间俨然把周小宁当成了第三者。

苏然不赞同地摇摇头，"妈……当时是我没看清自己对他的心意，也没把娃娃亲当一回事，不能怪别人。"

"知道，知道，我也就这么一说。"秦臻安抚地拍了拍自己女儿的手背，"总之你就不要心神不宁的了，只管等着周末的好消息！”

眼见自己的老妈如此自信满满，苏然与同样不太乐观的老爸对视一眼后，为不打击秦臻，也只得点头应下，但心中却并没有太多的把握，而之后的周六所发生的一切，也都证实了她的第六感还是很准的……

“阿磊啊，你倒是说句话啊！”午饭过半，夏母颇为焦急地拍了夏磊的手臂，“人家小然都主动说了，你还别扭什么？我和你爸先表个态啊，咱们两家一直交好，你们也有缘分，还定过娃娃亲，小然这孩子也好得没话说，所以我和你爸双手举赞成你和小然在一起！”

夏母的掌声十分响亮，看得出她也是纳了闷了。从进了苏家家门起，夏磊要么就是一言不发，要么就是避重就轻，苏然和苏家二老觍着脸，又是暗示又是明示，这像什么话？让她怎么能不着急？

“实在对不起啊……”夏父见夏磊依旧闷声不响的，也觉得面上挂不住，冲苏家二老道歉，“我这儿子平时不在身边，现在连父母的话都听不进去了，唉！”

苏家二老急忙摆手，正要再说点什么，却被苏然打断了。

“爸、妈，夏伯伯、夏伯母，你们都不用再说了，可能真的是我……会错了意吧，你们不要再为难夏磊了。”她勉力扯出一个笑容，对四位长辈道歉，“夏磊其实是有喜欢的人了，是我们的同事，是我自己不死心才……让你们操心了，真的对不起！”

“小然，你这是说什么呢！”夏母闻言，又狠狠瞪了夏磊一眼。

而苏然只是笑着摇摇头，替她夹了些菜到碗里，强颜欢笑，“来，您和伯伯难得来一趟，就什么都别管了，大家一起开开心心的才最重要！就像……就像过去那样！”她一边说着，一边还是忍不住深深望了望自始至终都低着头的夏磊一眼，哪怕她已清清楚楚地知道，他们之间再也回不到过去了……

“好，好……小然真是个好孩子。”夏母的笑容里满是歉意，有意转移话题，“咱们聊点别的！听说你最近升职啦？真是好事啊，才工作没两年呢！有出息——”

“是啊，是啊！我们家小然可喜欢当记者了，做得可起劲了，经常加班，工作还带回家，领导能不给她升职吗？”秦臻连忙接过话来，“有时候我还真想让她请个长假，出去放松放松呢！你有没有什么好地方推荐啊？”

夏母会意，连连点头，“有啊，这两年我和孩子他爸也到不少地方旅游过……”

就这样，话题在两位母亲的引导下，转向了游山玩水这些轻松的内容，四个长辈更是聊得不亦乐乎。苏然偶尔振作精神，也会插一两句，而夏磊则是把自己当成空气，没一点存在感。一顿饭在强作和谐的氛围中结束，原本有意留下来和秦臻多聊点私房话的夏母，也碍于夏磊的生硬态度，不得不提前告辞，打算过两天再单独登门。

这次的聚餐似乎让苏然更受打击了。送走了夏家人之后，对于这次聚餐决策的失误，秦臻十分自责，不断拉着苏然的手说些“都怪自己”之类的话。苏然不忍让二老再为自己的事情烦心，便只是淡笑着反过来安慰她：“妈，没事……其实这样也好，彻底把话说清楚了，以后我也就可以放下了，免得拖泥带水地说不清楚。”

可真能就这样放下吗？苏然承认，她是不死心的，甚至还想着等再过两月，两人生日一起到时，再约夏磊出来见见。毕竟他现在只是不接受她，却从没说过他爱周小宁，不是吗？

然而令她没想到的是，就连这最后的一丝希望或者说是幻想，都在那个有些不欢而散的午饭结束后的第三天被夏磊打破了……

“叩——叩——”

这日一早，苏然正在阅读报纸，分析各家相比自家报纸的优势，门就被敲响了。

“苏然，是我。”是沈雅的声音。

于是她放下手中的报纸，起身去替她开门，却没想到门外站着的不止她一个人。

“这位先生说是你朋友，要找你，于是我就把他领来了。”沈雅见苏然一脸诧异，不禁问道，“你不认识他？”

跟在沈雅身后的，正是一别多日的唐宇斌。苏然急忙笑道：“不，不是……我们认识的。麻烦你啦！”

“没事，举手之劳！”沈雅爽朗一笑，“那我就不打扰你们了……不过我要提醒你一下，今天社长似乎在到处视察，你接待朋友的时候要小心着些，可别让社长逮到哦！”

“视察啊？我知道了，多谢啦！”

谢过沈雅的好意，目送她离开之后，苏然就把唐宇斌请进了办公间，然后伸出脑袋，有些做贼心虚地往门边四下探了探，确定没有社长的身影后，才把门关上，回身招呼唐宇斌坐下，给他倒了杯水。

“你怎么会突然过来？”苏然与他对面而坐，问道。

“哦……”唐宇斌接过水，沉吟道，“中午准备去机场接一个客户，顺道路过，就想上来看看你。”

“机场和这里……顺路？”如果苏然记得没错的话，这两个地方应该正好是相反的方向。

谎言被轻易看穿，唐宇斌微窘地轻咳了两声，犹豫着问：“其实就是想来看看你最近怎么样了……自从那天之后，你们……你还好吗？”

“还是老样子，他不愿意接受我。”苏然故作轻松地耸耸肩，“至于我，刚刚升职，总归是有很多事要忙的。放心，忙着忙着，心里也就没那么难受了。”

“但你总不能一直这样忙下去吧，这不是办法啊。”唐宇斌闻言皱眉。

低叹一声，苏然摇摇头，“我不是没想过办法，可是他就跟吃了秤砣一样……我根本不知道要从哪里下手去改变这种情况。现在我真的是一头雾水，所以只能先等——”

说到这里，办公桌上的内线固话响起，打断了她的话。她冲唐宇斌歉意一笑，没有避讳地接起了电话。

“总编，”苏然一听是总编的声音，不由抬眼看了看唐宇斌，“好，我立刻去。”

放下听筒，她边思忖着会不会是工作时间接待朋友被社长抓包了，边站起身，面不改色地对唐宇斌道：“总编让我去他的办公室一趟，我先失陪一会儿啊。”

“好，你去吧。”唐宇斌颔首，笑看着她出了办公室。

而苏然则是在敲开总编办公室的门之前，想好了各种理由来搪塞“公时私用”这件事，可才一进去，见总编一脸亲切的笑容，就顿觉可能是自己多虑了。

“总编，您找我有事？是有什么任务吗？”苏然站在办公桌前问。

“也不算任务吧，是好事。”总编卖了个关子，从抽屉里取出一张机票递给苏然，才继续道，“之前我不是说，要多给你一些培训机会吗？前段时间正好都没有合适的，就拖到了现在。从这周六起，杭州有个为期半个月的系列讲座，我们社正好有一个名额，于是我就把名额争取给了你。机票都已经给你订好了，具体的时间、地点要求，我待会儿会转发一份邮件给你，你回去可以仔细看下。”

在这个节骨眼上离开半个月？苏然不禁踌躇，眼前闪过夏磊的面孔。

“苏然？”总编看她似乎出神，“有什么问题吗？”

“没、没有。我不会浪费这次培训的，多谢您！”她知道不该拒绝这个机会。

总编欣慰地点点头，“好，那你这两天准备一下。你不在这段时间的事务，我就交给周小宁暂时帮你代理。”

“周小宁？她可以吗？”苏然一怔，不论是出于公心还是私心，她都不觉得周小宁是最佳人选。

“这个你就不用担心啦，谁没有第一次尝试呢？”总编不以为然地摆摆手，“好了，我还要等一个电话，你也去忙你的吧。”

见总编不愿在这事上与自己多谈，苏然也只得点头，走出了办公室。

“怎么样？什么事？”才回到自个儿的办公室，唐宇斌就关切地迎上来问。

“啊……放心，不是因为你啦。”苏然连忙摇头，将机票往他眼前一递，莞尔道，“是总编给我争取了一个公费培训的机会，喊我过去交代几句，顺带把已经订好的机票交给我。”

唐宇斌的视线在机票上停留了几秒，也露出笑容，“那真是恭喜你了。要去多久？”

“培训为期半个月。”苏然瘪瘪嘴，“我觉得有些太久了……说实话，这边……我放心不下。”

“出去散散心也好。”唐宇斌自然知道她放不下的是什么，微微抿唇，“也许距离可以让他懂得珍惜。”

“希望吧……”苏然无可奈何地说着，一时不知该怎么把对话继续下去，似乎又绕进了死胡同。

好在唐宇斌却也没有再多留的意思，“打扰你太久了，我公司那边下午也还有个会，就先回去了。”他的话巧妙地化解了尴尬。

“那我送送你吧。”苏然说着就要陪他出去。

“不怕被领导抓包？”唐宇斌调侃着问，没有阻止她一道走出办公室。

苏然也配合着他，嬉笑着做了个鬼脸，“反正我后天都要跑路喽，才不怕他……”

“好久没见你这样生动的表情了……”而唐宇斌却直了眼，感叹道，“这才是我认识的苏然啊，永远那么可爱，充满活力和干劲。”

但此话一出，他又感到些许懊悔，正想说点别的岔开话题，却发现苏然扭头看向自己的目光变了，脚步也顿住。但唐宇斌很快就发现，苏然双眼的焦距明显不是在看他，而是在看他身边的什么……

顺着她的视线望去，走廊的偏僻处，一男一女亲热地搂抱在一起，窃窃私语，好不甜蜜。这甜蜜一幕的男女主角，要换做是报社里的任何同事，苏然都会祝福他们，可偏偏——那张英俊的侧脸，是夏磊的……而那个小鸟依人的女人，是周小宁！

唐宇斌看清后，愤愤不平地想要上前，却被苏然抬手挡下。

“别过去……”苏然死死地盯着两人，却只是低声说。

“可是他——”

“走吧。”苏然坚持地摇头，扯住他的袖子，将他带离。让她感到唯一幸运的事，就是凑巧这时有个五十岁上下的男人乘电梯升上来，让她可以不必背对着夏磊和周小宁他们等电梯。毕竟再多待一秒，对她都是一种考验！

几乎没有多看与自己擦肩而过的男人一眼，苏然就拽着唐宇斌进了电梯，然后急切地按住按钮，加速关上电梯门。

“苏然……”唐宇斌担忧地低头看她，却也不知该作何安慰。

“我早应该想到的……前段时间同事们就都说夏磊和周小宁复合了，我还抱着一丝幻想，不想去相信，因为我看他们平时在报社里相处得很平常。我原本以为，夏磊只是拒绝我，只要他没有喜欢上别人，我就敢等他，敢信他，可现在所有事情都证明……真的是我错了。”苏然的语调很平静，甚至完全听不出刻意压抑的痕迹。但越是平静，越是恐怖，这却令唐宇斌的眉头皱得更紧了。

电梯正巧在这时停下，门缓缓打开，那个五十岁的男人走出了电梯，可剩下这两个好像都没有要走出去的意思，直到电梯的门就要再度关上。

“或许你说得对，是时候出去走走了。距离也许可以让我学着放下——”苏然却突然伸出了手，重新按住开门的按钮，踏出电梯间，走了几步。接着她回身看向亦步亦趋跟在自己身后的唐宇斌，竟然偏头一笑，“你别这么看着我啊，我确实没事！其实很多事情我心里已经有了猜想和准备，只是不见棺材不落泪，直到今天，我才再也不能自欺欺人。早点清醒，也是好事啊！”也许曾经夏磊对她是很好，介乎发小和情人之间的那种好，可如今他找到真爱了，她就不能再幻想他的温情，因为那是她再也触不到，也不该再触到的……

唐宇斌用审视的目光在她的脸庞流转，再三犹豫后，抬手在她肩上按了按，“你真能看开，那我是要替你高兴的。但如果真的想发泄，也别强忍着。”

“我已经发泄过一次了。”苏然指的是那个大雨滂沱的傍晚。

闻言，唐宇斌也沉默了，面上更多了心疼之色。

“真是对不起，我们都已经……还这么麻烦你，让你一直安慰我。”苏然则是在短暂的沉默后，冲他抱愧地一笑，“对了，你有没有什么想要我帮你从杭州带回来的，比如土特产之类的？”

“带东西？不用了。”唐宇斌一怔，随即摇摇头，“杭州我出差也常去的。”

苏然倒是没想到他会拒绝得如此干脆，还以为以他的行事作风，即使原本不需要，也会为了接受她的好意而随意说一样东西的。

对上苏然诧异的神色，另有盘算的唐宇斌却只是奇怪地问道：“怎么了？哪里不对吗？”

“啊，没什么。”苏然干笑着摆摆手，“那我就送你到这里了，你快回去准备开会吧。”

“那好，你自己一个人别想太多。”也没再追问，唐宇斌留下一个清朗的笑容，叮嘱了句，便转身出了写字楼。

想太多吗？前段时间就是因为想太多，才会闹出这么多幺蛾子吧？是时候把那些有的没的的感情都清空，过简单的生活了……苏然收回目光，脸上再也挂不住笑容，深吸一口气重新走进电梯。

第十三章
天各一方人

周四，苏然出发前一晚。

她已经两年没有单独踏出过这个生长的城市了，而且又是在情绪不佳的情况下，不仅苏家二老心里很是替她担忧，苏然自己满怀忐忑。她在秦臻的帮助下收拾着行李箱，听着自己老妈一遍遍的、不厌其烦的叮咛，竟在心里打起了退堂鼓。

可苏然不知道，比起她对这次长达半月远行的踌躇态度，在这个夜晚，城市的某一处，有另外一个人却异常坚定地整理着行装，甚至有些期待地要开启这段旅程……

这个人就是唐宇斌。

挂钟的时针指向晚上七点半，他正慢条斯理地叠着要带去的衣物，目光柔和，唇边勾起一个充满温情的弧度。他的动作幅度不大且极为轻缓，却又带着坚定的力量。

“叮铃铃——”

门铃声却打破了这份宁静，唐宇斌仿佛一惊，从遥想中醒过神来，将手中的衣物暂时放到床上，走出卧房，穿过客厅，从猫眼里看到了一个熟悉的、但却不该在此时此刻出现在他门外的人。

他没有立刻开门，只是将手放在门把上，微微皱起眉，表现出少有的迟疑。

“叮铃铃——叮铃铃——”

门外的人再次按响门铃，这次按得更久了些，可唐宇斌依旧没有动，似乎是在等待对方离开。可对方也有的是耐心，保持几乎相同的间隔频率按响门铃，并不打算放弃，好像料定了他在家一般。

见她这么坚持，唐宇斌低叹一声，扭动门把，打开了门。

门才打开，董孟琴劈头盖脸就是一句：“你就这么怕我？”

“不是……这么久才开门是我的错。”唐宇斌先是无奈地失笑，接着问道，“不过这么晚了，你跑来我家找我，是有什么急事吗？”

“公事不急，但私事有些急。”董孟琴双臂交抱在身前，把这话说得理直气壮，叫人生不起气来，“你不请我进去坐坐？”

“好吧，请进。”唐宇斌略一犹豫，还是侧身让她入内。

以董孟琴的修养，当然不会未经主人同意就在屋里四处走动，更不会直直闯入唐宇斌的卧房，但坐在客厅的小沙发上，她就已经能够窥见卧房里的“乱象”，和那打开着的大行李箱。

“你又要出差了？我怎么不知道？”她怪道。

“不是出差，是休年假。”唐宇斌思忖片刻，没有选择隐瞒她。

闻言，董孟琴的目光一颤，幽幽道：“是确实工作累了，还是想躲着我？”

“不，都不是……我是要陪苏然去杭州，她被报社派去参加培训了。她的近况……不是太好，我怕以她的精神状态，一个人在外地会出岔子。”他见董孟琴一脸受伤，便急忙解释，可解释过后，才发现这个真相也许是对她更大的伤害。自从她知道苏然与他没了可能后，就更加频繁地与他接触，想要安慰、开解他，也想借此机会与他培养感情。他虽然不厌恶董孟琴的靠近，可却尚未把感情从苏然身上收回，所以难免总以回避的姿态面对董孟琴……

“为什么是你？她的那个青梅竹马……”董孟琴先是做吃惊状，进而又问，“夏磊呢？怎么不陪她去？”

唐宇斌抿唇道：“这是苏然的私事，我不应该多说。我只能说，她和夏磊也没能在一起。她很难过，所以想借着这次到外地培训的机会，把对夏磊的感情给忘了。”

“所以依旧没有放弃她的你，打算乘虚而入？”董孟琴的用词毫不含糊，令唐宇斌脸色微变，最终化为一抹苦笑。

“你总是这样一针见血。”

她低叹着摇摇头：“不是我一针见血，是你的意图再明显不过。但我还是要提醒你一句——哪怕你觉得我是站在了自私的立场上泼你冷水，我也还是要说。”

“当然不会。否则，那就是以小人之心度君子之腹了。”唐宇斌冲她笑笑，这是一种无关任何感情的信任与理解。他也曾反思过，自己对董孟琴的想法究竟是什么？如果没有遇到苏然，他们之间又会是什么关系？而到现在，他大约感到从最早接触时，他对董孟琴的定位就更接近于惺惺相惜的同类。所以哪怕没有苏然，他大概也不可能对董孟琴产生关于爱情的幻想。

“好，虽然我不知道他们两个究竟是因为什么原因没能在一起，但我是女人，了解女人。再加上之前对她的接触，我认为她是一个一旦看清了自己的心，就会坚守到底的人，做不到自欺欺人。”董孟琴于是肃色道，“如果有一天，阻碍他们两人的因素消失了，你很可能什么都得不到……”

“这我早有心理准备，我现在只能是赌一把。”唐宇斌轻笑一声，耸耸肩，“如果赌赢了，我得偿所愿。如果输了，反正我从来没有得到过她，也谈不上再次失去。”

“我希望你到时候也能这么豁达。”听他这么说，董孟琴也偏头一笑，“不过这一次可不要太犹豫，快刀斩乱麻，你才有最大的胜算。”

微讶地盯住眼前这个爱着自己，却又为他去追求他人出谋划策的女人，客厅的灯光映照她的脸庞，在这个夜晚，她没有化妆，几乎素面朝天，却依旧有着遮掩不住的神采。唐宇斌心中除了感激与歉疚，似乎还涌起了与以往都不同的感情。

“你不用夸我大度，我只是不希望……这世上和我一样求而不得的人再多一个。”她以为他又要发几声感叹，便抢先起身道，“好了，该说的我都说完了，就不打扰你收拾行李了。”

说完，她就转身往房门处走，唐宇斌只是怔怔地跟在她身后，反应有些迟钝。直到门打开的一瞬间，他才突然喊住她。

“等等……”

董孟琴诧异地回头望向他，眼底飞快闪过一丝期待。

“我是突然想到……你来找我，原本是为什么？”唐宇斌不自然地轻咳一声，与她目光相错。

“你总算能为我想一些了。”闻言，董孟琴嫣然一笑，一副心满意足的模样，“其实是想和你商量一件事，但是……我突然觉得今天不是个好时机，等你回来的时候吧。”

她很少这样卖关子，唐宇斌一头雾水，不解地问：“我这一去就要半个月，不会耽误时间吗？”

“不会，不是需要立刻决定的事情。”她不打算多透露，只是摇头叫他放心，“我心里有数，耽误不了。”

“那好，回来以后，我会主动联系你。”唐宇斌见她坚持，也不好再深究，“如果随时有需要，打我电话也是一样的。”在他的印象里，会让她登门找自己商量的事情，定然不是普通的小事，只是不明白她为何会“临阵退缩”。

“好，我会的。那……祝你一路顺风！”董孟琴觉得今晚的唐宇斌对自己的态度和以往有些不一样了，可又说不上具体是哪儿不同。

告别之后，唐宇斌遵从他一贯的绅士习惯，坚持将她送下了楼，看着她的车子消失在夜幕中，才转身回家。只是当他继续收拾行李时，心却已不再平静，被他所刻意忽略的忐忑与不确定，还有他“乘虚而入”的自私，都在董孟琴的提醒下变得无处遁形。他深深地明白，苏然根本没有放下夏磊，可唯有趁她心态不稳时，他才有一线希望，哪怕……

反复思忖着，唐宇斌在将行李箱的拉链完全拉合的那一刻，于心中做下一个决定，一个连他自己都没有预料到的决定……

周五的午后三点，苏然拖着行李箱，背着一个旅行包，朝小区外走去，准备打车去机场。原本她的爸妈坚持要送她到机场，可她却不乐意在机场和秦臻上演挥泪道别的戏码，毕竟只是去培训半个月而已。

才走出小区外一段路，一辆熟悉的车就稳稳地停在了苏然面前，车窗是打开着，唐宇斌笑望着满脸惊讶的苏然。

他很快下车，不容分说地接过苏然手里的行李箱，放到了汽车的后备箱中，然后替她打开副驾的门。

“来，上车吧。”

“好。谢谢。”苏然想着，既然人家都已经来了，她也不必矫情地让他回去，不如承了这个情。于是她没多犹豫和推辞，就钻入车中，把背上的包放下抱到身前来坐着。

见她并不排斥自己相送，唐宇斌如释重负地一笑，坐入车内，启动了车子，向机场方向驶去。

“你怎么知道我这时候走？”总看窗外风景也很无趣，苏然随口问道。

“你给我看机票的时候，我记下了。”不知是不是错觉，她觉得唐宇斌笑得很是得意，“不过没想到你提早出门的时间比我想象得还要早十分钟。你要是再走远一点，恐怕我就要错过了……”

苏然点点头，又问：“你是又找了见客户之类的借口还是公司放假？”她猜是前者。谁知唐宇斌却潇洒地吐出了三个字：“都不是。”

都不是？这个答案就让苏然摸不着头脑了。总不会是……失业了吧？她的想象力一开动起来，就刹车不灵，于是忍不住用同情的目光望向他。

感到身边人投来的目光不太对劲，唐宇斌飞快地扫了她一眼，嘴角一抽：“你这是什么表情？你不会是以为我被炒鱿鱼了才这么清闲吧？”

苏然吐吐舌头，“我知道应该不是啦。”不着边际的猜想被戳穿，她也不好意思再针对这个问题追问下去了。

而唐宇斌见她不问了，竟然也不打算主动回答，于是车内忽然安静下来。苏然本身情绪就不高，也就不再没话找话，再次扭头望向车窗外不断后退着的行道树，感觉就好像自己与夏磊的距离一般，越来越远。可在地理坐标上的距离再远，只要心意相通，也无妨。最可怕的是，两人分明是在同一个写字楼中，心却相隔太远，成了天各一方之人……

一个小时后，车子到达机场。苏然乘坐的班次是在六点，现在时间还早，有足够的时间办理各项登机手续。

“谢谢你送我来，剩下的事情我自己就可以了。”苏然看了时间后，想伸手从唐宇斌手里接过自己的行李箱。

然而从后备厢里拿出苏然行李箱的唐宇斌却一扭身，把那她行李箱放到了另外一侧，让她够了个空。对此他也不解释，而是继续弯身下去，竟又取出了另一个大行李箱，一并放到了地上。

苏然一时间不知道他葫芦里卖的是什么药，奇道：“这是什么？”

“行李箱啊！”唐宇斌理所当然地回答，却答非所问。

“不是……我的意思是，怎么又多了个行李箱？”苏然又有了个猜想，“哦……难怪你能不上班出来，也是要出差吗？”

唐宇斌也没纠正她，只是爽快地点点头，“是啊，正好和你去一个地方，坐同一个班次的飞机。”

“都一样？”苏然狐疑。

“行了，想那么多做什么？你以前可不这样瞻前顾后的。”唐宇斌借手里的动作避开了与她四目相接的机会，把一切都处置好后，就一手拖着一个行李箱，自顾自抬脚往里走，“快跟上我！”

是啊，她已经尝到了自作多情的恶果，还是能不想就不想吧……苏然于是甩甩头，把满腹的顾虑都暂时压下，小跑着跟上已走出几十米远的唐宇斌。

苏然乘坐飞机的次数很少，上一次还是在一年前，所以有唐宇斌这个熟门熟路的人在身边帮衬着，还是省下了不少麻烦事。登机时，她发现自己与唐宇斌的座位本不在一起，自己身边坐着的是一位中年妇女，但也不知唐宇斌与那名妇女低语了什么，对方就二话没说，和他换了座。起飞后，苏然问他，他也不肯透露。

“你订酒店了吗？”他转移开话题。

“当然。我看了培训的地点，挑了家比较近的荣耀连锁酒店。”苏然点点头，表示这点功课她还是提前做好了的。

闻言，唐宇斌只是发出几个无意义的单音。见他如此反应，苏然诧异地挑眉看向他，“怎么了？这家酒店有什么问题吗？”

“你的房间号是多少？”他不答反问，而且问得太果断，太干脆，太理所应当，让苏然想都没想，就出于照实回答问题的本能，房间号脱口而出。

可话音刚落，她就懊恼地捂住嘴，有些气愤地瞪视着唐宇斌。

“只是问个房间号，方便串门而已啊。”唐宇斌好笑地拍了拍她的脑袋，用哄人的语气说道，“别生气。”

这一亲昵的举动却让苏然忘记了气恼，急忙移开目光，调整了自己的姿势，似乎是要与他划清界限一般。唐宇斌见她如此敏感，微微抿唇，也不再吭声，并提醒自己不要操之过急。于是两人之间又再次陷入沉默。

但旅途难免沉闷无聊，没有飞行经验的苏然除了能翻看飞机上自带的一些杂志与广告外，别无其他打发时间的手段。随着时间的推移，那些广告让她越发犯困。可唐宇斌就不同了，十分老到地起身从行李架上的商务包里取了本书来看，精神依旧。

所以三十分钟后，睡熟过去的苏然被唐宇斌用手轻轻一扶脑袋，就靠在了他的肩上，而完成这个动作的唐宇斌，则继续维持一个姿势不动，坐得笔挺地看书。若说有什么不同之处，那便是他似乎有些心猿意马了，视线也很难再集中在书本上，而是时不时地会漂移到那略显憔悴的脸庞上，流连不去……

“苏然，苏然？”

不知道过了多久，迷迷糊糊中听到有人喊自己的名字，苏然才睁开眼，发现自己竟睡着了！

“已经到了。”睁眼的瞬间，映入眼帘的就是唐宇斌那双笑起来更显温雅气质的眸子。

听了他的话，苏然这才环顾了机舱一周，发现乘客都在陆陆续续离去，连忙挪开脑袋，直起身，但睡了一路，神情还是有些呆呆的。

“哦，好，那我们也快下去吧。”苏然还没有太搞得清楚状况，迷迷糊糊的。

“嗯，行李我来拿。”唐宇斌深深地凝视她片刻，像是把她初醒时娇憨的模样记取在心后，才移开目光，起身拿行李，“你先下去等着我。”

知道机舱狭窄，自己去拿行李反而会添乱，苏然便低低应了一声，率先离座，在机舱外面等他。

很快，唐宇斌就拖着托运和带上飞机的行李冲她走来，笑道：“走吧，天色不早了，先直接去荣耀连锁酒店吧，我的肚子还真有些饿了。”

此时已经是晚上七点。

苏然不禁摸了摸自己的肚子，腹中空空，只是……

“你不用陪我去荣耀了，你也早点去你订好的酒店休息一下，吃点东西吧。”从睡醒时的情状来判断，苏然知道唐宇斌一定全程都保持一个姿势让她靠着睡。

“谁说我是陪你去？”唐宇斌却语出惊人，丢下这句话就率先往机场外走，料定苏然会跟上。

果然，只是一愣，苏然就赶忙追了上去，毕竟她的行李都在他那里呢！

机场里人来人往，想打车却也不容易，两人愣是花了将近二十分钟，才比别人率先拦下一辆出租车。

“师傅，去荣耀连锁酒店。”唐宇斌把行李放好后，随着苏然一起坐进去。

司机二话没说，就利索地调头，驶出机场。

“对了，你刚才说‘不是陪我去’是什么意思？难道你也恰巧和我订了同一家酒店？”有了唐宇斌的亲昵之举在先，苏然不得不多想。

“这个倒不是，我听你订的是荣耀，所以就在刚才去取行李的时候，也订了这家。”这次他承认得很坦率，没有拿巧合来掩饰。

苏然蹙眉，“唐宇斌，你不能……”

“嘘。”他做了个噤声的动作，压低声音，有什么话我们等吃完晚饭再说？我第一次向你表白就是在出租车里，结果……”说到这里，他无奈地耸耸肩，“所以我现在能不在出租车里说事就不说。”

此话一出，苏然果真哑炮了，只能胡乱点点头，就垂下脑袋不再开口了。唐宇斌知道这是她对他的歉意在作祟。这一招如此好用，他心中不知是喜是悲……

晚上八点一刻，依旧有人下到酒店大堂享用晚餐，其中就包括苏然与唐宇斌两人。

由于荣耀连锁酒店与机场的距离不是很远，所以大约在三十分钟前，两人就已经出现在酒店大堂内。这家酒店的规模一般，生意也一般，所以办理入住手续的大都三三两两出现，不需要排太久的队。再后来，办理好手续后的两人领过房卡，乘电梯上了三楼。苏然现在确定唐宇斌一定是故意的，居然就住在自己对面，却也不好让他换个房间。加之两人从下午开始就在路上奔波，飞机上的盒饭也没有吃，现在确实已经饥肠辘辘了，苏然只得先不计较，与唐宇斌选择了一个僻静的两人位，先点餐吃饭，然后再谈其他。

桌上的饭菜入腹过半后，苏然也放慢速度，喝上几口汤，抬起头瞥了眼坐在对面的唐宇斌。他依旧坐得端正，一丝不苟地进餐。

最开始，苏然停止吃饭的动作似乎并没有引起唐宇斌的注意，直到被她盯着看了许久，他才抬头擦嘴，笑吟吟地回望她，知道她是忍不住要和自己好好谈谈了。

“你根本不是要出差，对不对？”苏然对上他的视线，直截了当地问。

“对。我只是请了年假。”他点头承认。

“所以从一开始你就想好了，和我一起到杭州来，甚至要住在酒店的对门？”苏然头疼地扶额。

这其实也是多此一问，但唐宇斌还是认真做了回答：“是，从我看到飞机票那刻开始，我就开始计划。我想借此机会，重新追求你。”

“唐宇斌，你这样不行——”苏然拉下脸，严肃地说，“你明明知道我……”

“是，我知道你心里装的是夏磊，可你也分明知道夏磊现在已经和周小宁在一起了，还不是一样不死心？”他打断了她。

苏然偏过头，冷声道：“我早晚会死心，只是时间问题。”

“那这样更好，你既然迟早会忘了他，那为什么不从现在开始重新尝试接受我呢？”唐宇斌摊摊手，笑问。

“这是两回事！”苏然再次看向他，苦口婆心地劝着，“宇斌，比起我，你更应该尝试和董孟琴多接触，别辜负了她。”

“那如果我劝你，比起夏磊，更应该尝试多和我接触，别辜负了我，你能做到吗？”

唐宇斌把这个问题原样抛回，换来的是苏然抿唇沉默。

“所以你看，”于是他耸耸肩，面上与眼底仍保持一致着温和的笑意，感叹道，“我们都很固执，谁也劝不了谁……”

长长地吐出一口气，苏然再次开口：“可我不想欠你更多。”

“第一，你没欠我什么。我说过了追求者都应该做好失败的准备，不是付出就能得到回报，尤其在感情上。第二，你怎么就料定自己这次一定会拒绝我呢？”唐宇斌以一种志在必得的姿态与她进行着一场“谈判”。

“不是付出就能得到回报，你分明是知道这个道理的，那又何必……”苏然摇摇头。

“知道归知道，但这并不代表我会拒绝付出。”他感到自己渐渐占了上风，想乘胜追击，“你也说过，这一趟来是打算学着放下，那么试着转移心思到我身上，不好吗？”

他的恳请苏然不是第一次听，可每次听时的心情却一次比一次复杂。

见她的神色变得迷茫，唐宇斌索性狠下心给她下了猛药，沉声道：“苏然，别忘了你那天在走廊看到的。难道才过了这么几天，你就想继续自欺欺人了？你还要为那个捉弄你感情，让你沦为自作多情的可怜虫的夏磊伤心难过？他口口声声说的那些不必当真的东西，你还要当真多久？”

面对这一连串把她的伤疤撕得鲜血淋漓的质问，苏然脸色刷的一白，双唇颤抖着说不出话来。这两天，她多么努力才让自己忘记那一幕，忘记夏磊说出的每个伤人的字眼！为什么？为什么要来提醒她……

瞪着他，苏然知道自己没有理由指责唐宇斌，因为他句句在理，所以她只能逃避。只见苏然霍地一下从椅上弹起，准备跑开，却被随之起身的唐宇斌牢牢地拽住了胳膊，无法挣脱。

“对，我承认我就是想继续自欺欺人，我好不容易看清了自己对他的感情，这么多年……我舍不得不当真！每晚每晚，我都想方设法为他找各种理由开脱，哪怕再牵强的借口，我也会拿来骗自己，只为了能让自己心里好受一点……”

泪水再也抑制不住了，她甚至顾不得还在公众场合，就那么丝毫不顾忌形象地喊了出来。

唐宇斌紧皱着眉，凝视她，眼底满是心痛，最终还是走上前半步，轻轻环抱住她，一下下拍着她的后背，向她道歉。

“对不起……我不该这么自私地刺激你。”

这个拥抱让苏然情不自禁地又记起了那个受惊的夜晚，夏磊也是这样小心翼翼地拥着她，安慰受惊的她，那晚的拥抱让她明白了自己对他的感情并不单纯……

想到自己再也不可能拥有那样令她安心的怀抱，苏然的情绪更是在瞬间溃堤，哭出声来，声声都浸透着伤心的泪水。

“苏然，苏然……对不起……”唐宇斌懊悔之意更浓，他知道此刻任何的言词都是苍白的，所以只能等她发泄完情绪。事实上，自那个傍晚后，他就一直想让她再发泄一次，而不是压抑着自己内心的感情，装作若无其事。今天虽非他本意，倒也成全了这场失声痛哭的放肆。

也不知过了多久，苏然的嗓子变得嘶哑，也哭得有些筋疲力尽了，便渐渐平静了下来，只是止不住地抽泣，连她自己都无法控制。

察觉到怀中的人儿止住了哭泣，唐宇斌方才不舍地放开她，退后半步，抽出纸巾递给她。

“别哭了，否则明天培训讲座上就见不得人了。”他温声道。

“又不是我上台演讲，在底下坐着谁会注意，都不认识……”恢复理智的苏然接过纸，胡乱擦了擦脸上残留的眼泪，低声反驳。

看到她有心思回嘴，唐宇斌就松了一口气，问：“感觉好些了吗？真的很抱歉，我不想让你难过，可又惹了你……”

“其实你说的都没错，是我自己没有勇气面对现实。”苏然摇头。

“那这半个月，让我帮你找到那份勇气，好不好？”唐宇斌始终没有放弃初衷，上前执起她的手，“把另一个人放在心里，是赶走之前那个人最好的办法，不是吗？”

这一次，苏然发现自己没有力气再推开他。

“或许吧……”

闻言，唐宇斌双眼大亮，握着她的手又加些了力道，做出郑重的承诺：“不管什么时候，只要你还需要我，我都不会放弃你！”

“谢谢你。”苏然避开他含情脉脉的目光，只是低声道谢。

唐宇斌又何尝不知，想让苏然对夏磊放手，继而接受自己的追求是需要一个漫长的过程的。如果苏然是个转头就能投向他人怀抱的人，那就不是他所欣赏、所爱上的那个苏然了。

不再言语，他牵着她穿过半个大堂，坐电梯上了三楼，把送她到房间门口。

“哭也哭累了。今晚就什么都别想，先好好休息。”他柔声叮嘱她。

“嗯。”

这一声回应带着浓重的鼻音，唐宇斌听在耳里却觉格外悦耳，竟一时也忘了移步，直到苏然略显尴尬地和他道了声“晚安”作为提醒，他才回神，万分歉意地祝她好梦后，才转身走到过道对面，打开自己的房门入内。

在苏然关上房门的那一刻，同时传来对面门落锁的声音，她的心莫名一颤，却不知自己为什么而惊慌失措。她直觉自己做错了什么，可疲惫裹挟着倦意袭来，让她甚至没有心力细细思索，就倒头将自己砸在了床上，昏昏沉沉地睡去。

梦里，她甚至模模糊糊地想着，多么希望可以一直这么放空一切地睡着，可一梦醒来，她知道该面对的仍要面对，该继续的工作与生活也必须继续。就像是这次的培训，尽管哭过之后的第二天再疲惫，她还是在唐宇斌的相陪下，准时抵达会场，强迫自己全神贯注地听完整场……

而之后的培训讲座，密度很大，几乎是隔天就有一场，每场的时间也很长，从上午八九点持续到午后的三四点。唐宇斌自然不放心她一个人，总陪着她出入酒店与会场，偶尔也会在她精神看起来不错时，带着她到杭州的一些著名景点转转，散散心。

有唐宇斌在，苏然完全不需要为自己的行程操心。他每天都会替她安排得井井有条，劳逸结合。而她的心也因为这样有条不紊，按部就班的生活变得平静。这样的日子没有任何激情与惊喜，也再没有往日与夏磊斗嘴玩闹的热闹，但心灰意冷的苏然却未觉有任何不好。相反，她喜欢这种心如止水的感觉，并以此来避免伤害……所以这半个月以来，她什么都不愿去多想，也不做任何决定，只听从唐宇斌的安排去做每件事，甚至想要尽可能在这座陌生的城市多停留一段时间。她心底清楚地知道这不是长久之计，不真实的生活早晚会结束，然而她没料到的是，接下来的事情远比她想的还要不真实……

“苏然。”在培训结束前一天的晚上，唐宇斌敲开了她的门，一脸郑重。

“怎么了？”

她以为出了什么事，却见他突然单膝跪地，同时将背在身后的手高举过头，然后冲她柔声笑道：“苏然，嫁给我吧？”

这是他第二次向自己求婚，比第一次更有仪式感，也更正式——他手里举着的是钻戒。

“你先起来！”苏然急忙探出脑袋看了看走廊两边，好在没有人路过。她不明白唐宇斌分明是个稳重的人，可为什么在求婚这件事上，每次都能给她“惊吓”呢！这种节骨眼上求婚，他当真什么都不考虑，什么都不在乎了吗？

唐宇斌倒也没赖着不起，听从苏然的指示，直起身，站在门边，问她：“你答应了？”

“宇斌，你明明知道我现在还不能——”

“我知道，你还忘不了夏磊。”他抢过话来，似乎全不介怀，“但没关系，我们结婚以后还有一辈子的时间。”

他不介怀，可苏然会在意。

“不行，如果我答应下来，是害了你。”她摇头拒绝。

“这些天和我相处，感觉不好吗？”唐宇斌却突然跑题般问了句。

苏然不明所以，沉吟片刻后才回答说：“当然没有不好，你对我的照顾，我都明白。如果不是你跟来，我过得可能会比现在糟糕许多。”

“这就对了。”唐宇斌勾唇，深情地凝望她，“既然如此，和我结婚后的每一天都可以像在杭州的这段日子一样，凡事你都可以交给我，不用操心。我愿意就这样照顾你一辈子……”说着说着，他牵过尚在怔忪间的苏然的手，想要为她戴上戒指。

眼看戒指就要触到苏然指尖了，她却打了一个激灵，猛地抽回手，后退半步。

“宇斌，你会后悔的……”

见她如此，唐宇斌的眼神暗了暗，低声轻问：“能和你在一起，我没有理由后悔。只是你……我虽然怕你以后会后悔，但却更怕你现在不肯答应我的求婚，让我连阻止你后悔的机会都没有……”

任谁都听得出他此刻的失落，苏然咬唇，“所以我们不要去冒这个险，好不好？”她不能因为一时贪恋他对自己的照顾，贪恋这种被人爱而不是被人伤害的感觉，就违心地草率应下他的求婚，这是害了他。

“不好！”可唐宇斌的回答却异常坚决，“没有冒险之前，谁都不知道结果是好是坏，哪怕只有百分之一的可能，我都不愿意放弃。”

“那我来帮你放弃。”苏然说着，竟狠下心将他往门外一推，准备关门。

唐宇斌的反应倒也是快，当即伸出一只手将门撑在半开的状态，在门后露出半张脸，直视着她。

“苏然，”他细细打量着她的脸庞，眼底涌过无数复杂之色，最终归于平静，“听我说完最后一段话，听完之后，你再做决定，可以吗？”

要关门的手缓缓松开，落下，苏然微讶地回望他，直觉告诉她，唐宇斌接下来要说的话将与之前的有着截然不同的意义。

而之后从他口中吐出的每个字、每个词和每句话，都像是砸在她心湖中的石子，让她彻底乱了阵脚……

唐宇斌的话说完，两人之间就开始了长达十几分钟的相对沉默。直到他不由分说地拉过她的手，将戒指放在她的掌心，再将她的手握起："拿着它，在回去之前，给我一个答案。"

留下这句话，他又弯腰在她的指上印下一吻，便转身回房，给苏然足够的空间和时间去思考，去做决定。

看着他房间的门打开又关上，他的背影消失在门后，苏然有些僵硬地低下头，看着自己还直直伸在半空中的手。掌心中有一点冰凉，是钻戒的温度。她突然想到一个很奇怪的问题，方才唐宇斌一直拿着钻戒，却怎么没将它焐热呢？

但很快她就甩甩头，抛开了这个可笑的问题，把门关上落锁，倒在床上，张开手掌，举起钻戒，盯着发呆……不知道过了多久，眼皮越发沉重，苏然的耳边却还是不受控制地一遍遍回放着唐宇斌刚才说的每一句话，像是在不断说服她一般，直到她再也撑不住，彻底沉入梦乡。

次日清晨，苏然被射入窗户的晨曦照醒，发现钻戒就落在自己的枕边，在阳光下反射出耀眼夺目的光芒。

她再次拿起钻戒，坐起身，仿佛下定决心般咬唇，将钻戒套在了左手的无名指上。而在此之前，苏然虽从未对婚姻产生过过分浪漫的幻想，却也万万想不到，求婚戒指是由她亲手给自己戴上的。

苏然举起左手打量了几眼，接着便自嘲一笑，起身洗漱，再趁着将早餐叫来房间的空当，整理起行李箱。回程的机票是在午后起飞。其实接下来就是周末，不必去上班，她没必要一定要趁着周五下午离开。但一来她归心似箭，很想回到自己温暖的小家中，与父母团聚；二来呢，她也不希望因为自己的任性逃避，让唐宇斌这个大忙人有班不能上。

“叩——叩——”

整理了十来分钟，听到敲门声，苏然以为是送餐的服务员，却是发现端着早餐盘的是唐宇斌。

“怎么是你？”她让开身请他进来。

“我醒得早了些，就下楼吃了早餐。上来的时候碰到服务员，正巧是给你送早餐的，就把人家的活儿给抢了。”唐宇斌进屋，把早餐放到桌上，余光瞥见一旁地上的行李箱，“在整理行李了？需要我帮忙吗？”

她突然想到自己方才在放的好像是……

“不、不用——”说着，苏然急忙往行李箱前一挡，摆着手，有些结巴地应了句。

唐宇斌一怔，随即才回过味来，刚才那一眼自己好像是在半开的行李箱里看到了点不该看的……

“咳咳，”于是他也有些不自然地低咳了声，目光移开，却在看到苏然左手上的钻戒时，迸发出惊喜的光芒。这一刻，他已经完全把尴尬抛诸脑后，大步上前，一脸喜出望外，“你、你答应了？！”

“你不是说……我一定会改变心意的吗？”苏然看着他欣喜若狂的模样，当下又打起了退堂鼓，“而且你明明知道很可能是因为……不，还是算了……”她说着，就要把戒指重新取下，却被唐宇斌死死抓住了手腕，不得动弹。

“不要，”他说得又急又慌，“不要摘下来……哪怕只是一个梦……我也心甘情愿。况且你最后未必不会选择我啊！至少我加入到了你的选项中，不是没有机会的。无论你最后如何抉择，这样的决定，最后我们都不会后悔，不是吗？”

对上他灼热、急切又充满期待的目光，苏然终于还是放弃摘下戒指，轻轻颌首。

“好，我明白了。我不会再中途反悔，你放心。”她知道事已至此，他们两人的执念都太深，必须有一个了结。

见她松口，还给出了承诺，唐宇斌如释重负地一笑，“好！那一回去，我就开始着手准备，争取尽快。这些琐事你都不必担心，就只有一件事……我们双方的父母得见个面。”

“嗯，”她再没任何意见，浅笑起来，“我都听你的。”

唐宇斌略有些迟疑地伸出手，先是抚上她的侧脸，温情地凝视着她，接着又将她小心翼翼地揽入怀中，发出一声喟叹之后，便久久无言。

苏然何尝不知这一声叹息中隐含了太多的用情、太多的无奈、太多的难以割舍，和太多太多其他更加复杂的感情。可她终究还是害怕，自己会让唐宇斌失望啊……

尾声

此爱不晚

正如唐宇斌之前承诺的那样，从杭州回来后的万事都不需她操心，除了两家人见面吃饭当天，她需要到场。不过唐家二老和苏家二老之间，到底也算是朋友的朋友，又即将成为亲家，所以聊得甚是融洽，全不必两个小辈来费心。

当日苏然刚回家，宣布自己要和唐宇斌结婚的这个消息时，秦臻和苏寓一开始也是百般不赞同。结婚这么大的事情，女儿的决定却如此草率，恐有赌气之嫌。但真到了双方父母见面时，他们还是选择尊重与支持自己女儿的决定，没再说一个“不”字。而至于唐宇斌的父母，一早就盼着他能快些结婚了，自然也是一万个乐意。于是在饭桌上，两家人当场就敲定了婚宴的时间就在半个月后，结婚证可以在婚宴前一周领好。具体的事情，都交给唐宇斌来操办。对于这个决定，苏然与唐宇斌两人也都没什么意见。

苏然本以为在那之后就需要去试婚纱，拍婚纱照，可唐宇斌却从未提及此事，只是先做好了请柬，连带着喜糖一并提前发到了报社的办公间。

“哇——我早发现你这次从杭州回来不一样了，还戴了个钻戒，敢情是真要结婚了啊？！”沈雅拿起一颗软糖，丢进嘴里，边嚼边对被同事们包围起来的苏然说。

“嗯，也是不久前才决定的。”苏然对此只是回以清浅一笑，却不似寻常快做新娘的人那般羞臊。

这会儿正是午休时间，有这等喜事，大家自然都乐意凑凑热闹。

“是啊，是啊，怎么这么低调？都不提前说一声，突然一下请柬和喜糖就都有了！”

“呀，在这家酒店办婚宴，费用不低吧？男方条件不错啊！”

“恭喜你啊，苏然……”

众人七嘴八舌，你一言我一语地说着，喜糖很快就分完了，请柬也一人一份地拿在了手里，最后只剩下两张还在桌面上摆着。

“哎？周小宁，夏磊，你们两个怎么不过来拿？”其中一个同事眼尖地发现站得有些远的两人，“不会是怕出礼金吧？哈哈……”

被点名的两人自然只得上前，周小宁伸手把两张请柬一起拿起，扫了眼，皮笑肉不笑地说：“恭喜你，嫁得不错。”

夏磊则在一旁默不吭声，却不知怎的红了眼。

“谢谢。”苏然淡淡地瞥向他，然后对周小宁客气地道谢，并发出邀请，“欢迎你们一起来。”

这回周小宁还来不及答话，却是夏磊抢过，笑着应下：“我们会的。如果小宁能接到捧花，说明她是时候嫁给我了。所以当然要去沾沾你们的喜气。”

“哇——居然又坐实了一对！”

“你这什么用词啊？听着这么难听……人家早就是一对了，只是终于对外宣布了好吗？”

“真是不错，看来很快又有喜酒喝了……”

众人哪里知道这其中的曲折，只是一味高兴，而周小宁的反应却十分古怪，竟是在夏磊的话音落下后煞白了脸，可不过眨眼的工夫，她望向夏磊的眼神中又多了几分狂喜。最近这段时间，夏磊对自己不再冷言冷语，似乎渐渐接受了她，周小宁以为夏磊终于被自己的用心所打动，但也万万没敢奢望夏磊会当众对自己表白，还说要娶她。所以慌张只是一瞬，更多的是惊喜。

“你说的……是真的？”苏然哪里能注意到这些，只是死死盯着夏磊，想把那张笑脸撕开。

“当然是真的。”夏磊牵起身边周小宁的手，扭头看向她，“小宁这次回来后，虽然最初还有误会，有不愉快……但是这些日子相处下来，我知道她是真心爱我的。”

苏然强撑着不让自己声音发颤：“原来如此，那祝你们幸福。”

“多谢！”夏磊冲她微微颔首过后，就牵着周小宁离开了，“我们走吧……”

被感动得一塌糊涂的周小宁自是没有二话，顺从地挽过他的手臂，随着他走远。

“哎呀，热闹也看够了，大家都散了吧，散了吧，让准新娘回她自己的办公室和新郎通通话嘛！”沈雅却瞧出苏然的情绪不对头，于是招呼着众人散开，然后拽着苏然往她自己的办公室方向走去。

一边走，沈雅还一边压低声音问道：“苏然，你和夏磊还有周小宁……不太对劲啊！别告诉我是三角恋这种老戏码啊？！”

苏然摇摇头："哪来的三角？你想多了。"自始至终，都没有她苏然的存在，是她想多了……

"那就好。"沈雅审视她几眼，拍拍她的肩膀，"都快要结婚的人了，就别想太多了，安心等着做个美丽的新娘吧。"

"是啊，我明白。"苏然有些感慨地应下。话刚说完，正巧就走到了办公室的门口，"要进来坐坐吗？"苏然问沈雅。

沈雅摆摆手，爽朗一笑，"不用啦，你好好休息吧，结婚也是件体力活儿啊！婚宴我一定会去的哦！"说完，调皮地扬了扬手里的请柬，转身走了。

"好，谢谢。"苏然情绪也不高，就没有再邀请，目送她离开后，就推门走进办公室。

关上门，她缓步走到办公室中央，环顾这个房间，这个本应该令她感到兴奋与骄傲的独立办公室，此刻却让苏然感到阵阵的落寞与失意，没有一点人气。或许人生就是如此，职场和情场很难同时得意吧。

举起左手，对着光线射来的方向，无名指上的钻戒折射出的刺眼光芒扎得她的眼生疼。一滴泪从眼角悄然滑落，是今日夏磊给她的死心……

时光飞逝，撇开那一日发喜糖与请柬时的波澜，苏然的生活过得还是一如既往的平静，唐宇斌不论多忙仍是定点定时地来接送她，没有任何特殊之处。以至于当领证的日子到来时，站在小区外等唐宇斌的苏然才警觉到，两人的关系在这似水平澜的日子里竟已走到了最后一步……

这是唐宇斌难得一次迟到，苏然在路口处张望了好几回，神色复杂地盯着自己的脚尖，不知在想什么。

大约又过了五分钟，苏然的手机振动起来，是唐宇斌打来的电话。

“苏然，我公司临时开会，没办法去接你了，你直接到民政局等我吧。我尽快来——”

“啊？喂——”

他只说了这么一句，就立刻挂断了电话，似乎急着去开会，这让苏然感到一阵措手不及。让她自己去民政局，可她……鬼使神差地，翻开了通讯录，盯着夏磊的名字发呆，退缩之心更难抑制。也恰巧就在这时手机又振动起来，这一次屏幕上显示的是“夏磊”两个字。

迟疑片刻，她接听了电话：“夏磊……”

“我送你去民政局吧。”手机那头传来久违的低沉男声，让苏然甚至没有心思诧异他是怎么知道唐宇斌来不了的。

她苦涩地应下：“好……”

得到她的同意，夏磊只是“嗯”了一声，也不再多说，就挂断了电话。而苏然则听着听筒里不断发出的忙音，瞪大了眼睛，不敢落泪。为什么在这时，他又要来招惹自己呢？她已经逃避了这么久……可苏然也知道，这是自己必须要去面对的一关。

于是她缓缓地将手机放下，收入包中，继续垂首等着。

“嘟——嘟——”很快的，耳旁传来汽车的喇叭声。苏然一抬头，果然是夏磊开着桑塔纳来了。

夏磊摇下车窗，面无表情地冲她招手，简单吐出两个字：“上车。”

尽管对他的冷淡早有心理准备，可苏然还是心中一揪，半晌才抬起步，飞快走上前，以最快的速度打开车门钻了进去。夏磊看都没看坐进来的她，目光始终直视前方。苏然悄悄扫了他好几眼，都不见他的面色有什么缓和，心中更是痛苦难过。她不明白，就算不能做恋人，为什么就连最初的欢喜冤家也做不成了？他现在已经……这么讨厌她了吗？甚至连一个笑容都不屑给她了吗？

不敢再往下想，苏然急忙深吸了几口气，扭头看向窗外，生怕眼底的泪光会被他察觉。可这个动作才做出，她又不禁在心里自嘲，到了今天这个地步,，夏磊恐怕早已不会在乎她的眼泪了……

“嘎——”

就在这时，随着一声刺耳的刹车声，桑塔纳猛地停了下来！

克服掉向前的惯性，勉强坐稳的苏然惊慌地转过头，“怎么了？”

“应该是又抛锚了吧，”夏磊耸耸肩，竟然露出一丝笑来，“看来这老伙计是不同意你和唐宇斌结婚啊。”

“什、什么……”苏然直觉他这话不简单。

果然，夏磊肃色问道：“你真的决定和唐宇斌结婚？确定以后都不会后悔？”

愣愣地注视他几秒，苏然感到再也藏不住心思，突然泣不成声：“我、我……”她怎么可能不后悔？只因为他这一问，她现在就快要后悔了！

看着她的情绪终于爆发，夏磊温柔地环抱住她，将下颚抵着她的额头，轻声问：“那你愿意不愿意和我结婚？”

“夏磊，你知道自己在说什么吗？”苏然想推开他，却被他牢牢圈住，于是只得提高了音调，“你当着所有人的面说要娶周小宁，现在你又来对我说……对我说要娶我？你非要捉弄我到最后一刻吗？”

“不！不是这样的……你听到的，看到的，都不是真的！”夏磊急切地解释着，“从周小宁回来的那一天起，我所做的一切就都是假的！”

苏然只觉脑袋里轰的一声，过往种种都混成了一团糨糊，“你这话是什么意思？”

“其实周小宁和我表白那次，我虽然当着大家的面接受了，可一回头我就拉她去单独谈心，告诉她，我不爱她。可她坚持要试试，我当时又……又确实气你和唐宇斌在一起，所以就应了下来。后来你要和唐宇斌摊牌，拒绝他，我就立刻找到周小宁把话说清楚。结果周小宁说她早就察觉到了我爱的是你，她很愤怒，说早晚有一天，会让我们加倍奉还她所受到的羞辱。那时我还以为这只是她的气话，却没想到这次她回来，竟然攀上了咱们报社的社长……”

他虽然说得含蓄，但苏然联想到周小宁能顺利复职，还能被重用，坐上代理首席记者的位置，也就知道这所谓的“攀上”是什么含义了。

“她找到我，用你升职的事来威胁我。我知道你很爱这份工作，好不容易这半年一过就要当上首席记者了，不能在这个当口为了这种事情而……所以我就……”

话说到这份儿上，苏然还有什么不明白的呢？她万万没想到这种狗血的戏码会在自己身上上演。

“但是你完全可以告诉我啊！为什么要搞得这么悲

情？！害我伤心难过这么久……还、还彻底死了心，答应和宇斌结婚！”这次她用手在夏磊心口前一撑，成功与他拉开些距离，抬头，怨念的小眼神直直地看到了他的眼底里去。

“如果我告诉你，依照你的性子一定会很不屑，还极有可能辞职不干，对不对？”夏磊挑眉，一副“我最了解你”的模样。

“大概……是这样吧。”苏然脸一红，却不得不承认他说得没错，“但是即使辞职也没什么啊，我还可以去别的报社，再重新找一份工作就是咯。”

夏磊则摇摇头，“就算要跳槽，也应该以首席记者的资历跳槽，否则你出去就又要从头开始。况且，我分明暗示过你，让你再耐心等等，谁知道你去了一趟杭州就——”

“和去杭州一点关系都没有！还不是你……你那天在走廊和周小宁搂搂抱抱，那么亲密……”苏然气结，“哪有一点被威胁的样子！完全是心甘情愿嘛！”

“搂搂抱抱？”夏磊沉吟片刻，才回忆起来，苦笑着举起双手，“冤枉啊！那天不是社长来视察吗？我才故意在从电梯出来能看到的地方，拼命拉着周小宁‘秀恩爱’，希望社长能看到。只要惹得社长对周小宁不满，她没了靠山，也就威胁不到我们了，谁知道被你看去了……”

苏然恍然大悟，“哦……我之前就奇怪，为什么周小宁在报社里和你一点都不亲近，原来是怕风声会传到社长那里啊！还有那天……我想起来了，我后来一气之下和一个出电梯的人擦肩而过，那人好像就是社长啊！”

“是，包括你发请柬那天，我也是故意公开说的。”

夏磊耸耸肩，“我也是花了很大功夫才骗过周小宁，让她以为我是真心接受她了。这不，那天过后，她就不再刻意避嫌，也不再讨好安抚社长了，社长这座靠山自然就把她给踢开了。”

“你这办法会不会太损了啊……”苏然担忧地问，“把人家又骗了一次。”

闻言，夏磊只是摸摸鼻子，“我这法子虽说不是太光明正大，但是一举两得啊！对她也是大有好处的，她年纪轻轻的，就跟着社长，浪费自己的大好青春不说，还破坏人家家庭，还是及早回头的好。”

“也是。”苏然赞同地点点头，莞尔道，“我相信总有一天，她明白过来，就不会太怪你了。”

“那你呢？你怪我吗？”夏磊突然抬手抚上她的侧脸，眼底满含柔情，“我们已经浪费了这么多年……嫁给我，好不好？”

苏然却愣住了，“可宇斌他……”

那夜唐宇斌强势地撑开门，与她的一段谈话不禁在耳边回响起来。

“听我说完最后一段话，你也许会改变主意……和我结婚，不仅是我给自己争取的一次机会，也是你给夏磊的一次机会。如果他真有苦衷，一定不可能坐视你与我结婚……

“让我们一起试试，好吗？你试试看夏磊对你的心，而我……试试看能不能因此得到你的心。当然，你最后依旧有权利和自由，选择嫁给我，或者不嫁，我都绝不会纠缠，更不会怪你……无论结局如何，我们都借此看清了自己的心，也给了彼此一个交代，不是吗？所以你不要因此有压力……”

夏磊见苏然发怔，目光飘忽不定，似乎陷入了往事中，便轻声唤她：“苏然，你怎么了？”

她回神，垂下脑袋，声音发闷，哽咽着，“没，没什么……就是觉得到了这个节骨眼上，我再反悔，无论如何都太对不起宇斌……”尽管当初两人约定时，唐宇斌没给她这方面的压力，可她知道他肯定会失望之极的。到底还是她的错，她就不该对他的提议动心！

“现在对不起他，总比你让他一辈子面对一个不爱他的你强。”夏磊温声道，“况且，其实他也已经想通释怀了，他根本没有会要开，是他故意让我来接你的。他说他希望你能做出真心的选择，做出对你、对他最负责的选择。”

“真的？！”苏然不敢置信地抬起头来，面上泪痕斑驳。

夏磊好笑地拍拍她的脑袋，“这种事情我能骗你吗？你难道都不觉得今天发生的事情太巧合了？”

经他这么一提醒，苏然这才回过味来，不禁破涕而笑，突然欢呼一声，紧紧抱住夏磊。

心爱之人投怀送抱，夏磊自是乐得嘴角都咧到耳后了。不过除了傻乐之外，他也没忘记正事，用力收了收手臂后，便将她放开，接着神秘兮兮地把手伸入宽大的兜里。

“你找什么？”苏然好奇地盯着。

“当——当——当——当——”

夏磊猛地将东西掏出，在半空中挥来挥去。苏然看了好几眼，才发现是身份证和户口本！

“反正我们从小就定了娃娃亲，你今天本来也是要去民政局的。不如干脆趁着这个机会，我们直接把结婚证给办了吧？”显然他早有预谋，满脸期待地提议。

“这个啊……恐怕不行。”苏然却淡定地摊手道，“其实今天早上，我也有些心生退意，但又知道走到这个地步就不该再反悔，可心里朦朦胧胧地觉得如果把东西丢在了家里，或许还会带来什么转机……所以这两样证件我一件都没带，今天这婚肯定是结不成了。”

“不是吧……”夏磊欲哭无泪，苦着脸，委屈地望着她。

而苏然却开怀地笑了。

—正文完—

番外一

迟来的爱

在被周小宁表白之前，夏磊也不知道自己竟然会因为赌气而接受她的表白。他的目光越过周小宁的肩膀，看到了站在较远处、神色淡淡、一副事不关己模样的苏然。自从苏然似乎终于找到了个中意的相亲对象后，夏磊就觉得自己变了，变得既想要刺探她与唐宇斌之间的相处细节，又在刺探过后自己心里不痛快。他知道苏然确实没有立场因为自己被表白而有任何情绪，可他的情绪又算什么呢？

于是他一方面是赌气，一方面是顾及周小宁的面子，便当着众人的面应了下来。可大家伙才一散，夏磊就后悔了。于是，他起身来到周小宁身边，准备找她出去单独谈谈。

“对不起，刚才的事情是我一时冲动，其实我并没有打算要接受你。”他很诚恳地向她道歉，“等一会儿，你可以告诉他们这只是个恶作剧，是你很讨厌我，要整我。这样大家很快就会忘记。或者你希望怎么解决，我都可以按你说的做。”

“夏磊，我知道我的表白确实突然了点……但是至少你不讨厌我，不是吗？我知道你是顾及我的面子才先答应下的。但既然应下了，我们就干脆尝试着相处看看啊？”周小宁一听，情绪就立刻激动起来了，“也许就能培养出感情了！”

眼见她就要飙泪了，夏磊也感到一阵心烦意乱，皱眉道：“感情的事情勉强不来的，而且这样对你来说也不公平。”

“你还没试过，怎么就知道会勉强？你过去和我相处的时间太少了，以后我们可以一起多出去跑新闻，然后再多约会，你可能就会改变的！你放心，只要你给我这个机会，我就会很开心的……”

“这……好吧。”

于是在周小宁再三坚持下，夏磊只得应下。但他心里也清楚，自己不是没有私心，他也想要试试冷落苏然，去过一过不围着她转的日子，看那样的生活会不会更精彩。因为当他感到苏然被唐宇斌抢走时，他才隐约觉得原来他和苏然都错了，他们之间未必没有爱情。

可真的没有吗？在疏远苏然的那段时日里，夏磊过得并不舒心，他发现除去苏然，和任何一个异性的关系一旦拉近，他都会想要逃离，包括周小宁。所以他开始逃避周小宁的约会请求，拿各种借口来推辞，直到那天苏然的一通电话，在夜风之中那股想要吻她的冲动，让夏磊终于看清了自己的心。

他爱苏然，爱了这么多年而不自知，却永远把她摆在第一位。

他爱苏然，所以把唐宇斌视为情敌，怎么都看不顺眼。

他爱苏然，这才接受不了别的异性，更没对她们动过心。

夏磊是个行动派，知道自己的心意后，就约周小宁出来把话说开了，希望她能早日忘掉自己，去寻找真正的爱情。可他万万没想到，周小宁这个旁观者早就看出他爱的是苏然。更没料到，当日口口声声说只需要一个机会就会很开心的周小宁，会扬言报复。

可正沉浸在认清自己感情喜悦中的夏磊，并没有把她的话当真，他只是满心欢喜地等着苏然与唐宇斌摊牌，然后再对她表白。他做好了苏然拒绝自己的准备，可偏偏没有料中唐宇斌竟说动了苏然继续交往。所以他冲动了，忍不住把她拉出餐厅与她大吵一架。其实他气的不是苏然的心软，而只是用气恼来掩盖害怕，怕苏然是真的爱上了唐宇斌……

再之后，夏磊开始有意捣乱，破坏两人的约会，却没想到苏然会问他，是不是讨厌她。夏磊以为这么多年的陪伴，她就算对自己没有动心，两个人之间没有爱情，也绝不该问出这样令他伤透心的话。他若讨厌她，这世上还有谁会是喜欢她的呢？

所以一气之下，他选择了暂时离开这座城市，到一个没有她的地方好好静静。收到苏然关切询问的消息，夏磊不是没有心软，却还是没有回复。这一次，他希望用离开，让苏然也看清楚她自己的心。

只是夏磊终究是放不下苏然的，原本请了两周的长假，却提前将近一半时间，搭夜班车巴巴地回来了。却也是这一次提早，让夏磊感激万分。他庆幸自己及时赶回来，才能收到苏然的求助电话，飞车赶到她的身边。应该不是受到惊吓的缘故，但夏磊就是敏锐地察觉到苏然对自己态度和感情大有变化，所以他才大着胆子亲了她，看着她面色绯红地想要逃离，心中喜不自胜。

这爱虽来得迟了些，却终究还是让他们俩都抓住了不是？

所以之后的那段时间，夏磊以为他和苏然已经是笃定的两情相悦，便只等着她与唐宇斌做个交代后，就打算再对她正式告白一次。他甚至连要去哪里庆祝，带她去哪里玩都已经计划好了——可不承想，半路杀回来的周小宁改变了一切……

“……怎么样？现在相信了吧？”

亲眼见证周小宁从社长的车里下来，还在下车之前与那个大她三十多岁的老男人亲热了一番，夏磊又惊又怒。

“苏然很快就要升职了吧？到时候要是非但没能升职，还被炒了鱿鱼，真不知道她能不能接受得了啊？”周小宁冷笑着威胁他。

“保住她的条件是什么？”夏磊冷静地沉声问道。

“很简单，我得不到你，当然也不能便宜了苏然，你们两个不准在一起。而且……你得经常陪着我。”周小宁说着，打了个呵欠，“唉……那个老头毕竟是老了，没那么多时间和精力和我在一起，他家里那个悍妇盯他也盯得紧，所以我有的是时间和你周旋。你可不要抱着什么侥幸心理，给我来个明修栈道暗度陈仓哦……”

“好，我答应你。”夏磊知道苏然是真心热爱记者这份职业的，也好不容易才等到这次升职的机会，更是比以往加倍努力地表现了这将近半年……他不能让事情在这个节骨眼上有变故。眼下就只能先吃了这哑巴亏，但他相信总会有办法来破解周小宁设下的这个“难题”的。

他太了解苏然的性格了。依着她的性子，必定看不惯这种事情，更可能会就此辞职不干，可他不能让她放弃这两年来的努力，出去从头开始。即便要跳槽，也必须是以首席记者的身份。所以哪怕他知道周小宁是故意回报社，为的就是撞见苏然，他还是对苏然说了那些绝情的话。

其实第二天办公室见那一面前，夏磊就已经想到了办法。那就是慢慢让周小宁放松对自己的戒备，愿意在公开场合与自己亲近，那么这风声早晚有一天会传到社长的耳里。到那时，给社长戴绿帽子的周小宁，恐怕就再难有靠山了！于是他试图暗示苏然，让她耐心等待一段时间，什么都别做，也什么都别想。

可他知道这对苏然来说很难，他看着她难过，心急又心疼，却又不敢表现得太过急切，免得让周小宁察觉到异样……直到他等来了一个机会——社长视察的日子。他用尽浑身解数拖住周小宁，希望能与社长撞个正着，他也着实成功了。他得知周小宁花了好大的工夫才平息社长的怒气，一连在他面前消失了好几天，顾不上他。

他听说苏然要去杭州培训半月，心想着如此也好，眼不见心不烦，还可以散散心。可让他始料未及的是，从杭州培训回来后，苏然竟要和唐宇斌结婚了，连请柬和喜糖都发了！夏磊就再也不想拖延了，顺势当着所有人的面对周小宁示爱。好在经过这么长时间的经营，周小宁再次被得到他的喜悦冲昏了头脑，没有怀疑。

这一次，周小宁再也没有能力安抚好社长，更何况她似乎也无心去安抚，一心只想着与夏磊正式在一起。可她却并不知道夏磊心中的小九九。所以周小宁刚脱离了社长的保护伞，夏磊就和她摊了牌，最后总算赶在了苏然和唐宇斌扯证前，把威胁全部解除！

“你、你……都是在演戏？这些日子……全部都是假的？！”

当夏磊终于能狠狠甩开周小宁挽住自己胳膊的手时，

他所思所想的全部都是苏然的面容，是她在那个受惊后的夜晚，给他的拥抱与依偎。他迫不及待地想要去见她，向他解释一切!

“是，我没有坐以待毙的习惯，也没有以德报怨的情操。更何况你早就应该离开社长，停止破坏别人家庭的不道德行为。”他用怜悯的目光看着跌坐在地，满脸不敢置信的周小宁，“你该醒醒了……”

丢下这句话，夏磊转身上了桑塔纳，转动车钥匙，向苏然家的方向疾驰而去。他看到前路等待他和苏然的，是来之不易的幸福……

番外二

当时未惘然

杭州之行，顺利让苏然戴上了他为她精心挑选的钻戒，唐宇斌的心中不是没有欢喜。可他又清清楚楚地知道，一切都还未成定局，这很可能又是大梦一场。但纵使是梦，梦醒之时，他也该对自己，对他人有个交代。

于是将苏然从机场送回家后，唐宇斌便想到了走之前与董孟琴的约定，打电话将她约出来面谈。董孟琴果然一口应下，与他定好了见面的时间、地点。

因为堵车耽误了些时候，所以当唐宇斌风尘仆仆地赶到咖啡厅外时，便望见董孟琴已经只身一人坐在落地窗边的位置。她正将杯沿抵在唇边，却没有要喝的意思，目光寂寥，却始终流连在旋转门处，似是等待着他的出现。

唐宇斌不禁驻足在窗外，眼底泛起了些波澜。他不知道自己何德何能，让那个在商场看起来总是耀眼的女人收敛起浑身的气场与光芒，只这么静静地守望与等候。如果不是遇见苏然，或许此时此刻他可能已经被她打动……

脚步变得有些沉重，但他还是一步步走到了董孟琴的面前，尽量用寻常语气，笑着对她致歉："抱歉，路上有些堵车了。你等多久了？"

"还好。你肯把苏然一送回去就来见我，已经很不容易了。"

也不知董孟琴这是在挖苦谁，唐宇斌自然也没接话，气氛略显尴尬。但很快的，董孟琴便犹豫着问出了口：“你和苏然……怎么样了？”

“她答应了我的求婚。”思索片刻后，唐宇斌决定不把全部的事情告诉她，“会尽快领证和办婚宴。”

“这样啊，那恭喜你得偿所愿了。”董孟琴苦涩地笑开来，喝了口苦咖啡来缓解心中的难过。

知道她听到这消息，必然要失落，可唐宇斌也没有立场去安慰她，只得转移了话题。他想起这次来的主要目的，问道：“不说我了。之前你说要和我商量的事情究竟是什么？现在总可以说了吧？”

“嗯，可以了……不过我已经做好了决定，不需要商量了。”她微微颔首，纤长的睫毛抖了抖后，才启唇道，“其实是公司有个外派到美国总部发展的名额，主管有意推荐我去。那天晚上，我本是想来找你商量，看去是不去。可现在……你既然要和苏然结婚了，那么我留下来也只是徒增伤感，所以我已经决定把握住这个机会，去美国发展。这一次，短则三年，长则十年，或者可能以后，我都不会再回国内了。如果有可能的话，或许我还会在美国定居……”

“原来如此……恭喜你。”唐宇斌眼神复杂地望着她，“无论如何，出国发展是好事。就算我没和苏然结婚，你也应该把握住这个机会的。”

顿了顿，他见董孟琴没有再接话，又问道：“预计什么时候走？”

“大约一周后吧，恐怕等不到喝你的喜酒了。”她偏头一笑，“不过到时候我会给你寄份贺礼的。”

他点点头，“那等你确定好了航班时间，我去送送你。”

“不用了！你去送，我可能就走不了了……”董孟琴说到最后，几乎是在呢喃。

可坐得这么近，唐宇斌又如何听不到呢？只是他终究无言以对啊！而董孟琴也不再抬头看他，只是自顾自地抿着咖啡。

两人至此无话，唐宇斌只得无声地陪着她，待她把咖啡饮尽后，默默看她起身离开，都找不出一句话来。他知道这种时候，无论说什么恐怕都不能让她心中好受，只会徒增伤感罢了。或许从董孟琴决定出国发展的那一刻起，她就已经与他无话可说，也不想让他相送……可该要尽到的心意，唐宇斌不会允许自己因为她的拒绝而不去尽。

所以尽管董孟琴并未对他透露她出国的准确时间，他还是费了些周折去打听，并准时在机场出现。只不过，他并没有站她的面前，只是远远看着她过了安检口，顺利登机，然后转身往回走，边走边低头在手机上输入“一切顺利”四字，按下了发送键。

他本应再多写点什么，可思来想去，却觉得一切尽在不言中。希望当她踏上异域国土的那一刻，还能看到这来自故乡的祝福吧……

送走了董孟琴的唐宇斌一门心思地准备着自己与苏然的婚礼。他定了喜糖与请柬，也预定了酒宴，却唯独没有与她提拍结婚照的事情。因为他怕留下这样的纪念后，他会真的舍不得在最后关头放手。直到领证的前一日，他突然接到夏磊的电话，听夏磊把事情的原委都解释了一遍后，便不由庆幸起自己所做的保留。

那一晚的唐宇斌彻夜未眠，天微微亮时便起了身，查看邮箱，收到了董孟琴来自大洋彼岸的祝福邮件，邮件里除了问好和诉说她自己的近况外，还絮絮叨叨地说了些为他们两人挑选新婚礼物的苦恼。费了好大一番心思和时间，最终才选定下来的新婚礼物，应该会在他们婚礼前寄到。至于究竟是什么贺礼，她卖了个关子，并没有在邮件里提及。

合上笔记本电脑，唐宇斌走到窗边，将帘子拉开，屋内的光线更足了些。再过三四个小时，按照原计划，他就应该和苏然登记结婚了。他太知道苏然对他的愧疚之心，若他不主动推她一把，只怕她真的会勉为其难，与他结婚。直到今日，唐宇斌突然发现这场婚姻非但不能给苏然带来幸福，好像也不会让自己感到快乐……

于是他选择串通夏磊，对苏然撒了个谎。

“苏然，我公司临时开会，没办法去接你了，你直接到民政局等我吧。我尽快来——”

他不敢等苏然回话，就匆匆挂断电话，只因若是再多听一句她的声音，他可能都会反悔……

再后来，夏磊带着苏然一起来感谢他，他却没有勇气面对他们，让前台告诉两人他不在。在婚宴之前，他也果然收到了董孟琴的贺礼，不是任何贵重的礼物，而是一张光盘。

“嗨，宇斌、苏然，不知道看到这张光盘的时候，你们的婚宴举办了没有？”将光盘播出，屏幕上是董孟琴坐在沙发上的场景，“我这个人不太会挑礼物，在美国的很多商场逛了好几次，都没挑到一样合适的。最后思来想去，我觉得这种贺礼不在多贵重，多新奇，而在于心意，所以我决定刻下这张光盘寄给你们。苏然，很抱歉之前我自作主张半路拦下你，说了那么多可能让你不太舒服的话，但那时认真来说，我们就是情敌，我只是做了我应该做，也可以做的事情——不过现在你放心，既然你和宇斌已经结婚了，从此以后你们就都是我在国内的好朋友。”

顿了顿，董孟琴才继续说道：“还有宇斌，那天你也到了机场吧？希望你不要怪我拒绝你来送我，因为我实在无法释怀，包括现在……原本我是想邀请你们来美国度蜜月，我还可以尽半个地主之谊。可后来一想，我心上这个坎还过不去，我还放不下你，就否定了这个想法……不过总有一天，等我找到了有缘分在一起的爱人，就会正式邀请你和苏然来玩，到时候你们可不要拒绝我啊！”

画面在这时稍微抖动了下，镜头转到了一侧，董孟琴在画面里消失。但她的声音很快传来，“嗯……就这样吧，毕竟新婚燕尔的，不能占用你们太多时间，最后我就祝你们幸福……白头偕老……”

进度条走到了最后，唐宇斌没有动，心中百感交集，他听得出，最后那一句，董孟琴哽咽了。之所以把镜头移开，恐怕也是怕被他们看到吧。

他清清楚楚地知道这个故作洒脱、祝他新婚快乐的女人，曾经多么爱他，也多么渴望得到他的爱。每一次他在苏然那里受了挫，都是董孟琴以她自己的方式宽慰他，给他信心。杭州之行前他想“乘虚而入”，也是董孟琴不顾她自己的感受叫他不要犹豫。苏然总说她欠他的太多，而他欠董孟琴的又何尝不是如此呢？他总让并不爱自己的苏然给自己一个机会，可却从没有给过爱自己的人一个机会。以至于那晚送她离开时，只因为他主动关心了她几句，她的眸子就亮如星辰……

心中突然升起一股冲动，他拨通了越洋电话。

“孟琴，我想出国一段时间，你能收留我吗？”

“什么？收留？”董孟琴显然被他的话弄懵了。

唐宇斌抿唇，在听到她的反问后理智回巢，想要就此挂断电话，当做什么都没发生，可拇指却怎么也不听使唤。

等了一阵子，见他久久不说话，董孟琴又问道：“宇斌，你怎么了？难道你和苏然……”

“我们没结婚。”唐宇斌的语速极快，换来电话那头惊讶的抽气声，接下来便又是一片静默，只有呼吸声在传递着彼此都还在的讯息。

“所以……你和苏然不可能了，对吗？然后你想到了我？”半晌，董孟琴才低声问。

这句问话让唐宇斌顿时无地自容，是啊，他哪里还有资格再去招惹她？他不应该这样理所当然地认为，董孟琴会一直在原地等着他回头！

“对不起，是我不应该提出这种要求！”他立刻无比惭愧地道歉，“你就当我没有——”

谁知他的话还没说完，董孟琴就用掷地有声的一个字打断了他：“好！”

“孟琴？”电话这头的唐宇斌不禁瞪大了眼。

“就像你无论如何也想赌一次，哪怕苏然最终还是逃婚一样。我也想赌一次，赌你把心思放到我身上后，会真正爱上我。”就算隔着手机，唐宇斌也能想象到她眼底的坚毅和唇边的自信笑容，“我和你一样，认为尝试过，努力过了就不会后悔，什么样的结果都可以接受。借用你那晚说过的话，赌赢了，我得偿所愿！输了，我从未得到过你，更谈何失去？”

那晚……唐宇斌的脑海中不由浮现出那晚的情形，几乎素面朝天的董孟琴在室内灯光的映照下，面部线条变得更柔和，五官不改精致……他想起那一瞬，打量着她时，自己心底涌起的和以往都不同的感情。只是当时，他心心念念想着苏然，便把那一丝异样忽略了……

正出神，他又听到董孟琴轻笑了声：“况且，你能第一时间想到我，而不是别人，我其实很高兴。这说明我在你心目中，还是有些分量的。”

“那好，我会尽快申请调任美国。”他于是不再犹豫。

“我等你。”

唐宇斌很庆幸一切还不算太晚，他要去美国，去到她身边，把那份异样的情绪抓住，再看个清楚……

后记

相爱不恨晚

记得在这本书过稿的时候，我手里还积压了很多稿债，有些焦头烂额，但似乎也就是一晃眼，就到了写后记来完结这本书的日子，不禁感叹起时光飞逝。在不知不觉中，我接触写作这个圈子超过了七年的时间，虽然不算高产，但也发了百来篇杂志稿，出了快十本单行本图书。我很难在这些书里指出，我最喜欢也最满意的是哪一本，因为它们中的每一本对我来说，几乎都是一次新的尝试，各自对我而言都有不同的意义。所以我始终认为自己的写作道路，还处在一个不断尝试的阶段上，尚未定型。

这本书是我写的第四本都市言情小说，也是第二本以青梅竹马为设定的言情小说。在此之前，我还写过一本男女主角是青梅竹马的青春校园言情，走的是男主暗恋女主的路线，从小到大，十几年的岁月，始终以无声的深情来陪伴女主。而在这本里，我走的则是另外一条路线，可以算是欢喜冤家。苏然和夏磊这对定了娃娃亲的“冤家”从一开始，都坚信自己不爱对方，认为娃娃亲不作数，直到真正的情感危机来临，两人才在一次又一次的矛盾和争执中，从回避到面对，从迷茫到坚定，发现自己早已在不知不觉中将对方视为这一生不可或缺的陪伴。

从前我所写的言情小说中，情感线都是相对单纯的，男主从一开始就认定了女主，女主也则是在相处过程中慢慢爱上男主，从未产生过迷惑与摇摆。所以在这本书中，这种在冲突中逐渐认知情感的线索，对我来说是一次新的尝试，更是一种挑战。在行文的过程中，我总是在反复揣摩男女主角在某个阶段，究竟应该将认知深入多少才最为合情合理、自然而然，生怕稍有失误的处理，就会把人设和故事写崩，使人物形象变形，不够讨喜。当然，作为写作者，我只能在写作的过程中去尽力，而最终的结果如何，还是要让读者们去感受，去评断。

不过，也正因为如此，后记就成了除开番外，我能为自己书中人物“正名”的最好阵地。后记让我有机会去弥补由于我的笔力不足或是技巧欠缺而使最初人设可能无法完全表现出来的缺憾。所以下面我就多啰唆几句，做些关于人物构想的碎碎念。我不打算从男女主谈起，而想从唐宇斌身上开始。

唐宇斌这个人物在行文过程中，差点让身为作者的我“倒戈”，一度冲动地想把他扶上男主的位置。当然，最后这个冲动被我忍下了，至此也让我对他充满歉疚，所以另给他写了个番外，安排了他与董孟琴的开放式结局，权当个安慰。最初我对这个角色定位时，因为是男配，所以一开始只有个大致的概念——职场精英，风度和修养俱佳，但却是个“结婚狂”，对感情的事情不是太上心，选择凑合着为了父母的要求而相亲，然后速战速决地结婚。但当人物渐渐在笔下丰满的时候，出于偏爱，我把他塑造成了一个风趣幽默、涵养极好，又对女主用情与用心皆良苦的非典型完美男配。“结婚狂”这个属性依旧在，只是瑕不掩瑜，完全不能动摇他的良好形象。他从找女主凑合着结婚，到惊喜地发现女主的美好，倾心于她，其实角色本身也经历了心理与情感上的大地震，才会完全抛开过去那为完成父母心愿去结婚的打算，顶着家里的压力，以追求者的姿态重新出现在苏然面前，重新学习为了爱去关心照顾女主，而不是最初为了结婚这个目标去。其实我在塑造男配上一直都有的习惯就是“功过参半”，谈不上是好是坏，性格面非常多元。往往是一本书里最立体的，甚至比男女主更复杂。唐宇斌也是如此，他在整个故事里所做的转变，不比女主小，在脑海中所进行的“天人交战”也不比女主少。

而谈到男女主，就不得不提到这整本书的主题——相爱不恨晚。我在最初投稿的简介里写了这样一句话：“不知道浪费了这么多年，现在才相爱，会不会太晚？”这就是对苏然与夏磊最好的总结。如果分开来谈，夏磊这个男主设定也是突破了我以往的惯性感情设置——从一开始就清楚自己喜欢女主。作为和女主苏然有娃娃亲关系的青梅竹马、冤家对头，他在苏然的父母面前很吃得开，一直以“准女婿”自居，却又坚持自己没能和苏然擦出爱情的火花。可最妙的是，尽管他认为自己不爱苏然，却又从没交过女朋友，人生这二十几个年头，过从甚密的女性就只有苏然一个！他以为这是习惯，可当唐宇斌出现时，他才发现自己被“横刀夺爱”，可见他这些年一直下意识地为了苏然，而与其他异性保持着距离。

同样的，女主苏然虽然没有意识到自己的感情，但也没谈过恋爱，不曾真正爱上优秀的唐宇斌。于是“相爱不恨晚”的主题就在男女主角这两个懵懂者之间不断冲撞，然后不断发现彼此之间的感情不是单纯的友情，好像更类似爱情，最终以终成眷属的结局体现了出来。这是我第一次写这样“发现爱情”的戏，尽管努力把控，但也仍觉有所缺憾吧。

既然谈到这个主题了，那就不得不提董孟琴这个角色。写到她的篇幅其实不多，但我以为她的形象应该是跃然纸上的。一个事业上的女强人，感情上的坚定者，性格光明磊落，爽利干练。在我的私心里，她和唐宇斌确实可以算得上“官配”。所以尽管我在番外中给出的是开放式的结局，但如果细心阅读，就能发现在第十三章，唐宇斌对她的情感已经产生了微妙的变化，在番外中我也点明了这一变化是被唐宇斌忽视掉，但之后他准备抓住这感受，去弄清它的性质是不是可以称之为“爱情的前奏”。那么这样说来，“相爱不恨晚”这个主题我想也是可以用在他们身上的。那就是，一见钟情固然好，但峰回路转、千帆过畔后才柳暗花明的爱情也未尝不值得珍惜。

至于方菲与宋凯这一对的波折，因为和故事主线的联系相对不那么紧密，所以写得比较简略，但作为“亲妈”，我也同样给予了他们祝福与一个好结局。

接着说说我把“相爱不恨晚”作为后记名的原因。之所以如此，是因为在我看来，这里的“爱”如果跳出这本书，可以不仅仅是爱情，也会是亲情、友情等等人世间一切美好的感情。我希望读者们除了在这本书里阅读一个故事，为几个人物做一番唏嘘外，还能在现实生活中拥有“相爱不恨晚”的勇气。所有感情，只要是真的、美的，那么不论兜兜转转了多远，浪费过多少时间，再来相爱，也都不会晚！

以上谈完了正文，最后还是要延续我在每本书中后记的习惯，承诺下一本书不会久到让大家忘记我，而这个承诺我也一直在努力兑现着，希望我能一直一直这样兑现下去。

另外也感谢每一位完整读完这本小说的读者，感谢你们的支持，愿你们一切安好。

七月初七 清晨